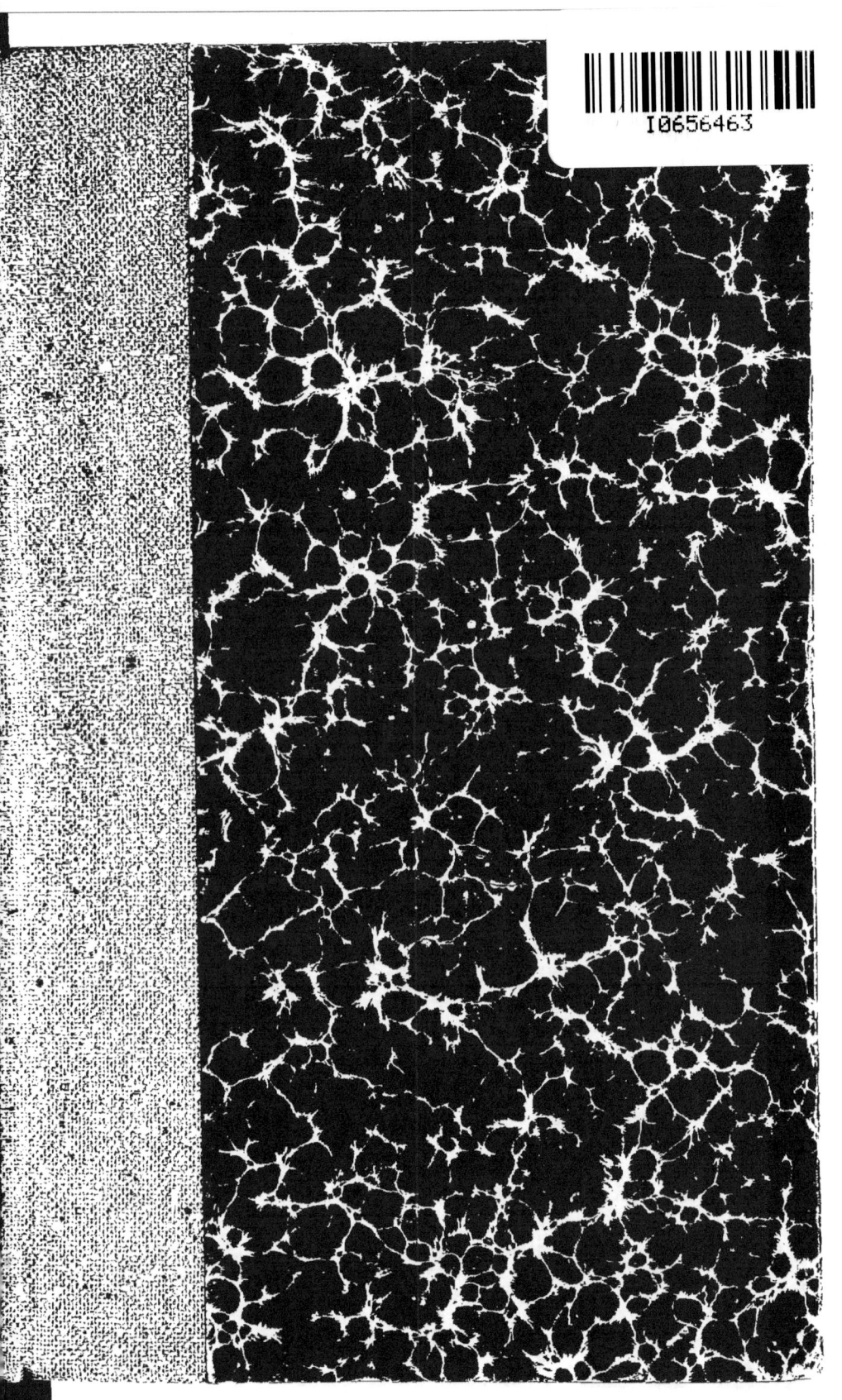

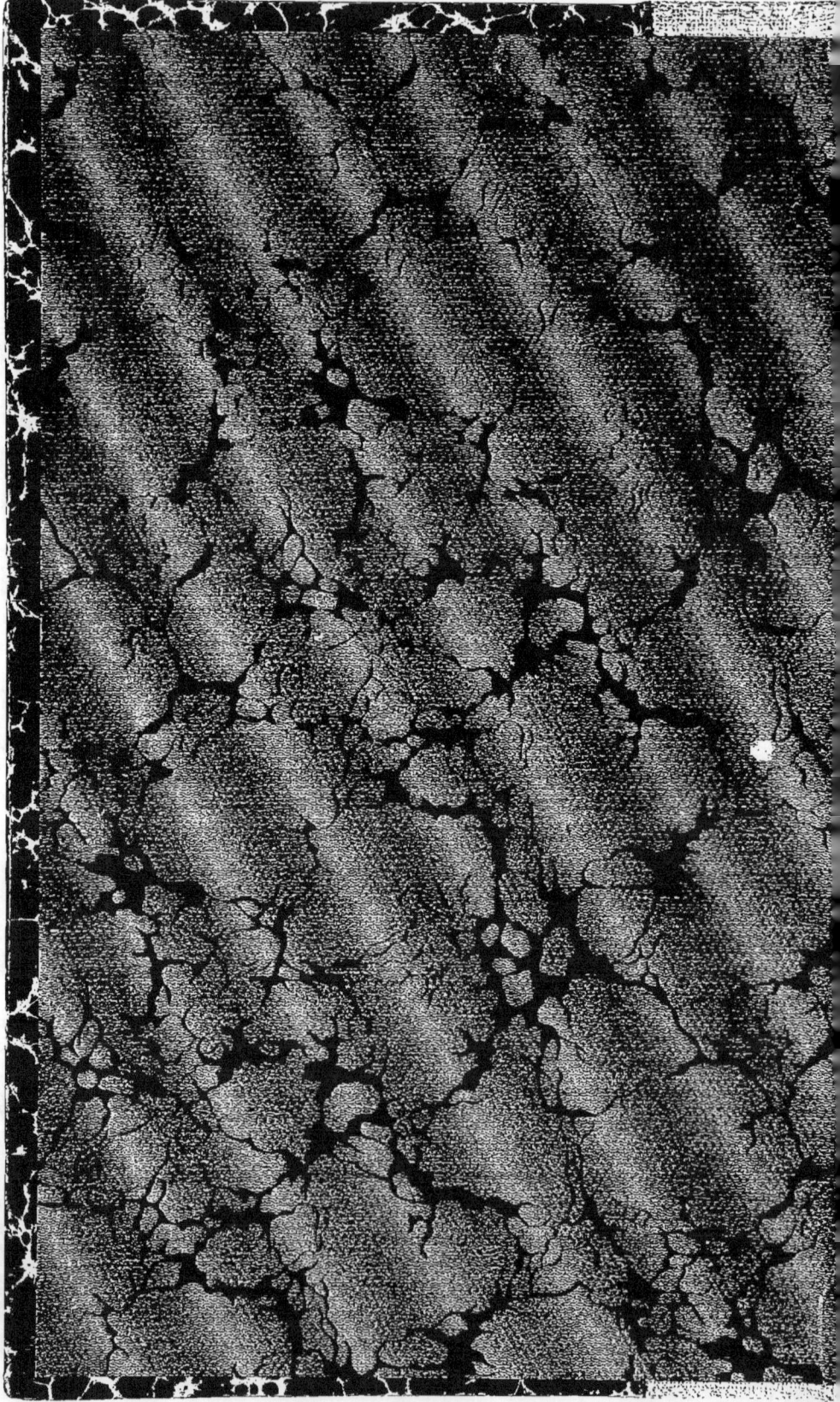

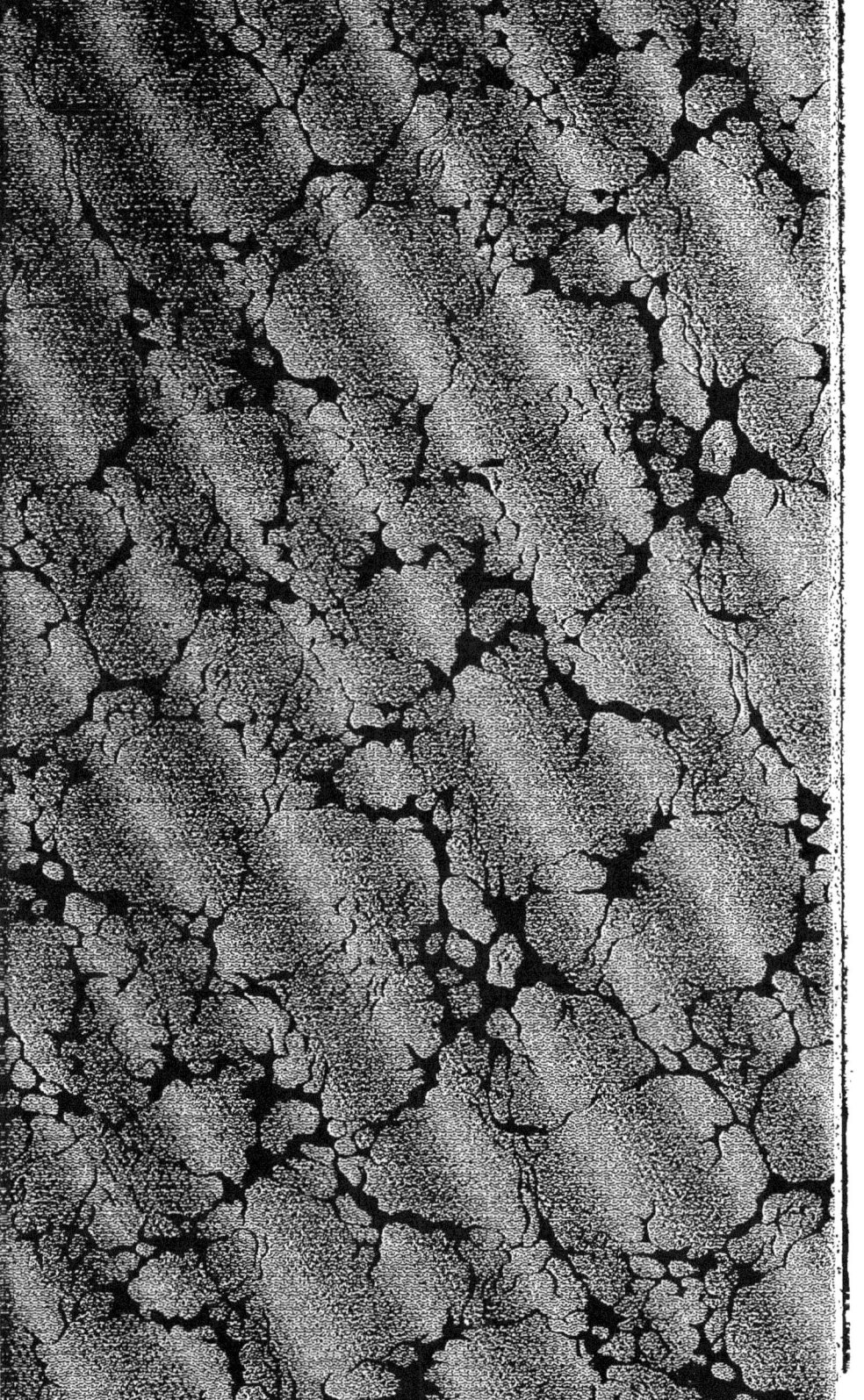

UN

DRAME A NAPLES

IMPRIMERIE GÉNÉRALE DE CHATILLON-SUR-SEINE, J. ROBERT.

UN DRAME

A NAPLES

PAR

DANIEL BERNARD

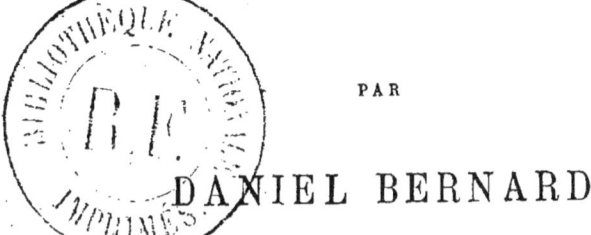

C · L

PARIS

CALMANN LÉVY, ÉDITEUR

ANCIENNE MAISON MICHEL LÉVY FRÈRES

3, RUE AUBER, 3

—

1881

UN

DRAME A NAPLES

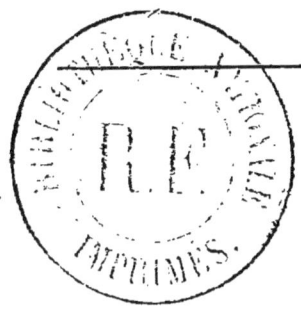

I

Quelque temps après les événements qui agi-
—tèrent l'Italie, de 1860 à 1862, René de Maugis,
lieutenant aux chasseurs d'Afrique, descendit
avec sa sœur Valentine à l'*Hôtel d'Angleterre*,
situé dans le beau quartier de Naples, sur la *ri-*
viera di Chiaja.

Ces jeunes gens ne venaient point uniquement
pour leur plaisir dans la patrie du macaroni et
de l'opéra-bouffe ; René avait reçu, trois ans
auparavant, une blessure grave dans une es-
carmouche contre les Kabyles, et il avait été
envoyé en France pour se rétablir.

Cet accident le retardait un peu dans sa car-

rière militaire ; mais, d'autre part, René n'était
point fâché de revoir sa sœur, la seule parente
qui lui restât au monde, avec une vieille cousine
et d'autres cousins aussi indifférents au jeune
officier qu'une tragédie en cinq actes.

Valentine, moins âgée que son frère, et cependant plus raisonnable que lui, exerçait sur
René une influence presque maternelle. Quand
elle l'avait vu arriver, souffrant, à Paris, elle
avait abandonné, pour le soigner, toutes ses
relations mondaines ; elle s'était constituée son
ange gardien. Quoique cette conduite fût assez
naturelle de la part d'une sœur, les amies de
Valentine célébraient ce dévouement comme
une chose qu'on ne rencontre pas souvent aujourd'hui.

La blessure de René mit longtemps à se fermer ; on soupçonna le sabre qui l'avait faite d'a-
voir été trempé dans quelque substance véné-
neuse ; mais comme le Kabyle possesseur du
sabre était fort loin à cette heure, les docteurs
allopathes ou homéopathes de la rue du Bac ne
purent avancer aucune preuve à l'appui de leurs
suppositions.

Le malade resta languissant et pâle ; la Faculté décréta que René était *anémique*, terme
barbare que nos pères ne connaissaient point et
qu'on applique à toutes les maladies dont la

cause est ignorée ou dont le remède est inconnu.

Un médecin, à bout de formules, ne tarde pas à se débarrasser de son client. L'homme illustre qui soignait M. de Maugis, voyant que celui-ci mettait à ne point guérir une obstination regrettable, l'envoya aux eaux d'Auvergne, puis dans les Vosges et dans les Pyrénées ; mais n'obtenant aucun résultat ni en bien ni en mal, puisque le patient ne se décidait complètement ni à mourir ni à vivre, le savant docteur finit par conseiller à sa victime l'air chaud des contrées méridionales, réputé excellent pour les épuisements, langueurs et faiblesses.

Les jardins parfumés de la Sicile étaient pleins, disait-on, de convalescents frappés naguère sur les champs de bataille de Gaëte ou de Marsala. Cette affirmation décida Valentine à accompagner son frère en Italie.

Ils voyagèrent d'abord à petites journées. A mesure qu'ils avançaient vers le soleil, les forces de René revenaient comme par enchantement. A Turin, il mangea de grand appétit ; à Florence, il voulut voir les musées, pour faire plaisir à sa sœur : car, en ce qui le concernait, il avait peu de goût pour les beaux-arts ; à Rome, on eut toutes les peines du monde à l'empêcher de monter à cheval. Enfin, c'était un garçon

déjà solide lorsqu'il débarqua dans la Parthé-
nope des anciens et qu'il y retint des appartements en face du golfe aux flots d'azur.

Le plan des voyageurs était de séjourner à
Naples pendant un ou deux mois, puis de traverser le détroit de Syracuse en tâchant d'éviter le gouffre de Charybde et l'écueil de Scylla ;
mais René, en vrai soldat, ne comprenait pas
plus les bonheurs champêtres que les tableaux
du Titien ou d'Andrea del Sarto.

Il ne parut pas fort empressé d'aller s'enfer-
mer dans une villa sicilienne, sous les citron-
niers ; la perspective d'une saison passée à fumer
d'horribles cigares, en regardant la mer, ne lui
sourit que médiocrement ; et comme Valentine in-
sistait pour l'exécution complète du programme,
il n'eut pas de peine à démontrer à sa sœur
que la traversée le fatiguerait beaucoup, que le
repos absolu lui était nécessaire ; enfin, que Naples, ville de six cent mille habitants, offrait des
ressources morales et matérielles impossibles à
se procurer dans le voisinage d'un volcan aussi
aride que l'Etna.

Valentine se rendit à ces raisons concluantes ;
elle jugea fort bien, avec son délicat instinct
de femme, que, si son frère venait à s'ennuyer
sur ces bords lointains, il retomberait dans la
maladie que la distraction avait chassée et

que le changement d'air avait vaincue tout à fait.

Au fond, René, Parisien incorrigible, ne connaissait que son régiment ou le boulevard. Dès qu'il n'était plus occupé à tuer des Arabes, il lui tardait de fouler l'asphalte, de humer l'atmosphère poussiéreuse qui circule aux environs de l'Opéra, et les rangées de becs de gaz lui semblaient un spectacle bien autrement imposant qu'une chaîne de montagnes ou que les bords pittoresques d'un lac quelconque.

C'était un homme d'action et non de rêverie, intelligent, brave, chevaleresque même, mais point nuageux ; la nature toute nue le faisait bâiller ; il aimait mieux les jardins alignés que la campagne inculte, et n'admirait guère une forêt que lorsqu'on y avait établi un restaurant dans les arbres, comme à Robinson.

Naples ne tarda pas à l'excéder. Après avoir regardé d'un œil distrait les collections du *museo Borbonico*, après avoir arpenté en long et en large la rue de Tolède et avoir goûté aux *frutti di mare* de Santa Lucia, René de Maugis se demanda pourquoi les empereurs romains avaient si souvent choisi cette contrée pour y passer la belle saison, et il trouva qu'Agrippine, qui s'était laissé construire un palais à Baïa, avait fait preuve d'un bien mauvais goût, ou tout au moins d'une impardonnable faiblesse.

Revenu à l'hôtel d'assez méchante humeur, René fit mander le *padrone di casa* et l'interrogea sur les curiosités du pays :

— Le *signor* étranger, dit l'hôte, a vu sans doute le *Groupe du taureau* et l'*Hercule Farnèse*?

— Mon ami, répliqua René, en fait de groupes, j'en ai contemplé trois ou quatre mille, l'un portant l'autre, depuis que je suis ici. Je ne parle ni des églises ni des tableaux ; ma sœur et moi sommes rassasiés de chefs-d'œuvre. Je donnerais Saint-Pierre de Rome pour la plus humble chapelle de village, et mon exaspération est telle que j'échangerais ce faquin de Raphaël contre un peintre en bâtiment.

— Eh bien! reprit l'hôte sans se troubler, puisque le *signor* étranger ne se soucie pas de voir les tableaux, il pourra toujours se distraire en admirant les restes de l'antiquité. Son Excellence n'est pas encore allée à Pompéi ?

— Nous comptions visiter Pompéi demain, dit Valentine ; mais nous voulions vous demander auparavant quels étaient les moyens de transport pour exécuter ce petit voyage ?

— Le plus sûr serait de s'entendre avec un *vetturino* et d'emmener avec soi un domestique de place. Si Vos Excellences le désirent, demain matin une *carozzella* les attendra à la porte de l'hôtel. Quant au domestique, je me permet-

trai de recommander au *signor* étranger Mateo
Tommaso, qui est depuis longtemps attaché au
service de la maison.

— Va pour Mateo, s'écria René, séduit par la
perspective d'une expédition en *carozzella* et
redevenu gai comme un pinson. A propos, je
ne serais pas fâché de lier connaissance avec
notre *cicerone*. Envoyez-le moi, s'il vous plaît.

— Votre Excellence verra un drôle d'original ;
mais si l'écorce est rugueuse, le fruit est bon.
Mateo, je crois, est sorti pour une course ; dès
qu'il sera rentré, j'aurai l'honneur de le présenter à Vos Seigneuries.

Ce disant, l'hôte salua les deux voyageurs, et
s'éloigna sur la pointe du pied, avec cette discrétion diplomatique qui caractérise certains
Italiens.

II

Mateo Tommaso réussissait auprès des étrangers par des qualités toutes différentes de celles qui distinguent ordinairement la plupart de ses confrères. Au lieu d'être obséquieux et bavard, d'offrir ses services à tout bout de champ, il se renfermait dans une grande discrétion, ne faisait jamais de commentaires inutiles et ne se mêlait point à la conversation.

Comme on sait, chaque hôtel en Italie est pourvu d'un certain nombre de domestiques de place, qui se tiennent sous la porte cochère, attendant le client.

Mateo ne frayait point avec ses camarades ; on le trouvait assis sur un banc à l'écart, on eût dit qu'il se sentait supérieur à la société qui l'entourait. Une imagination romanesque n'eût pas manqué de voir en lui un homme déchu ou désillusionné, une victime des hasards de la vie.

Il s'intéressait peu aux événements politiques.

Naples venait de changer de maître sans qu'il s'en fût aperçu ; quand un fragment de journal lui tombait sous la main, il le lisait, ne prêtant d'ailleurs aucune attention à la date du numéro, et ne s'étonnant de rien, ni des crimes les plus monstrueux, ni des actions les plus éclatantes.

C'était un philosophe retiré dans la solitude de sa conscience. Peut-être avait-il souffert ? Peut-être, — raison beaucoup plus simple, — était-il né misanthrope ? Tel quel, il fit la conquête du bouillant René de Maugis, qui n'aimait pas les gens expansifs, en vertu de la loi des contrastes.

Le lendemain matin, Valentine et son frère s'installèrent dans la *carozzella*, pendant que Mateo montait silencieusement sur le siège, à côté du cocher, véritable *guappetiello* napolitain, le nez au vent, l'œil sournois, la physionomie mobile, chipeur et bouffon.

On avait fait marché avant de partir ; mais, à la barrière, le cocher demanda de l'argent pour l'octroi, puis de l'argent encore pour acheter de l'avoine. René aurait vidé sa bourse ; l'honnête Mateo s'opposa à ces réquisitions forcées et fit rentrer le cocher dans le devoir.

M. de Maugis se sentait d'autant plus porté à la générosité que la matinée était fort belle. Ceux qui ont voyagé reconnaîtront la justesse

1.

de cette observation. Plus le temps est limpide,
le ciel clair, la nature souriante, plus la prodi-
galité paraît nécessaire. Si la pluie ou le vent
contrarient les projets d'un touriste, celui-ci
devient d'une ladrerie féroce et les pourboires
se ressentent de la rigueur des éléments.

Comment René n'aurait-il pas été généreux ?
A droite, derrière les villas échelonnées sur le
rivage, la Méditerranée d'un bleu foncé, — d'un
bleu invraisemblable, — brisait ses vagues cou-
ronnées d'une frange d'argent. Tout le long de
la route blanche couraient des voitures chargées
de grappes de contadins. Ce monde insoucieux
chantait, riait, mangeait des pastèques, buvait
du vin ou de l'eau anisée, plaisantait avec les passants. Les bosquets d'orangers, descendant par
une pente douce jusque sur la *spiaggia* aux sa-
bles étincelants, envoyaient sur le chemin d'enivrantes odeurs. Il faisait bon vivre dans cette
lumière clémente, dans cette voluptueuse sen-
sation du bien-être général ; et René, qui rele-
vait de maladie, sentait mieux que personne
l'horreur du froid tombeau entrevu et le bienfait
de l'existence retrouvée.

Il y a des instants où la poitrine s'emplit avec
plus de joie d'un air vif et printanier. Les ro-
manciers n'accordent ces moments-là qu'aux
amoureux qui soupirent dans les livres à cou-

verture jaune. Chers confrères! vous n'avez donc jamais gardé le lit pendant huit jours seulement? Vous n'avez donc jamais été privés de votre liberté pendant quarante-huit heures? Qu'importe l'amour au malheureux qui vient de frôler les portes du sépulcre, au captif qui voit s'ouvrir les portes de sa prison? Le malade, le prisonnier regardent ce firmament qu'ils croyaient ne plus contempler; ces arbres à la verdure desquels ils avaient dit adieu; ces oiseaux qui du haut de l'espace ne s'inquiètent ni de nos soucis ni de nos plaisirs; cette création tout entière dont ils se considéraient comme retranchés à jamais. Si la séparation était cruelle, le retour est ineffable; le bonheur présent s'accroît du souvenir des angoisses passées. Pourquoi toujours mettre sur le compte de l'amour les émotions égoïstes de la pauvre nature humaine?

Quoique René de Maugis eût appris l'histoire au collège, il n'avait pas des facultés imaginatives assez développées pour repeupler par la pensée les tronçons des rues et les débris de théâtre qu'on lui montrait à Pompéi.

Mateo, d'ailleurs, se bornait à son rôle de guide, sans réfuter les argumentations de l'officier. Valentine, dont les nerfs étaient plus impressionnables, errait avec délices au milieu des

ruines, écoutant Mateo et ramassant tantôt un
morceau de lave, tantôt une petite fleur, poussée
par miracle entre deux pierres dans ce lieu de
désolation.

Ils visitèrent successivement le Forum, la rue
des Orfévres, le quartier des soldats, l'Amphi-
théâtre, la Basilique, le temple de Vénus, le
carrefour de la Fortune. Ce qui intrigua René,
ce fut de voir que les négociants de l'antiquité
avaient des goûts semblables à ceux de nos modernes marchands de vin, et qu'ils choisissaient
de préférence les angles des maisons pour y
établir leurs boutiques.

Aux thermes ou bains publics, il s'amusa à
contester les assertions de Mateo, déclara qu'on
exagérait le nombre des personnes pouvant entrer dans ce monument, et prétendit que la civi-
lisation actuelle avait construit des édifices bien
plus grandioses. Quand on lui montra le vase
destiné à contenir l'eau bouillante, il n'eut pas
de repos qu'il ne l'eût touché avec sa canne,
malgré les observations des gardiens.

Pompéi, en général, lui sembla absurde, du
moins au point de vue de la bâtisse ; car le Parisien échappé de Paris s'entend à tout, même à
donner des avis sur l'architecture :

— Et tenez, disait René avec un aplomb superbe, ne voyez-vous pas que votre fameuse

maison de l'édile Pansa est ouverte à tous les
vents ? L'*atrium*, comme vous l'appelez, ne se
trouve-t-il pas exposé à des courants d'air fort
désagréables ? Vous dites que les anciens sou-
paient là, dans cette pièce ? Eh bien ! ils devaient s'enrhumer du cerveau, voilà mon opinion !

— Pardonnez-moi, monsieur, de n'être pas
de votre avis, dit un étranger qui visitait Pompéi,
lui aussi, et qui, insensiblement, s'était mêlé
au groupe formé par Mateo Tommaso, René et
Valentine.

Le contradicteur des idées scientifiques et ar-
chitecturales de M. de Maugis parlait un français légèrement teinté d'accent napolitain. C'é-
tait un *cavaliere* élégamment vêtu, bien pris dans
sa petite taille, la lèvre supérieure ornée d'une
de ces moustaches claires et effilées qu'on ne
rencontre plus depuis la Renaissance florentine
et que les Anglais ont remplacées par d'épais
favoris.

René, devinant qu'il avait affaire à un homme
de bonne compagnie, s'inclina poliment, comme
pour laisser le champ libre à l'orateur.

— Les Romains, continua celui-ci, enten-
daient merveilleusement le confortable ; et, s'ils
se gardaient peu contre le froid, c'est que, selon
toute apparence, le froid n'existait point de leur

temps. Je prie mademoiselle de m'excuser si
j'entre dans des détails techniques, mais j'y
suis obligé par mon sujet. Les savants affirment
que notre globe terrestre forme une croûte entourant une masse centrale de liquide en fusion;
s'il en est ainsi, rien ne nous empêche de croire
que cette croûte était autrefois beaucoup plus
mince qu'aujourd'hui, et que, par conséquent, la
flamme intérieure du monde en réchauffait davantage l'extérieur. Ce qui semble plaider en
faveur de ma thèse, c'est que nos ancêtres s'ha-
billaient avec des vêtements fort légers et que
nous grelotterions sous la mince toge des pères
conscrits. Les Gaulois combattaient dans un
négligé assez semblable à celui des anthropo-
phages ; leurs braies et leurs sayons ne nous
garantiraient pas contre une gelée du mois d'a-
vril. De ces divers exemples, il résulte que les
habitants de Pompéi ne commettaient point une
erreur aussi grande que vous l'avez cru en prenant leurs repas dans une pièce ouverte sur un
jardin. Je pense, au contraire, que c'était un
raffinement de luxe et une délicatesse bien entendue, qui avaient leur origine dans la douceur
du climat.

— Vous parlez d'or, monsieur, dit René de
Maugis et je ne suis qu'un ignorant ; la chose
ne me coûte nullement à confesser. Mais pen-

dant que vous me donniez une de ces leçons
qu'on payerait cher à l'Observatoire de Paris,
votre voix me frappait comme un souvenir confus.
Si je ne me trompe, ce n'est pas la première fois
que je vous écoute.

L'étranger sourit.

— Je me nomme, dit-il, Domenico Della Porta,
et j'exerce la profession de banquier à Naples.
M. de Maugis peut se souvenir que je fus témoin de son adversaire, le vicomte de C***, dans
le duel qui eut lieu à propos de...

— Chut ! fit René, mes fredaines de jeune
homme n'intéresseraient pas ma sœur que voici.
Mais, puisque nous nous retrouvons, monsieur,
en des circonstances moins belliqueuses, souffrez
que je vous remercie du service que vous m'a-
vez rendu autrefois. Sans les sages disposi-
tions que vous aviez prises pour empêcher la
querelle de s'envenimer, le vicomte de C***, qui
était un des plus forts tireurs de France, ne m'eût
pas épargné sur le terrain. Sans vos bons offi-
ces, je dormirais à six pieds du sol, après avoir
eu le désagrément de mourir embroché comme
un simple volatile.

Della Porta tendit la main à René et salua
respectueusement Valentine, de l'air de quelqu'un qui a réussi dans une entreprise longue-
ment méditée.

Il ne nous coûte point d'avouer que Della Porta
avait, en effet, résolu depuis le matin de se faire
présenter à mademoiselle de Maugis. Ce plan
avait été exécuté, grâce à une stratégie digne
des-plus grands capitaines.

Le banquier offrit sa voiture pour retourner à
Naples ; René accepta avec d'autant plus d'em-
pressement que la *carozzella* s'était quelque peu
endommagée à un tournant de Portici.

— Tu reviendras seul, dit-il au domestique
de place.

— A vos ordres, Excellence, répondit Mateo.

Pendant l'entretien précédent, qui ne le regardait plus, Mateo Tommaso s'était assis loin
de ses maîtres, et, d'un pied indifférent, il s'a-
musait à pousser un caillou.

III

Le lendemain, le banquier vint s'informer à l'hôtel d'Angleterre de la santé de ses nouveaux amis; on le reçut avec cette amabilité que l'on déploie à l'étranger pour les indigènes qui vous rendent service.

En somme, Domenico Della Porta pouvait devenir utile. Le frère et la sœur, quoiqu'ils ne se fussent point avoué réciproquement leur faiblesse, avaient besoin de retrouver un peu de société civilisée qui les dédommageât des heures d'ennui passées devant les clairs de lune ou les couchers de soleil.

Le banquier était un compagnon des plus sortables; il avait passé à Paris les belles années de sa jeunesse, et le ton, les manières de la capitale de la France lui étaient familiers. Rappelé à Naples par la mort de son père, qui lui avait laissé, outre une jolie fortune, une importante maison de banque à diriger, Domenico ne s'était pas décidé sans amertume à quitter le ruisseau que regrettait tant madame de Staël. Il continuait à recevoir des journaux parisiens, s'intéressait à nos théâtres, à nos beaux-arts, achetait quelques-uns des rares tableaux d'Eugène Delacroix ou d'Ary Scheffer qui pénétraient en Italie, goûtait l'opéra-comique presque autant que l'*opera seria;* bref, c'était pour René de Maugis un camarade providentiel, surtout à deux cents lieues du boulevard des Capucines.

Chaque soir, l'équipage de Della Porta attendait le couple français à la porte de l'hôtel; on faisait un tour sur la Chiaja, le long des rivages de la mer, et le banquier ne manquait pas de mettre ses hôtes au courant des médisances de la ville.

Valentine, en dépit de son indulgence naturelle, ne pouvait s'empêcher de rire des historiettes mimées et racontées par Domenico avec une vivacité toute napolitaine. Un sentiment plus tendre, et qu'elle ne songea point à repousser, ne tarda pas à se mêler à cette admiration.

— Petite sœur, dit un soir René, qui était la loyauté même, il me semble que mon pétulant ami M. Della Porta ne vous déplaît point. Si j'en crois certaines apparences...

— Quelle folie! s'écria mademoiselle de Mau-

gis en rougissant jusqu'au blanc des yeux. Tu
sais bien que j'ai résolu de ne pas me marier;
et d'ailleurs, me voilà déjà une vieille fille; vingt-
deux ans! Sainte Catherine ne me pardonnerait
pas, elle qui compte sur moi pour sa coiffure.

— Petite sœur, petite sœur, reprit le lieutenant, on ne trompe pas plus la vigilance d'un
frère que celle des douaniers à la frontière d'un
État. Tu as beau dissimuler ta confusion derrière un éventail emprunté pour la circonstance
(car il ne fait pas chaud); tu as beau me fou-
droyer du regard, cela ne m'empêchera pas
d'avoir pour les passions d'autrui la perspica-
cité du lynx. Or, comme ton inclination est
honnête, comme elle a pour objet quelqu'un
que j'aurais moi-même choisi; comme tu es
payée de retour, puisque Della Porta passe ses
journées à pousser des soupirs capables d'é-
branler un rocher; enfin, comme le pauvre
garçon t'adore...

— Il te l'a dit?

Valentine aurait bien voulu rattraper son
interruption; mais il était trop tard, et l'intérêt
qu'elle venait de marquer pour la conversation
de Domenico constituait un terrible chef d'accusation contre la jeune fille.

Le chasseur d'Afrique retroussa sa moustache d'un air goguenard :

— Accusée, dit-il, vous venez de vous trahir; dorénavant vous saurez que la dissimulatiom ne mène à rien, si ce n'est à faire découvrir ce que l'on veut cacher; vous êtes entrée dans la voie des aveux, le tribunal vous tiendra compte de cette franchise.

Là-dessus René s'approcha de sa sœur et lui déposa un gros baiser sur le front, comme pour conclure la paix.

Valentine, à la fois heureuse et troublée d'avoir été devinée, se retira dans ses appartements, sans doute pour donner un libre cours à ces douces larmes qu'on verse après l'épanchement d'un secret.

M. de Maugis se disposait à sortir, lui aussi, lorsque Mateo Tommaso qu'il avait pris définitivement à son service, vint l'avertir que le banquier sollicitait l'honneur d'être introduit.

— Diable! diable! pensa René, est-ce que je vais recevoir une seconde confidence? Ce serait trop de deux en un jour.

Della Porta paraissait soucieux. Il s'assit gauchement, se plaignit de la pluie qui tombait depuis le commencement de la semaine, de la baisse à la Bourse, des fautes du gouvernement, de l'impopularité des impôts nouveaux; rien ne le contentait ce jour-là et il avait un tel amour du paradoxe que, dans la conversation, à propos

d'un fait récent, il s'avisa de prendre parti pour
une belle-mère qui avait coupé son gendre en
morceaux.

— Vous avez bien raison d'être irrité des
choses qui se passent, dit le frère de Valentine ;
car, moi qui ne suis qu'un étranger, je commence
à ne plus raffoler de cette contrée-ci. Comme
tout le monde, je m'imaginais que c'était un
paradis terrestre ; mais il faut regarder votre
paradis de loin, avec les yeux de l'imagination,
de la même façon que La Bruyère considérait une
petite ville agréablement située : « A peine y
suis-je descendu, je fais comme les habitants,
j'en veux sortir. »

— Vous ne vous plaisez plus en Italie ? demanda
Della Porta inquiet.

— Ma foi ! non. Si nous n'avions eu l'heur de
vous y rencontrer, nous nous serions envolés
depuis longtemps, moi vers mon régiment, ma
sœur, vers sa vieille cousine de là-bas... Cependant, vous connaissez le dicton : Il n'est si bonne
compagnie qui ne se quitte..... et nous allons
vous quitter.

— Déjà ?

— Ce *déjà* est flatteur. Allons, Della Porta,
secouons-nous un peu, ajouta le malicieux officier en voyant que la figure de son interlocuteur
s'allongeait sensiblement. Vous avez l'air d'un

amoureux rebuté qui médite un suicide. Votre gouvernement s'arrangera, que diable ! la Bourse remontera tôt ou tard, et il y aura même quelque part un gendre qui rendra à sa belle-mère le petit service dont vous parliez tout à l'heure.

Le pauvre banquier porta la main à son cœur comme s'il souffrait d'une passion rentrée :

— Sans vous en douter, mon ami, dit-il, vous m'avez fait bien mal. Vous parlez de l'amour en homme qui n'a jamais aimé... que par hasard... mais il est un sentiment plus vif, plus pénétrant, plus doux...

— Nous y voilà, pensa René qui eut beaucoup de peine à garder son sérieux.

Della Porta s'embarqua dans une définition de l'amour d'où il ne sortit point à son avantage. Rien ne s'explique moins que ce qui se ressent vivement ; les définitions exigent du sang-froid et encore pèchent-elles toujours par quelque côté.

On a souvent analysé l'amour, on ne l'a jamais défini. Il n'est donc pas étonnant qu'un simple banquier de la rue de Tolède ait fait naufrage là où les plus savants moralistes avaient échoué avant lui.

René de Maugis, pendant le long discours de son visiteur, roulait une cigarette et essayait d'enflammer des allumettes en les frottant contre le marbre de la cheminée. Quand Della Porta eut fini :

— Vous ne concluez pas? dit René.

— Si fait, certes, je conclus, s'écria le banquier... je conclus en demandant la main de mademoiselle votre sœur que j'aime de toutes les forces de mon âme !

L'officier jeta par terre une allumette récalcitrante :

— Eh bien? interrogea Domenico en joignant les mains et d'une voix tremblante d'émotion, dois-je espérer?... oserai-je croire?...

— Ah! enfin, en voici une passable, dit M. de Maugis en regardant avec attendrissement une allumette qui avait consenti à brûler.

Il approcha de sa cigarette le feu qu'il avait obtenu si malaisément et envoya vers le plafond un odorant filet de fumée.

— Eh bien?... murmura Della Porta.

— Eh bien, mon cher beau-frère, dit René après un silence, votre demande m'honore à un tel point, je suis si persuadé que vous ferez le bonheur de Valentine, vous me paraissez être un si brave garçon que... vous devinez le reste, n'est-ce pas? J'aurais mieux fait de vous répondre oui tout simplement; mais, que voulez-vous? je m'embrouille dans mes périphrases comme vous dans vos définitions.

— Alors, alors, s'écria Domenico, tremblant d'avoir mal compris, il m'est permis d'espérer... de supposer... que mademoiselle Valentine...

— Ma sœur? répliqua le lieutenant; d'abord, elle n'a pas d'autre avis que le mien. Et puis, tenez, elle n'est pas curieuse; mais, sans avoir écouté aux portes, je suis sûr qu'elle se doute un peu de tout ce que nous avons dit.

IV

— Un bouquet pour mademoiselle, dit Mateo Tommaso en présentant à Valentine une immense touffe de camélias blancs et de violettes de Parme.

Depuis que Domenico avait été admis à titre de fiancé officiel, il ne manquait jamais de se faire précéder chaque jour par des fleurs, sorte d'avant-garde parfumée. Cela signifiait : me voici!... Et il ne tardait pas à arriver lui-même, souriant, rasé de frais, le monocle sur l'œil, l'air conquérant, l'esprit aiguisé par la félicité sans mélange dont il jouissait.

Ce soir-là, le bouquet quotidien était accompagné d'un billet à l'adresse de René. Della Porta priait M. de Maugis de venir le rejoindre au café de l'Europe, situé, comme on sait, à deux pas du fameux théâtre de San-Carlo.

— Est-ce que mon futur beau-frère aurait la prétention de me condamner à entendre la *Norma*? fit René en prenant son chapeau et ses gants.

2

Il trouva Domenico en tête-à-tête avec un de
ces sorbets à la neige des montagnes, qui sont
aux autres sorbets du reste de l'univers ce que
l'aigle est au pigeon, ce que le léopard est à
la souris, ce que l'Himalaya est aux buttes
Montmartre.

— Je vous ai demandé, dit le banquier, pour
être aidé de vos conseils dans une affaire délicate, une affaire de cœur...

— Mon cher ami, interrompit le lieutenant
en fronçant le sourcil, je ne suis pas un parent
sanguinaire; mais je me livrerais aux extrémités les plus fâcheuses si, en ce moment, vous
vous avisiez à songer à une autre femme que
Valentine, dont vous avez, entre parenthèses,
complètement changé le moral. Autrefois, je
lui suffisais; quand nous allions nous promener ensemble, elle ne se lassait pas d'admirer
en ma compagnie le reflet des astres sur le
golfe, le scintillement des flots... Maintenant,
tout ce que je lui dis l'ennuie prodigieusement.
A peine notre marinier a-t-il donné quelques
coups de rame qu'elle regarde, non plus la mer,
mais le rivage pour voir si vous n'y êtes point.
Vous, de votre côté, vous galopez sur la Chiaja
pour montrer vos talents de beau cavalier; vous
livrez vos cheveux au vent comme lord Byron,
vous devenez irrésistible... Quelle figure ridi-

cule je fais, moi, au milieu de ces folies d'a-
moureux... Non, là, mettez-vous à ma place...

Domenico fit un geste d'homme accablé.

— Voyons, demanda René, de quoi s'agit-il?

— Je suis un peu embarrassé pour vous demander votre avis, soupira Della Porta; quoique au fond je n'aie commis aucun crime...

— Mille carabines! Je l'espère bien!

— Et moi, j'en suis sûr. Mon cas est fort
simple, après tout. La rencontre de Pompéi a
été pour moi le coup de foudre qui renversa
Saul sur le chemin de Damas. A peine eus-je
aperçu mademoiselle votre sœur, que je la
trouvai...

— Ravissante, je sais cela; mais ne nous
égarons pas dans les caprices de la conversation,
interrompit le lieutenant avec une certaine
brusquerie. Voyons votre histoire; car c'en est
une, n'est-ce pas, que vous allez me conter?

— La voici, dit Della Porta... J'ai été élevé,
mon cher ami, avec une délicieuse personne,
la signorina Teresina Baïr; et je dois vous
avouer qu'elle m'avait été destinée de toute
éternité. Nos familles se connaissaient; mon
père et son père étaient les deux doigts de la
main; nous habitions à côté les uns des autres.
Vous eussiez demandé des renseignements à
un Napolitain quelconque, il vous eût répondu :

Mademoiselle Baür sera madame Della Porta ;
c'est une affaire entendue !

— Je connais ces sortes de mariages-là, dit
l'officier ; ils ratent toujours.

— Aussi le mien a-t-il raté. Plus nous avan-
cions en âge, Teresina et moi, plus nous nous
apercevions d'une chose que vous devinez.
Nous n'avions aucune raison de nous haïr, aucune raison non plus de nous aimer... Nous
nous connaissions si bien et depuis si longtemps ! Comment lui aurais-je caché mes défauts ? Comment m'aurait-elle dissimulé les
siens ? Or, un amoureux qui voit les défauts de
sa belle n'est guère amoureux, allez !

Le lieutenant acquiesça par un signe de tête
à cette juste maxime.

— Mon père mort, continua Della Porta,
M. Baür qui l'avait toujours accompagné partout ne tarda pas à l'aller rejoindre dans la
tombe. Nos deux parents nous avaient dit en
mourant : Mariez-vous le plus tôt possible et
soyez heureux... Oui ; mais quelque temps après
je rencontrai votre charmante sœur. Quant à
Teresina, elle recevait, sans trop de défaveur,
les hommages d'un colonel belge.

— Alors, dit René, ce fameux nœud gordien
s'est dénoué tout seul.

— Oh ! fit le banquier en soupirant, pas tant

que cela. Teresina comprend fort bien que nous ne pouvons pas nous condamner à traîner le boulet conjugal, nous, vivants et bien vivants, pour faire plaisir à nos ancêtres qui sont endormis pour l'éternité ; mais elle comprend aussi que je ne suis pas assez affligé de son abandon ; et elle voudrait que j'en éprouvasse une grande tristesse, parce qu'alors elle aurait le plaisir de me consoler.

— Vous êtes-vous fait la confidence que vous ne vous aimiez point ?

— Jamais !

— Eh bien ! dit triomphalement M. de Maugis, voilà qui va tout arranger. Vous verrez bientôt mademoiselle Baür ?

— Ce soir même, au théâtre de San-Carlo où elle m'attend en compagnie de sa mère, qui est sourde comme on ne l'est pas et qui sourit à nos conversations, persuadée que nous nous disons des douceurs.

— Mon ami, reprit René, écoutez bien l'avis d'un homme qui s'est tiré de conjectures plus difficiles que celle où vous êtes. Selon moi, vous n'avez qu'une route à suivre, celle de la franchise. Il faut aborder la question... à la baïonnette, comme nous faisons, nous autres militaires, pour prendre une redoute : « Mademoiselle direz-vous, cessons de nous tromper mutuellement.

2.

Vos yeux, votre physionomie, votre manière
d'être avec moi m'annoncent que je vous suis
indifférent et que vous vous contentez de m'es-
timer, sentiment insuffisant pour nous lier l'un
à l'autre par d'irrévocables promesses. Je vous
rends votre parole; rendez-moi la mienne... et
restons-en là. »

— Nous autres descendants de Machiavel,
nous y mettrions plus de façons, dit Della Porta;
mais bah! votre méthode est peut-être la meilleure... Au petit bonheur! je vais l'essayer.

Le banquier se levait pour prendre congé de
M. de Maugis, lorsqu'un incident se produisit à
la porte du café, où un attroupement s'était
formé et où diverses gens causaient, entourant
un *fachino* qui racontait lui-même une histoire
sans doute fort intéressante, à en juger par les
gestes et les démonstrations qu'il prodiguait
avec une volubilité sans pareille.

— Que se passe-t-il donc? demanda René à
un consommateur qui venait de s'asseoir à une
table voisine, devant une tasse de café noir et
un verre d'eau froide.

Le personnage auquel cette question était
adressée mérite une description particulière.

C'était un grand gaillard d'une trentaine d'années, à l'œil creux et sombre; une barbe abondamment fournie lui donnait l'air monacal, et

ses cheveux, qu'il portait ras et drus sur le
sommet de la tête, ajoutaient à l'illusion qu'on
pouvait se faire sur la condition sociale de l'individu. Il était vêtu à la moderne: cependant il
avait adopté le célèbre manteau castillan dans
lequel les Madrilènes se drapent si bien sur la
place de la Puerta del Sol. En somme, il faisait
l'effet d'un moine défroqué qui se serait mêlé à
une troupe de conspirateurs dans un opéra de
Verdi.

— Il y a une émeute? fit Della Porta insistant
sur l'interrogation de M. de Maugis.

— Non, répondit le personnage au manteau ;
ce sont les brigands.

Le banquier haussa légèrement les épaules :

— Mes compatriotes voient des brigands partout, dit-il avec dédain. Où les a-t-on pris encore,
cette fois-ci?

— Monsieur, dit poliment le faux moine, vous
n'avez que quelques pas à faire. De Chiatamone,
vous apercevrez le Vésuve, et sur le Vésuve flotte
en ce moment-ci le drapeau bourbonien, qui
nargue votre croix de Savoie. Vous m'accorderez
bien, n'est-ce pas, que ce drapeau ne s'est pas
planté là tout seul? Et s'il est là, c'est qu'il y a
été mis par quelque troupe au service du gouvernement déchu. Voilà pourquoi la ville s'é-

meut et pourquoi un bataillon de bersagliers vient de quitter sa caserne.

A cette époque, où le régime piémontais venait à peine de s'installer dans le midi de la Péninsule, les faits du genre de celui-ci n'étaient pas rares. Les dépêches officielles annonçaient bien au reste de l'Europe que l'unification italienne était accomplie; les bureaux fonctionnaient vaille que vaille, les douanes aussi; mais, en réalité, les partisans de l'ancien état de choses ne se tenaient pas pour battus. Chiavoni et ses hommes occupaient la frontière romaine; un officier autrichien, le baron de Kalkreuth, tenait dans les bois de Terracine; les paysans, tous royalistes, donnaient le coucher et les vivres aux *guerillas* composées d'amis ou de parents à eux. L'armée régulière piémontaise ne pouvait pas grand'chose contre ces adversaires invisibles qui connaissaient les sentiers de la montagne, qui luttaient avec un courage indiscutable, avec un zèle inouï, et dont on ignorait les forces et les ressources secrètes.

— Des brigands! en plein dix-neuvième siècle... aux portes d'une ville aussi populeuse que Naples... voilà qui est fort! s'écria René en se renversant sur sa chaise.

— Hé! mon ami, dit Della Porta visiblement impatienté, il ne faut pas plus croire aux récits

du peuple qu'à la vraie canne de Voltaire ou à la
tabatière de Napoléon. Qu'un lazzarone, poltron
et ignorant, s'imagine rencontrer au coin des
rues des légions de Cartouches et de Mandrins
(pour ne citer que les honorables Français qui
ont excellé dans ce genre d'industrie); qu'un lazzarone, dis-je, ait peur de son ombre comme le
lapin de la fable, cela se conçoit : les basses classes, chez nous, n'ont pas été instruites; mais que
des hommes intelligents, éclairés, donnent dans
de pareilles chimères et se créent de semblables
fantômes, voilà ce qui me surpasse, je l'avoue...
A entendre certains Italiens de ma connaissance,
leur pays, pour lequel ont été inventées toutes
les richesses du ciel et de la terre, ne serait qu'un
repaire de voleurs. On n'y pourrait faire un pas
sans y être arrêté par le canon d'une escopette
luisant parmi les buissons de myrtes et de lilas...
Per Bacco! les seuls voleurs que je connaisse,
ce sont les aubergistes de Santa-Lucia ou messieurs les cochers de la Piazza del Castello :
voilà les vrais bandits. Quant aux autres, j'attends qu'on me les montre, et je demeure jusque-
là persuadé qu'il n'y en a pas plus qu'il n'y a des
revenants et des loups-garous.

Après cette improvisation chaleureuse, le banquier promena ses regards autour de lui d'un
air de défi, comme pour provoquer une réponse;

mais personne ne s'offrit à prouver le contraire
de ce qu'avançait Della Porta. Seul, le mystérieux voisin, celui qui avait donné des renseignements sur ce qui causait l'émotion populaire,
fit entendre, dans les profondeurs de son épaisse
barbe noire, quelque chose qui ressemblait à un
ricanement sourd.

Comme l'inconnu était plongé dans la lecture
du *Pungolo*, il était juste de supposer que c'était
un article de ce journal qui causait une gaieté
aussi impertinente. René de Maugis, très cha-
touilleux sur le point d'honneur, s'imagina pourtant que l'étranger se moquait de Domenico, et,
tourmentant le pommeau de sa canne :

— Le *Pungolo* est donc bien intéressant, monsieur? demanda-t-il d'un ton sec.

— Très intéressant, répondit le faux moine
sans s'émouvoir.

— Et serait-il indiscret de vous demander le
sujet de votre hilarité de tout à l'heure?

— Monsieur, dit l'inconnu avec un sourire
passablement railleur, je ne sais point résister
aux gens, surtout lorsqu'ils me parlent d'une
façon bienveillante et polie.., Je riais donc parce
qu'il y avait entre l'article du *Pungolo* et les discours de monsieur (il désignait Della Porta) une
coïncidence vraiment extraordinaire.

— Comment cela? s'écria le banquier.

— Vous allez voir... Vous souteniez, n'est-ce
pas, qu'il n'y avait plus de brigands en Italie?

— Plus un seul.

— Eh bien! le *Pungolo*, journal officieux, ami
du gouvernement et des bonnes mœurs, partage
tout à fait votre sentiment. Il affirme que tout va
pour le mieux dans le meilleur des royaumes
possibles, que le brigandage est exterminé de
fond en comble, à preuve...

L'inconnu chercha du doigt le long des colonnes imprimées :

— Ah! voici l'article... à preuve que Fra Giacomo, le dernier brigand, a été fusillé hier soir
par les soldats de Victor-Emmanuel dans une
petite localité des environs de Caserte : « Le misérable est tombé, frappé de six balles, après
avoir demandé pardon à Dieu et aux hommes
de ses nombreux méfaits. » Ce sont les propres
expressions du rédacteur.

— Ma foi! monsieur, dit René de Maugis, je
ne saisis pas ce que peut avoir de risible le récit
de l'exécution d'un pauvre diable; vous nous
avez promis d'expliquer votre conduite, et il me
semble...

— Il vous semble que j'ai ri mal à propos,
répliqua l'étranger en jetant sur la table du café
une petite pièce de monnaie; mais d'abord,
monsieur, permettez-moi de vous faire observer

que je puis avoir le caractère gai et que cela ne
porte tort à personne ; en second lieu, j'ajouterai
que le rire est un effet nerveux dont la cause est
essentiellement relative. Telle bouffonnerie du
théâtre San-Carlino, qui fera pâmer d'aise un
pêcheur de la Marinella, laissera froid et insen-
sible un habitant de Londres égaré dans ces
contrées ; nous autres méridionaux, nous trou-
verions grossières des plaisanteries excellentes
pour les Russes ou les Suédois. Chacun a donc
une manière à soi de se distraire, et vous me
permettrez bien de rester dans la loi commune.
Mon Dieu ! oui, messieurs, pour des raisons qui
me sont particulières, la nouvelle de la mort de
Fra Giacomo m'a considérablement diverti.

— Mais encore ?...

— Oh ! sans doute, vous voudriez savoir pourquoi. Ceci est mon secret, et vous souffrirez
que je ne le confie à personne.

L'inconnu, en prononçant ces mots, s'était
levé et s'enveloppait dans son manteau avec une
ampleur de geste qui eût fait honneur à don
César de Bazan.

Il salua gracieusement ses deux interlocuteurs, puis se dirigea vers la porte de l'établissement ; mais c'était une fausse sortie.

Au moment de franchir le seuil, il revint sur
ses pas, mit familièrement la main sur l'épaule

du banquier, et, fixant celui-ci avec une certaine obstination :

— Monsieur Della Porta, dit-il à demi-voix, il y a des yeux qui sont aveugles, même en restant ouverts. Que l'ombre de Fra Giacomo vous protège !...

— Vous me connaissez, s'écria le banquier en se précipitant à la suite du faux solitaire de la Thébaïde.

Il était trop tard.

L'étranger avait déjà disparu dans un des groupes bruyants et agités qui encombraient la rue de Tolède en causant des événements.

V

Dans la *Norma* débutait la Biancoletti, de la famille des Biancoletti de Ferrare, qui a entretenu les cinq parties du monde de ténors, de soprani et de barytons.

La Biancoletti, ce soir-là, avait des partisans fanatiques et des adversaires acharnés; on s'attendait à du tapage; c'est pourquoi la salle du San-Carlo était comble et de nombreuses escouades de gardiens de police maintenaient la tranquillité au dehors.

Dans les couloirs, on causait beaucoup de l'épisode du drapeau. Le moindre accident, en Italie, est vite grossi par la rumeur publique; il y avait des trembleurs qui prétendaient que le Vésuve tout entier était couvert de bannières aux couleurs séditieuses, que des batteries formidables installées sur la montagne se disposaient à bombarder Naples pendant la nuit, etc., etc.

Ces préoccupations politiques ne furent apai-

sées que par le lever du rideau ; quand on aperçut les druides rangés en cercle et se disposant
à cueillir le gui sacré, on ne songea plus qu'à
la débutante ; les haines et les amours artisti-
ques se rallumèrent au vent que produisit dans
la salle le morceau de toile rouge qui s'enlevait
vers les frises, tant il est vrai que les plus graves préoccupations ne peuvent faire oublier
aux Italiens leur passion pour la cavatine, les
sons filés, le trille et le *grupetto*.

Après l'air de la *Casta diva*, les applaudissements éclatèrent, contrariés pourtant par les
chuchotements significatifs d'une partie de l'assistance.

Suivant l'habitude des cantatrices, la Biancoletti fit semblant de ne pas entendre les *chuts*
et ne prit garde qu'aux applaudissements.

Elle s'avança sur le bord de la scène, salua
avec grâce, porta une main sur son corsage et,
de l'autre main, envoya des baisers à l'assistance. Alors tandis que les ennemis restaient
consternés, les amis firent rage ; ils se levèrent de leurs fauteuils ; ils cassèrent des bancs ;
quelques jeunes gens allèrent jusqu'à employer
le cri : *hou! hou!* qui n'est guère d'usage à Naples que pour rappeler les acteurs du théâtre
de Polichinelle. Quand on ne connaît que les
froides manifestations de nos Parisiens blasés

et sceptiques, on ne sait pas ce que c'est que l'enthousiasme au théâtre.

La Biancoletti se retira dans la coulisse emportant une cargaison de bouquets. Après le premier acte, Della Porta se rendit dans une loge occupée par deux dames, probablement la mère et la fille, et par un troisième personnage dissimulé dans l'ombre. Celui-ci appartenait au sexe fort. C'était un homme d'une quarantaine d'années, à l'aspect grave, diplomatique. Il paraissait chercher à n'être pas vu et se rejetait au fond de la loge, chaque fois que les lumières de la rampe augmentaient d'intensité.

Après les premiers compliments d'usage, Della Porta s'assit très embarrassé de ce qu'il avait à dire, et gêné, surtout, par la présence d'un étranger. Madame et mademoiselle Baür, (on a deviné que c'étaient elles) paraissaient dans le ravissement, soit que le triomphe de la Biancoletti leur tînt au cœur, soit que leurs affaires privées fussent cause de ce surcroît de disposition à voir la vie en rose.

On échangea quelques paroles banales qui eurent le don d'égayer la jolie Teresina (car elle était très jolie et il fallait être son ami d'enfance pour ne s'en point apercevoir). Tout à coup, se ravisant comme quelqu'un qui a fait une étourderie, elle s'écria en se frappant le front avec son éventail :

— Hé mais ! j'y pensé, messieurs !... j'ai négligé de vous présenter l'un à l'autre... Domenico, vous m'avez entendu parler souvent du colonel Mertens... Le voici.

Le colonel eut un haut-le-corps.

— Mademoiselle, dit-il, dans les conditions où je me trouve à Naples...

— Sans doute, reprit mademoiselle Baür, vous m'accusez d'indiscrétion, de témérité, parce que votre tête est mise à prix en votre qualité d'agent bourbonien ; mais d'abord, par le temps qui court, qui est-ce qui n'a pas sa tête mise à prix?... Et puis, rassurez-vous ! je connais M. Della Porta depuis l'âge où je jouais à la poupée : il est aussi incapable de vous trahir que de se tromper dans une règle d'escompte ou dans la preuve d'une addition.

— Vous pouvez vous fier à ma fille, ajouta la vieille maman qui, affligée d'une surdité incurable, n'avait rien compris à ce qui se passait. Teresina est très forte sur le piano et notre salon est le seul où l'on fasse de la musique classique, de la grande musique, monsieur.

Le colonel était habitué à ces sortes d'interruptions ; il s'inclina poliment pendant que ma-

dame Baür se rengorgeait, enchantée d'avoir
placé son mot dans l'entretien.

— Vous n'avez rien à craindre de moi, dit
Della Porta à M. Mertens... Espérons cependant qu'il viendra un moment où vous ne serez
plus obligé de vous cacher et où vous me déli-
vrerez, par conséquent, de l'espèce de responsa-
bilité que j'assume ce soir.

— Ce moment viendra, en effet, monsieur,
répondit le colonel ; je crois même, si les choses
tournent selon mes prévisions, qu'il n'est pas
éloigné... Mais, pardon, je blesse peut-être vos
convictions sans le vouloir. Vous n'êtes pas des
nôtres ?...

— Les gens de finance, dit Domenico, n'ont
plus le droit d'avoir une conviction ; ils se sont
tellement jetés du noir au blanc, de l'unitarisme
au parlementarisme, de la religion révélée à la
religion naturelle, suivant que le 5 pour 100
était offert ou demandé ; ils ont revêtu si souvent des peaux de caméléon changeant au soleil, que leur avis ne pèse plus dans la balance
des nations... Un banquier, monsieur !... Mais
un banquier prêterait aux envahisseurs de son
pays, s'il était sûr d'obtenir une prime de rem-
boursement !

— Vous vous calomniez, mon ami, dit Teresina ; vous allez vous donner une réputation

que vous ne méritez sûrement point... celle d'un homme sans foi ni loi... Ne l'écoutez pas, colonel ; il vaut mieux que ses collègues...

— Oui, oui, appuya madame Baür (toujours à mille lieues de ce qu'on disait) ; on assure que le nouveau gouvernement va dissoudre le Sacré Collège.

— J'ai peur, reprit Della Porta en s'adressant au colonel, que vous n'ayez commis une imprudence en séjournant ici... Le gouvernement n'ignore pas les conspirations qui se trament pour le renverser et il paraît qu'on a donné tout récemment des instructions plus sévères que jamais...

— A qui ?

— A la police, aux magistrats, aux troupes de la garnison, à tous ceux enfin qui sont chargés du maintien de l'ordre.

— Oh ! des circulaires... des décrets... cela ne suffit pas... Il faudrait, pour nous prendre, des limiers plus fins que ceux dont dispose Sa Majesté de Savoie. Il y a des sbires et des espions partout ; mais, plus il y en a, mieux on les voit. Ils ne sont pas difficiles à reconnaître.

— A votre place, je ne serais pas si rassuré que vous, dit le banquier. Moi qui, par métier, suis obligé d'avoir du flair, je me trompe souvent aux physionomies... Les visages les plus ou-

verts ne sont pas toujours le miroir d'une belle
âme, ma foi, non !... Si j'étais dans votre situation, je courrais des dangers à chaque instant avec ma sotte coutume de parler à tort et
à travers. Le sage tourne, dit-on, sa langue sept
fois dans sa bouche ; moi, je parle avant de me
souvenir seulement que j'ai une langue. Et pourtant, je le répète, on ne saurait prendre trop de
précautions. Pas plus tard que tout à l'heure, il
vient de m'arriver une aventure...

— Une aventure ?

Les assistants eurent un mouvement de curiosité. Della Porta, dont le faible, il faut bien
l'avouer, était de servir de point de mire à
l'attention de ses semblables, se disposait à
tirer les feux d'artifice d'une rhétorique cicé-
ronienne, lorsque deux coups frappés à la porte
de la loge l'arrêtèrent comme il allait commencer :

— Attendez-vous quelqu'un ? demanda-t-il.

— Personne, fit Teresina devenue pâle.

— Alors, ce n'est pas la peine de se déranger
pour aller ouvrir.

— Non, non ; racontez-nous votre histoire
plutôt.

— Eh bien ! reprit le fiancé de mademoiselle
de Maugis, j'étais, il n'y a qu'un instant, au café
de l'Europe, lorsque...

Deux coups, frappés plus fort cette fois, l'interrompirent de nouveau.

— Décidément, dit M. Mertens, c'est quelqu'un qui se trompe et je vais...

— Ne vous montrez pas! s'écria mademoiselle Baür en saisissant le bras du colonel avec une passion et un intérêt qu'elle n'eût probablement pas témoignés à Domenico d'une façon aussi vive... Domenico, vous n'êtes pas proscrit, vous; allez ouvrir pendant que M. Mertens rentrera dans l'ombre.

Le banquier se leva et ouvrit la porte.

Il recula aussitôt.

Sur le seuil de la loge, dans la demi-lumière du couloir, étincelaient les armes, les bottes et le casque d'un carabinier royal.

VI

Le carabinier entra en portant militairement la main à la hauteur de son sourcil et promena sur les quatre personnages de cette scène un regard inquisiteur.

— Pardon, balbutia-t-il, comme s'il était honteux de sa mission... mille pardons, mesdames, de vous déranger... mais un soldat ne connaît que sa consigne... et la mienne n'est pas agréable... non, pas agréable précisément...

— Que voulez-vous ? demanda M. Mertens.

— Chut! colonel, dit Teresina tout bas; le son de la voix fait partie du signalement.

Le carabinier essuya sa grosse moustache du revers de sa manche, sans doute pour se donner une contenance, et avala sa salive péniblement comme si la chose qu'il avait à dire l'étranglait au passage.

— Encore une fois, excusez la liberté, fit-il... mais, voyez-vous, il y a des moments où l'on aimerait mieux recevoir mille millions de balles

dans le corps que... Enfin, suffit! Quel est celui
de ces deux messieurs qui s'appelle Della Porta?

Domenico n'avait plus de sang dans les
veines.

— C'est moi, dit-il... mais je ne suppose pas...
je ne comprends pas...

— Ah! bien, ni moi non plus, dit le carabinier;
d'ailleurs, je ne suis pas chargé de comprendre.
Je vous arrête au nom du roi; après cela, je n'en
sais pas plus long...

— C'est une infamie, s'écria le banquier; c'est
une abomination. Je n'ai fait de tort à personne;
mes livres sont parfaitement en règle.

— Pour ce qui est de ça, je m'en rapporte à
vous, dit le soldat; je ne sais pas lire.

— M'arrêter comme un voleur... en plein
théâtre, moi dont la vie n'a pas une tache!...
moi qui consacre une partie de ma fortune à
soulager les pauvres, moi... moi! sanglota Domenico en tombant sur un canapé et en s'arra-
chant les cheveux.

Il embrassait d'un coup d'œil toutes les conséquences de ce déplorable incident : son honneur endommagé (même après que son innocence aurait été reconnue), son crédit ruiné,
et, principalement, son mariage manqué avec
Valentine, qu'il adorait d'autant plus qu'il se
voyait sur le point de la perdre.

— Monsieur le militaire, dit Teresina, émue par les soupirs du malheureux garçon, il y a certainement méprise; je garantis que l'inculpé est un honnête homme et je demande à l'accompagner, pour témoigner en sa faveur chez le juge d'instruction.

— Assurément, ajouta madame Baür, voyant que Domenico se tenait la tête entre les mains, vous avez tort de vous désoler, mon cher; vous n'avez pas de maladie sérieuse. Prenez un grain d'ipécacuanha dans un verre de lacryma-christi.

M. Mertens se décida à intervenir :

— Avez-vous un mandat d'arrêt? demanda-t-il au carabinier.

Celui-ci le regarda d'un air méfiant :

— Si tout le monde était aussi en règle que moi, répondit-il, il n'y aurait pas tant de détenus dans les prisons de Naples. Puisque vous voulez des papiers, je vais vous en montrer.

Il fouilla dans sa poche; mais M. Mertens comprit qu'il serait dangereux d'exaspérer un subalterne inintelligent, et, affectant aussitôt la plus grande confiance :

— Non, non, c'est inutile, mon brave, ne cherchez pas... que diable! nous pensons bien que vous n'êtes pas venu ici sans avoir des ordres formels...

— Bien sûr, dit le carabinier, qui cessa de chercher dans ses poches et qui, n'y trouvant rien, avait passé par une crise d'inquiétude visible.

— Où me conduisez-vous ? demanda Domenico.

— Chez le questeur... à deux pas du théâtre.

— Alors, je vous suis, dit Teresina.

Le carabinier étendit son bras comme pour établir une barrière entre l'accusé et mademoiselle Baür :

— Impossible... mademoiselle... désolé de vous contrarier, c'est tout à fait impossible... Demain, si M. Della Porta n'est pas au secret, vous obtiendrez, je suppose, la permission de le voir ; mais ce soir, j'ai ordre de n'emmener que lui seul... Allons, monsieur, du courage !

Della Porta se leva en chancelant, balbutia quelques paroles d'adieu et embrassa madame Baür, qui, s'imaginant qu'il se rendait à quelque partie de plaisir, lui dit en souriant avec malice :

— Amusez-vous bien, mauvais sujet !

— Je ne le laisserai pas prendre ainsi comme un malfaiteur, s'écria Mertens, qui voulut sortir à la suite de la force armée.

— Colonel, dit Teresina, je vous ordonne de rester tranquille ; vous ne sauveriez pas notre pauvre ami et vous vous perdriez peut-être.

Cependant, Domenico, escorté du soldat, avait gagné l'escalier qui mène au couloir des premières loges. Quelques spectateurs, étonnés de voir le banquier en si formidable compagnie, se rangeaient pour faire place au représentant de la loi. On chuchotait dans les coins, on accourait du fond des corridors; la nouvelle de l'arrestation de Della Porta s'était répandue avec la rapidité de la foudre, et, quand il arriva au contrôle, il y rencontra un groupe d'amis qui ne purent dissimuler leur stupéfaction de le trouver dans une pareille disgrâce.

— Je vous assure, mes amis, que je n'ai rien fait, répétait Domenico, en levant les mains au ciel.

Ces intentions mélodramatiques et cet appel à la pitié des passants semblèrent infiniment déplaire au carabinier qui appela un de ses collègues, de planton à la porte du théâtre, afin d'avoir de l'aide en cas de besoin. Le second militaire se mit à la gauche du prisonnier pendant que le premier militaire s'installait à droite, et, gardé à vue par ces deux cerbères, le banquier dut perdre toute espérance de secours ou de fuite.

On le fit monter dans une voiture qui stationnait sur la place, les deux soldats enfourchèrent leurs chevaux et l'équipage partit.

Malheureux captif! le sourd grondement des roues se répercutait au fond de son cœur comme la vague engloutie dans un creux de rocher imite en se brisant le bruit du tonnerre. Les longues rangées de lumières défilaient une à une, étoiles perdues dans l'immensité des ténèbres, et sous la protection de ces becs de gaz municipaux passait et repassait un peuple d'ombres aussi tumultueux que celui qui, d'après l'ancienne mythologie, se presse sur les bords du Styx.

La voiture roulait, roulait; les carabiniers, en flanc, galopaient aussi vite que s'ils avaient cédé à un de ces sauve-qui-peut qui éclatent quelquefois parmi les troupes les plus aguerries sur un champ de bataille. On eût juré qu'ils avaient, selon une expression populaire, le diable à leurs trousses, tant ils enfonçaient avec rage leurs éperons dans le ventre de leurs chevaux et tant ils paraissaient se hâter d'échapper aux remords de leur conscience. Les naseaux des bêtes fumaient dans la nuit; leurs crins trempés de sueur ressemblaient aux herbes emperlées de gouttes de rosée. Une personne à l'imagination quelque peu fantastique eût certainement entendu dans les airs le fameux *trap! trap!* de la ballade de *Lénore.*

D'imagination, Della Porta n'en avait que

pour son industrie ou pour ses plaisirs. La
mauvaise fortune l'abattait tout de suite, et il
ne déployait pour la braver ni le stoïcisme de
Job sur son fumier ni l'impassibilité hautaine de
Napoléon pendant la retraite de Russie. D'une
voix étranglée par les larmes, il adressait à Valentine des adieux éternels sur un air de Bellini,
qui, on ne sait pourquoi, lui trottait dans la
mémoire à ce moment fatal. Les âmes pleines
de dilettantisme associent souvent la musique à
leurs douleurs. Éprouvent-elles un mouvement
de joie?... elles se chantent à elles-mêmes une mé-
lodie qui touche au flon-flon ou à la valse à trois
temps; fléchissent-elles, au contraire, sous le fardeau d'un chagrin quelconque?... elles tombent
dans le mode mineur, dans les phrases d'élégie
pour piano avec accompagnement de violon-
celle. Il n'y a rien de plus curieux que cette
communion de la pensée avec l'art préféré; j'ai
connu un peintre qui, toutes les fois qu'on refusait ses œuvres au Salon, songeait immédiate-
ment à un tableau du Corrège.

La voiture marchait toujours.

Domenico, enfoncé dans un coin de sa prison
roulante, la figure aussi maussade que celle d'un
boule-dogue qui montre les dents à un importun, descendait le courant de sa mauvaise humeur sans chercher un seul instant à lutter con-

tre ce fleuve rapide. Il lui vint cependant une
réflexion qui, à l'ennui qu'il ressentait déjà,
ajouta un surcroît d'épouvante dont on se rendra compte facilement.

Le prisonnier connaissait à merveille la topo-
graphie de Naples; il savait que, pour se rendre
du théâtre San-Carlo à la questure, où on pré-
tendait le mener, deux ou trois minutes suffi-
saient. Or, depuis une demi-heure environ, le
véhicule qui emmenait Della Porta et sa fortune
suivait la direction tout à fait opposée à celle du
commissariat de police, à moins que le commissaire ne se fût avisé d'aller en villégiature à dix
heures du soir.

Domenico voulut obtenir des éclaircissements.
Il mit la tête à la portière :

— Hé! brigadier! appela-t-il.

Le brigadier eut l'air de ne pas entendre.

— Vous vous trompez de route, mon ami?

Le brigadier était devenu aussi sourd que madame Baür.

— C'est un parti pris de ne pas répondre,
pensa Della Porta. Essayons d'attendrir mon second gardien.

Il ferma la portière, baissa l'autre glace et se
disposait à regarder au dehors lorsqu'il aperçut la pointe d'un sabre qui le menaçait. Il n'eut
que le temps de se rejeter en arrière pour ne

pas être éborgné ; même il se tâta le nez pour s'assurer que cet organe essentiel n'avait reçu aucune écorchure sérieuse.

Ce qui venait de se passer n'était pas fait, on en conviendra, pour rassurer une âme craintive. Della Porta, sans savoir précisément ce qu'on lui voulait, vit dans l'avenir une suite de cachots plus noirs que les *pozzi* de Venise, plus enfoncés sous terre que les mines de charbon, plus solitaires que les *in-pace* du moyen âge ; il crut entendre le crépitement de l'huile bouillante ; il crut distinguer un assortiment de tenailles rougies au feu, de brodequins, de poulies, de roues dentelées et autres instruments de supplice du genre de ceux dont la cathédrale de Bâle possède une si belle collection.

Il fut tiré de cette douce rêverie par l'arrêt de la voiture devant une maison sombre, sur une route située en pleine campagne. Pendant que Della Porta réfléchissait sur les fragilités de l'existence, l'escorte avait quitté peu à peu la ville, s'était éloignée des centres d'habitation, qu'elle semblait tenir en médiocre estime. A un certain instant, il y avait eu une dispute entre le cocher et les cavaliers ; le prisonnier avait perçu un bruit de voix en colère ; mais apparemment, le cocher, seul contre deux, n'avait pas été le plus fort et il avait fini par céder aux ordres qu'on lui avait donnés, non sans témoigner qu'il agissait à contre-cœur par des coups de fouet réitérés appliqués sur le dos des chevaux.

Le brigadier s'approcha de la voiture :

— Descendez, dit-il.

— Où suis-je?

— Vous le saurez bientôt.

Il faisait très noir sur le chemin; dans le lointain, en contre-bas, on apercevait les mille lumières scintillantes de Naples, vers lesquelles Domenico lança un soupir d'adieu.

— Ah çà! dit le cocher aux deux gendarmes, vous m'avez fait aller assez loin, je pense. Qui est-ce qui va me payer maintenant?

Les gendarmes éclatèrent de rire :

— *Caro mio*, dit le brigadier, tu as fait une superbe promenade au clair de la lune (la lune ne brille plus, c'est vrai, mais elle brillait tout à l'heure); tu as joui de notre société, qui passe pour être assez agréable; tu t'es prélassé sur ton siège comme un chanoine ventru, — un Anglais eût donné dix livres sterling pour être à ta place, — et nous, hommes généreux et bienfaisants, nous ne te demandons rien, comprends-tu? rien... qu'un demi-tour du côté de la villa Reale, ou de n'importe quel côté, excepté pourtant de celui-ci, où nous avons affaire. Va-

t'en, *caro mio*. Nos respects à madame ton
épouse.

— Et mon argent? dit le cocher.

Le brigadier haussa les épaules.

— Décidément, il est bête, murmura-t-il.
Cet ingrat abuse de notre mansuétude.

Il s'approcha du cocher et lui glissa quelques
mots dans le creux de l'oreille. A peine eut-il
commencé sa confidence que la scène changea ;
Della Porta ne vit pas sans frissonner pour lui-
même le cocher ôter son chapeau, tomber à genoux, joindre les mains et marmotter des phrases entrecoupées de hoquets de peur.

— *Si, signore... No, signore... Securo, signore... Mille grazie, signore...*

Quand le brigadier eut fini de parler, le cocher, sans demander son reste, remonta à sa
place habituelle, ramena ses rênes, et fouettant
ses chevaux à tour de bras, s'éloigna plus vite
qu'il n'était venu.

— Le questeur est donc à la campagne? demanda Della Porta essayant de prendre un air
enjoué.

— Oui, dit le brigadier, le questeur a des
goûts rustiques ; il aime l'agriculture. Vous allez
en juger, d'ailleurs, car voici sa propriété.

Le brigadier montrait une villa bourgeoise,
entourée de murailles au-dessus desquelles ap-

paraissaient des frondaisons exotiques ; des aloès et des figuiers de Barbarie avaient poussé entre les pierres ; de l'intérieur du jardin montaient de bonnes odeurs, rendues plus subtiles par la pureté de la nuit. Il régnait un certain désordre dans les allées que traversait la petite troupe ; aucun jardinier n'avait effleuré de son rateau ce sable mélangé de cailloux ; aucune main prévoyante n'avait arraché les herbes qui poussaient en liberté. Un grand jujubier avait laissé tomber de ses rameaux épineux des fruits déjà secs comme des grains de raisin de Corinthe. Devant l'entrée de la villa, une treille arrangée en bosquet servait probablement de salle à manger d'été ; sur le mur avoisinant, un peintre naïf, obéissant à l'amour inné de ses compatriotes pour la fresque, s'était lancé dans une composition dont il était difficile, à cette heure avancée, de saisir les détails. Cela devait représenter un lac et des montagnes ; mais le génie du peintre s'était arrêté juste au point où le barbouillage finissait et où l'art ne commençait pas encore.

Arrivé devant la porte, le brigadier frappa, du pommeau de son sabre, trois coups espacés d'une certaine façon.

La porte s'entr'ouvrit ; une tête de contadin soupçonneux se montra dans l'entrebâillement et parut satisfaite de l'examen auquel elle se livra. Les gendarmes, accompagnés de leur proie, franchirent le seuil.

Comme cela se voit souvent dans les villas ita-liennes, l'extérieur de l'habitation annonçait un luxe auquel l'intérieur ne répondait pas. Un vilain petit couloir orné de gravures pauvrement encadrées et qui dataient de la domination du général Championnet; une cuisine dont on ne se servait guère, puisqu'on y avait entassé divers objets fort étrangers à la profession de Vatel; deux ou trois cabinets de débarras dans un état de saleté repoussante; enfin une pièce garnie de chaises cassées et de meubles d'un aspect primitif. Une lampe brûlait sur une table.

— Le chef est-il là? demanda le brigadier au paysan.

— Me voici, répondit une voix.

Un homme qui se dissimulait dans un coin se leva, s'approcha de la lampe, et Della Porta n'eut pas de peine à reconnaître dans le nouvel arrivant le mystérieux inconnu du café de l'Europe.

VII

— Eh bien! mon gentilhomme, dit le faux ca-
pucin dont la barbe noire et le crâne chauve ressemblaient de plus en plus à la barbe et au crâne
d'un des Franciscains que Zurbaran a peints si
souvent, sommes-nous toujours disposé à ne
pas croire aux voleurs?

Le banquier sentit de grosses gouttes de
sueur lui perler sur le front.

— Quoi, vous seriez?

— Fra Giacomo : en français, frère Jacques;
en espagnol, hermano Jacopo; en anglais, bro-
ther Jack; en grec... je ne me rappelle plus
comment cela se dit en grec, mais c'est pour
vous prouver que je ne suis pas le premier venu
et que j'ai fait mes études.

— Fra Giacomo! répéta à demi-voix Della-
Porta aussi terrifié que s'il avait regardé la tête
de Méduse; Fra Giacomo, ce terrible brigand
qui...

— Qui a été fusillé par vos journaux, oui,

monsieur; c'est moi qui leur envoie la nouvelle
de ma mort, et ils l'accueillent avec un tel em-
pressement que je puis me rendre compte par
là de la manière dont ils feraient mon oraison
funèbre si, par hasard, l'aventure se réalisait un
jour. Oh! je ne me fais pas d'illusions : je sais
que je laisserai peu de regrets.

Della Porta crut devoir protester par politesse; il faut se montrer coulant avec les gens
qui vous tiennent en leur pouvoir. Le rossignol
emporté dans les airs par le faucon essaye, dit-
on, de l'attendrir en chantant.

— Vous êtes pressé, reprit Fra Giacomo, de
savoir ce que je vous veux. Ce désir est assez
naturel. Mais il nous faut causer en tête-à-tête;
je vais congédier mes gens. Holà! vous autres!

De l'air d'un marquis de l'ancien régime qui
aurait renvoyé des laquais indiscrets, Fra Giacomo montra la porte à ses complices.

— Eh quoi? maître, dit le brigadier avant de
sortir, pas même un remerciement pour une expédition si bien conduite!

— Les héros de nos anciennes républiques
n'avaient pas besoin qu'on les remerciât, répondit sévèrement le brigand; mais autres temps,
autres mœurs! Cipriano la Galla, tu es un brave...
A propos, monsieur, permettez-moi de vous
recommander Cipriano la Galla, mon *fratello*

cugino, pour le cas où vous auriez à passer quelques jours dans notre société. C'est un homme sûr, plein de zèle, hardi (vous avez pu en juger par vous-même); il excelle dans les enlèvements ; il fait disparaître n'importe qui, comme Bosco escamotait une muscade... Ah! par exemple, impitoyable sur la discipline; je le charge d'avoir raison des mauvais coucheurs, et je lui donne les pouvoirs nécessaires pour cela. Vous ne vous figurez pas comme il pend... c'est à donner envie d'être pendu. Et si — ce qu'à Dieu ne plaise! — pour une raison ou pour une autre, vous méritiez de passer par ses mains, je vous recommande sa manière d'opérer. Elle est si adroite, si leste, si élégante, que les condamnés parfois oublient leur supplice pour admirer l'artiste auquel ils ont affaire. J'en ai vu, monsieur, qui étaient sur le point de crier bravo, pendant qu'on leur mettait la corde au cou; or, vous m'avouerez que, dans un pareil moment, on songe généralement à tout autre chose qu'à donner des marques d'approbation.

Cipriano la Galla, en entendant l'éloge de ses mérites, s'était incliné avec la fausse modestie des virtuoses qui reçoivent un compliment. Il paraissait gonflé d'orgueil quand il alla rejoindre ses camarades dans la chambre voisine.

— Et maintenant que nous sommes seuls,

4

dit Fra Giacomo, qui croisa bruyamment ses mains sur son ventre comme un négociant en train de débattre les conditions d'une opération commerciale, causons un peu, voulez-vous ? Êtes-vous à votre aise sur cet escabeau ? Voulez-vous un fauteuil ?

— Merci !

— Ne vous gênez pas. Moi, je suis habitué aux meubles de province, tandis que vous, qui avez eu toutes vos aises depuis l'enfance... car vous naquîtes riche, heureux mortel que vous êtes !... Voyons, la main sur la conscience — je suis très rond en affaires, moi — combien vous estimez-vous ?

Della Porta fit un soubresaut :

— Je ne m'attendais guère à une question aussi... précise, et je vous avoue que...

Fra Giacomo regarda sa montre :

— Nous avons encore douze minutes pour plaisanter, interrompit-il ; passé ce temps, je ne m'appartiens plus... C'est cet habile Cipriano la Galla qui prend la suite de mes conversations... Nous disions donc, mon cher hôte, que vous vous estimiez trois cent mille lires d'Italie, n'est-ce pas ?... Remarquez comme je suis coulant : j'indique tout de suite un chiffre rond... Pas de centimes additionnels, pas de reliquats de compte, pas d'intérêts usuraires... un chiffre

rond, un chiffre remarquable même par sa ron-
deur... Trois cent mille lires pour vous rendre
votre liberté ; c'est donné, parole d'honneur !

— Hélas ! monsieur, fit observer Domenico,
où voulez-vous que je prenne une pareille
somme ?

— Dans votre coffre-fort, tout simplement.

— Il est vide.

— Oh ! que nenni. Je ne suis pas magicien ;
mais je vois l'intérieur de votre caisse comme si
j'étais dedans. Tenez : dans le coin à droite, cinq
cent cinquante-cinq obligations des chemins de
fer Lombards-Vénitiens. Elles valent... Permettez-moi de faire le calcul de tête : cinq cent
cinquante-cinq multipliés par trois cents... Je
pose cinq et je retiens un... j'ajoute deux zéros...
quinze et un... seize... Total : cent soixante-six
mille cinq cents lires. Si je me trompe, je ne me
trompe pas de beaucoup.

— Comment savez-vous ?...

— Attendez : vous cachez, en outre, dans le
second tiroir du haut, huit mille francs de rente
sur l'État ; la valeur n'est pas fameuse, mais elle
montera, je l'espère... Huit mille divisés par
cinq... seize cents multipliés par soixante-trois...
Nous y voici : cent mille huit cents lires de ca-
pital... Voulez-vous refaire l'opération ?

— Non, non, elle est juste ; j'ai toute confiance

en vous, répondit Della Porta avec un sourire
amer.

— Les deux sommes additionnées ne donnent
pas encore le chiffre que nous attendions... Il va
falloir entamer vos florins d'Autriche... ou plutôt,
non... je ne suis pas fort sur le change, je pourrais me tromper... Rejetons-nous, faute de
mieux, sur vos Ports de Trieste, vos mines de
Conegliano, vos parts de propriété dans la foire
de Sinigaglia, vos...

— Encore une fois, dit le banquier, comment
connaissez-vous les titres que je conserve en
portefeuille?...

— Le plus naturellement du monde. Ces détails m'ont été fournis par le caissier même de
votre maison, homme austère, mais bavard.

Della Porta réfléchit un instant.

Oui, il réfléchit fort à propos qu'il garderait
les numéros des titres volés; que l'éveil étant
donné à la police, ces valeurs ne seraient plus
négociables; enfin qu'on mettrait sous clef le
premier individu suspect qui présenterait des
coupons chez un changeur de Milan ou de Florence. Il vit là un moyen de sauver du même
coup sa personne et son argent. Aussi, rasséréné
par cette perspective, s'écria-t-il, moitié riant,
moitié fâché :

— Allons, je vois bien qu'il n'y a pas à marchander avec vous; d'ici quarante-huit heures les titres seront remis au mandataire que vous désignerez. Que votre *fratello cugino* se présente à mes guichets, il ne s'en retourna pas les mains vides.

— Pardon! dit le brigand, qui fronça le sourcil.

Domenico sentit que sa ruse était éventée.

— Pardon, répéta Fra Giacomo, vous me prenez pour un enfant... En comptant vos richesses, j'ai prétendu seulement démontrer que vous étiez solvable et empêcher toute récrimination de votre part; mais il n'est jamais entré dans mes projets de m'aller embarrasser d'un tas de chiffons dont la négociation serait pour moi ultra-difficile: Ordonnez à votre caissier de vendre à la Bourse de demain les valeurs que j'ai eu l'honneur de vous désigner; Cipriano la Galla s'arrangera pour toucher le montant de cette vente... Ah! une recommandation, pendant que j'y songe... je n'accepte que de l'or ou des billets de la *Banca nazionale;* les autres banques, la *Banca popolare*, la *Banca civile,* ne jouissent d'aucun crédit et je les méprise... Vous êtes averti.

La colère bouillonnait dans le cerveau de Della Porta et menaçait de lui faire oublier tout sentiment de prudence. Exaspéré d'être volé et moqué en même temps, le banquier se leva,

4.

frappa son siège contre terre avec tant de violence qu'il le cassa :

— Je ne payerai pas, fit-il... Ce que vous me demandez est une iniquité... Vivre ruiné... la belle avance !... autant vaut mourir tout de suite. Faites venir votre La Galla et que cette bouffonnerie finisse !

Fra Giacomo se gratta l'oreille :

— Cipriano ne se dérangera pas, dit-il, pour un entêté qui reviendra tôt ou tard à des idées plus raisonnables. Nous procédons, dans notre monde, avec plus de douceur, et quand nous sommes contraints de sévir, rassurez-vous, nous y mettons des formes.

— Qu'entendez-vous par là ?

— J'entends ceci : que votre cas est prévu par nos règlements, et que si vous persistez dans un refus que je qualifierai de puéril, nous serons obligés, nous, d'avoir recours à des moyens indignes de notre réputation de courtoisie.

— Ah ! ah ! dit Della Porta dont les dents claquèrent.

— Mon Dieu, oui, reprit paisiblement Fra Giacomo... J'ai quelques amis avec moi; notre association est régie par des lois aussi sévères que celles qui existent dans les couvents, s'il m'est permis de comparer le sacré au profane... Un hôte comme vous, je suppose, refuse-t-il

d'acquitter un léger tribut ?... oh! la loi est for-
melle, et Cipriano la Galla se charge d'exécuter
la loi. Nous patientons huit jours, quinze jours,
s'il le faut. Alors, ah dame! alors, si la somme
n'est pas arrivée... crac! nous coupons une
oreille.

Le banquier fit un geste d'horreur.

— Bon, continua Fra Giacomo, vous voilà
effrayé pour une bagatelle... Comprenez donc
que sans ces mesures de prudence notre position
ne serait pas tenable. Nous n'aurions affaire
qu'à des gens qui nous feraient banqueroute...
Nous n'entretenons ni huissiers, ni dragons du
pape... Nous n'avons rien que la force de la
persuasion, aidée de quelques arguments...
tranchants; car vous supposez bien que tout n'est
pas fini par l'enlèvement d'une mauvaise petite
oreille, destinée peut-être à devenir sourde un
jour ou l'autre.

— Si le récalcitrant persiste?...

— On lui coupe une seconde oreille... mais
pas tout de suite, un mois, six semaines après...
nous laissons toujours le temps de la réflexion...
Et après l'oreille, le nez; et après le nez... ce ne
serait pas la peine de laisser vivre un homme
qui n'entendrait plus et qui n'aurait plus d'odo-
rat. Nous rendons un dernier service à ce pauvre diable en le débarrassant de l'existence...

Quand vient ce moment-là, je m'en vais, moi ;
je suis d'une nature trop nerveuse... l'aspect
de la souffrance d'autrui m'incommode terrible-
ment... Cipriano la Galla a beau essayer de me
remonter le moral, peine inutile ! Les cris, les
pleurs, les grincements de dents me causent des
défaillances... Tel que vous me voyez, monsieur, je ne tuerais pas une mouche.

Pendant que Fra Giacomo parlait, il jouait
d'une main indifférente avec les breloques éta-
lées sur son gilet de velours noir. En décrivant
aussi exactement que possible les distractions
réservées à ses pensionnaires, il prenait des
mines effarouchées, des inflexions de voix ca-
ressantes, il gémissait comme un père de famille
obligé d'administrer des corrections à ses enfants. Della Porta l'aurait volontiers étranglé si
la chose avait été possible.

— Je crois que nous nous sommes compris à
demi-mot, ajouta le chef ; il se fait tard, nous re-
prendrons l'entretien quand la nuit vous aura
porté conseil... Pour l'instant, ne vous inquiétez
de rien ; jouissez de l'air pur et de la verdure. La
campagne est charmante en cette saison et sera
meilleure pour vous que le séjour des villes.
D'ailleurs, vous avez pour vous distraire un
volcan tout près de vous ; chaque matin, vous
consulterez le cône, à peu près comme les marins

consultent le vent. Vous vous demanderez : « Y aura-t-il une éruption? N'y en aura-t-il pas? » Rien ne rend savant comme cet exercice. D'ici deux mois, vous connaîtrez le soleil, la lune, les planètes... Cela vous aidera à passer le temps et vaudra mieux pour vous que de faire des opérations d'arithmétique ou de signer des bordereaux... Allons, adieu, mon cher hôte; ne faites pas de mauvais rêves.

Fra Giacomo appela.

Cipriano la Galla apparut tenant une lumière.

— Bonne nuit! répéta Fra Giacomo, qui tourmentait toujours ses breloques.

Le banquier ne répondit rien.

Il suivit Cipriano la Galla avec l'hébètement d'un somnambule qui se disposerait à aller se promener sur les toits.

VIII

Quand René de Maugis n'était pas en Afrique
à donner la chasse aux Kabyles, il lui arrivait rarement de voir lever l'aurore, quoique cette occupation soit l'indice d'une âme vertueuse. Les
beautés de la nature, admirées la veille, avaient
le privilège de l'endormir jusqu'à dix heures du
matin; à ce moment-là, Mateo Tommaso entrait
dans la chambre de son maître, ouvrait les persiennes et laissait pénétrer dans l'appartement
les rayons de l'astre ennemi des paresseux. Le
lieutenant s'étirait, se débattait, cherchait des
prétextes pour se retourner du côté de la ruelle,
demandait le temps qu'il faisait et ne consentait
à se lever que lorsque Mateo lui avait promis un
peu de pluie pour le courant de la journée; car
M. de Maugis commençait à être irrité contre
l'implacable sérénité du ciel napolitain. Il soupirait après une bourrasque; il aurait voulu pa-
tauger dans la boue, se crotter les chevilles, être
mouillé jusqu'aux os par de froides averses; il

aurait béni une gelée blanche; il aurait tressailli de joie à l'annonce d'un second déluge. Lui qui ne frayait jamais, dans la vie ordinaire, avec le parapluie, ustensile bourgeois, il en avait acheté un et il le portait, sachant que le parapluie appelle l'eau comme le pôle nord attire l'aiguille aimantée.

En quittant Della Porta au café de l'Europe, René de Maugis était rentré à l'hôtel, avait dîné de grand appétit, puis s'était couché en refusant obstinément de monter au tombeau de Virgile, du haut duquel Valentine voulait, comme toujours, aller contempler le golfe.

—Ma petite élégiaque de sœur, avait répondu René, ne me parle plus de ton golfe. Quand on a admiré le lac du bois de Boulogne en plein hiver, avec des cavaliers autour, on a vu tout ce qu'on pouvait désirer en fait d'étangs. Au surplus, Virgile n'est qu'un personnage de fantaisie qui n'a jamais eu de tombeau, puisqu'il n'a jamais vécu. Ses poèmes, très inférieurs aux vaudevilles de Scribe, ont été composés par une société de pédants du siècle d'Auguste; et quant aux sept villes qui se disputent l'honneur de lui avoir donné le jour...

— Mais non, René, tu confonds avec Homère.

— Homère, Virgile, c'est la même chose au

fond. Ils sont nés tous les deux pour la tranquillité des parents qui envoient leurs fils au collège et pour l'ennui des susdits collégiens. Nous l'avons déjà vu, ton sépulcre de Virgile : c'est un trou, avec des jardins anglais et un laurier planté par Casimir Delavigne... Encore un citoyen qui ne m'amuse pas celui-là!... Moi, je ne conçois pas pourquoi les Napolitains n'envoient pas leurs morts au Père-Lachaise ; il n'y a encore que là qu'on soit bien, avec Paris au bas de la côte. Du moins, si on se déplaît trop entre quatre planches, on peut descendre et aller faire un tour sur le boulevard extérieur ; pas sur le grand boulevard, par exemple parce que là on vous reconnaîtrait tout de suite.

— Tu as la plaisanterie lugubre, ce soir.

— Aussi vais-je me mettre au lit, et comme je n'ai pas d'amour dans le cœur, moi, je t'assure que d'ici à dix minutes j'aurai perdu le sentiment de l'existence.

Ce disant, René s'était retiré dans ses domaines privés où était accumulée sans doute une provision de pavots bienfaisants dont le lieutenant ne tarda pas à sentir l'influence. Il sommeillait encore le lendemain matin, lorsque Mateo entra d'un pas moins lent qu'à l'ordinaire, ce qui était chez lui le signe d'une préoccupation excessive. Fidèle à sa consigne, Mateo livra passage aux ouragans de lumière qu'il déchaînait habituellement sur son maître endormi. Celui-ci dormait à poings fermés, bercé par quelque songe agréable, dans lequel problablement il rendait avec usure, à des musulmans chimériques, les coups de sabre dont il avait été gratifié par eux.

Au bruit que fit Mateo en ouvrant les croisées, René se réveilla en sursaut :

— Sapristi ! Que fais-tu donc? s'écria-t-il. Il est à peine jour.

— Ah ! Excellence, répondit Mateo... Votre Excellence ne sait rien encore ; mais quand elle saura...

— Quoi donc?

— Ce qui est la fable de toute la ville. M. Della Porta...

— Eh bien?

— Il a été arrêté, Excellence, arrêté en plein théâtre... par deux gendarmes. On ne devine pas encore pourquoi. Il y en a qui disent que c'est parce qu'il conspirait contre le nouveau gouvernement...

— Allons donc ! un banquier ne conspire que contre la bourse de ses clients.

— C'est juste. Mais on dit aussi qu'il a été arrêté parce qu'il faisait de mauvaises affaires.

— Diable ! ceci serait plus grave... et plus pro-

5

bable aussi. Pourtant, Della Porta n'avait pas fait banqueroute?

— Non, Excellence! mais il était (toujours à ce qu'on dit) sur le point de s'enfuir en emportant beaucoup d'argent, et des personnes bien informées assurent même qu'il avait frété un navire pour se rendre en Espagne ou à Tunis... dans des pays où il n'y a pas de police, enfin. Moi, je ne crois pas à toutes ces choses; mais j'ai pensé que Votre Excellence serait bien aise d'en être instruite.

René se leva, très préoccupé de ce qu'il venait d'apprendre. Outre qu'il avait conçu pour son futur beau-frère une amitié et une estime qu'il lui coûtait de reprendre, il se demandait comment Valentine accueillerait une aussi fâcheuse nouvelle. Il ne pourrait pas la lui cacher longtemps; elle lui serait bien vite révélée par les bavardages des domestiques et des habitants de l'hôtel. Mieux valait aller au-devant du coup, afin d'avoir plus de force pour le parer.

M. de Maugis fit demander par Mateo si Valentine était visible. Les jeunes filles qui sont sur le point de se marier ne sommeillent guère. Ce serait du temps perdu, pendant lequel elles ne penseraient pas à l'heureux mortel dont elles vont faire le bonheur... ou le désespoir.

Valentine, sur pied depuis l'aurore, travaillait

près de son balcon à un ouvrage de broderie qu'elle interrompait pour jeter du côté de la mer un de ces regards vagues dont les amoureux ont le secret. — O mer tranquille! emporte-nous sur tes flots vers quelque île lointaine où nous n'aurons qu'à nous reposer sous des arbres chargés d'oiseaux chanteurs et de fruits délicieux. — Les fiancés qui vont entrer dans leur lune de miel s'imaginent aisément que la vie matrimoniale se passe en promenades sur l'eau et en déjeuners sous les arbres.

Valentine, l'imagination encore pleine de rêves, entra souriante chez son frère. René eut toutes les peines du monde à lui dire, par le menu, les événements de la veille et les soupçons que ces événements avaient fait naître dans le public. A cette dernière partie du discours de René, mademoiselle de Maugis, qui dès les premiers mots était devenue pâle, protesta énergiquement contre les imputations de Matéo.

— J'ignore, dit-elle, pourquoi M. Della Porta a été arrêté, et j'incline beaucoup à croire qu'il l'a été injustement. Quant à soupçonner son honnêteté, cela m'est impossible. Je ne conçois pas que toi-même tu te sois arrêté à une pareille accusation. L'homme que ta sœur avait distingué n'est pas, ne peut pas être un malhon-

nête homme. Tu aurais dû y songer. Il faut
couper court à ces calomnies.

— Oui, mais comment?

René de Maugis se mit à arpenter la chambre en pirouettant sur son talon de botte quand
il était arrivé devant une cloison, et en tordant
sa barbiche comme ne manque jamais de le
faire un militaire embarrassé.

S'arrêtant soudain :

— Euréka! petite sœur; Euréka! comme dit
Aristote.

— Non, Archimède.

— Archimède, Aristote, n'importe! J'ai trouvé
un moyen de savoir au juste pourquoi M. Della
Porta a été arrêté, et dans quelle mesure nous
devons lui venir en aide.

— Et ce moyen?...

— Je ne peux pas te le dire... Il faudrait
entrer dans le détail de certaines histoires que
tu connaîtras après ton mariage... s'il se fait
jamais. Adieu, petite sœur, aie confiance dans
les chasseurs d'Afrique pour retrouver un fiancé
perdu.

René descendit au bureau de l'hôtel et demanda au *padrone di casa* l'adresse de mesdames
Baür; il n'eut pas de peine à se la procurer, et,
dix minutes après, il était en face de Teresina,
qui, vêtue d'une fraîche toilette du matin, se dis-

posait à courir aux renseignements et à s'adresser aux autorités pour obtenir la grâce du
prisonnier.

Le lieutenant expliqua en quelques mots l'objet de sa visite; il était l'ami de Della Porta; il
connaissait les relations d'intimité qui existaient
entre le banquier et la famille Baür; il venait
donc offrir ses services et demander si l'on avait
deviné le motif d'une arrestation aussi imprévue.
Teresina répondit qu'elle ne savait rien, et qu'elle
se rendait chez le syndic pour y apprendre
quelque chose. Madame Baür, survenue sur
ces entrefaites, offrit à M. de Maugis de faire
route commune; elle ignorait d'ailleurs complètement à qui elle adressait cette proposition
aimable, et elle prenait René pour un *cavaliere
professore* du Conservatoire de Milan.

On ne trouva pas le syndic, on rencontra seulement un secrétaire qui conseilla aux requérants
de s'adresser au commissaire de police.

— Mesdames, dit celui-ci, je comprends votre
anxiété; elle n'est égalée que par ma surprise.
Je ne puis rien pour M. Della Porta, par l'excellente raison qu'il n'est pas ici.

— Plaisantez-vous? s'écria René.

— Pas le moins du monde. J'ai été prévenu,
hier soir, du fait que vous connaissez; et, comme
je n'avais donné aucun ordre, lancé aucun man-

dat, j'en ai conclu que votre ami était victime
d'une méchante *burla;* ou que (l'explication
serait beaucoup plus plausible) M. Della Porta
serait tombé entre les mains d'audacieux brigands.

— Mais il n'y a plus de brigands, objecta le
Parisien; il y a des partisans de l'ancienne
famille régnante qui font la guerre de montagnes;
il n'y a plus de détrousseurs de grand chemin.

— Pardon, reprit le commissaire, les deux
variétés existent : vous en avez la preuve, malheureusement. Je ne voudrais pas effrayer ces
dames; mais je crains bien que M. Della Porta
ne soit dans un très mauvais cas, surtout, si,
comme je le présume, la conservation de ses
jours dépend de Fra Giacomo.

— Allons donc! repartit M. de Maugis, en
faisant de nouveau un geste d'incrédulité; Fra
Giacomo est aussi mort que Marlborough, mort
et enterré.

— Hélas! non, dit le commissaire. Eussé-je
vu son cadavre, l'eussé-je touché... je soutiendrais *mordicus* que petit bonhomme vit encore.
Voyez-vous, nous avons une grande habitude
des procédés de ces messieurs. Quand un
crime s'accomplit de telle façon, nous disons
sans hésiter : c'est Scaparone qui a fait le coup,
ou : c'est Bentigiusto : ou : c'est Malagrini...

Nous ne nous trompons pas plus qu'un *mercante di vino* ne se trompe entre un baril de vin d'Orviéto et une bouteille de Policella. Or dans le cas actuel, je reconnais la piste de Fra Giacomo, et pas un de mes limiers ne s'égarerait sur une autre trace. Déguisement de voleurs en carabiniers? Fra Giacomo. Enlèvement en plein théâtre? Fra Giacomo tout pur. Rançon considérable qu'on va demander bientôt?... Dame! Fra Giacomo ne travaille pas pour le roi de Prusse. Attendez-vous à des négociations entre le misérable et vous; et, si vous m'en croyez, donnez tout ce qu'il vous demandera.

René se récria :

— Quoi, c'est un représentant de la justice qui conseille de semblables lâchetés! La loi n'a donc pas la force pour elle dans ce satané pays où tout me paraît aller sens dessus dessous... Je suis soldat, monsieur le commissaire; qu'on me donne une escouade de vos bersagliers, et je veux être fusillé à la place du drôle, si, d'ici à huit jours, je ne l'amène pieds et poings liés à la disposition des magistrats.

— Vous feriez cela, Monsieur? dit Teresina, enthousiasmée par la bonne humeur et le courage de l'officier français.

— Certes, Mademoiselle, je ne demande qu'à partir tout de suite.

— En principe, reprit le commissaire, votre proposition est inacceptable. On ne peut mettre des soldats italiens sous la conduite d'un étranger. Mais, par exception, je ne refuse pas de me servir de vos talents ; si une expédition est décidée, vous en serez.

— Si elle est décidée, dites-vous ? Alors, on ne se dérangera peut-être pas pour notre ami ?

— Mon Dieu ! non.

— Mais c'est horrible, monsieur le commissaire !

— Non ; c'est équitable, au contraire. Nous ne voulons exposer la vie de nos gens qu'à bon escient ; le général qui livre une bataille sans être sûr de la gagner est un mauvais général... Tenez, une comparaison... Êtes-vous chasseur ?

— Oui, monsieur le commissaire.

— Chasseur à l'affût ?

— Oui ; je suis même chasseur d'Afrique, dit René, qui ne put résister à l'idée de commettre un calembour.

— Eh bien ! vous allez me comprendre. Quand on a signalé l'endroit où se trouve la bête que vous voulez tuer, chevreuil, ours, chamois des Alpes, bouquetin ou lion du Sahara, vous vous cachez derrière un rocher et vous attendez que l'animal passe, n'est-ce pas ? En agissant ainsi, vous mettez les chances de votre côté et vous diminuez celles que la bête a d'échapper à votre coup de fusil. Mais que penseriez-vous d'un chasseur qui s'en irait tranquillement se poster dans un endroit où le gibier ne passerait jamais et qui n'aurait pris aucune précaution pour s'assurer de la chose?

— Je penserais que cet homme est un maladroit.

— Voilà où je voulais en venir. Nous avons, nous autres policiers, des gens qui se chargent de nous donner des indications certaines sur le gîte et la manière de vivre du gibier spécial que nous poursuivons. Nous ne nous mettons en route que dûment avertis et non à l'aventure, comme vous me proposiez de le faire tout à l'heure... Savez-vous à quoi vous auriez abouti? à vous faire massacrer vous et votre troupe. Car il ne faut pas croire que les brigands ne soient pas aussi bien renseignés sur notre compte que nous sur le leur; ils traitent avec nous de puissance à puissance et nous ne sommes pas toujours les mieux avisés.

— Si j'avais trente bersagliers, dit René revenant à sa première idée, je fouillerais la montagne de telle sorte...

— Que vous reviendriez bredouille, si toutefois vous reveniez jamais. Ah çà! Monsieur, dit le commissaire en se redressant d'un air narquoïs, vous vous imaginez donc que nos brigands modernes sont des ténors frisés, portant des escopettes en bandoulière et des chapeaux pointus ? Non ; les voleurs d'aujourd'hui ne se reconnaissent plus à leur costume pittoresque : et je vous assure qu'ils ne chantent pas de ca-vatines avec accompagnement d'orchestre. Salvator Rosa !... Gil Blas... je vois, Monsieur, que vous en êtes encore à ces souvenirs-là. Il faut vous détromper. Les fameuses cavernes où l'orgie se déchaîne, où le vin coule à flots, n'existent que dans les contes de ma mère l'Oie. On n'en fait plus de cavernes ; mais, là, plus du tout. Le brigand napolitain, tel que l'a façonné notre dix-neuvième siècle (le siècle de la perfection en tout), loge chez le paysan dont il se déclare l'ami et le soutien. Le paysan devient lui-même brigand à certaines époques de l'année, quand les champs n'exigent plus de soins incessants. Le voleur et l'agriculteur se confondent à un tel point que l'on ne sait plus où l'un commence ni où l'autre finit ; en sorte qu'il n'est pas facile de s'emparer d'individus aussi bien précautionnés contre la justice.

René, en écoutant le commissaire, était devenu songeur.

Il comprenait que la délivrance de Domenico nécessiterait des soins minutieux et probablement de longs préparatifs.

Se rendant à l'évidence, il s'inclina poliment :

— Je n'en suis pas moins à votre disposition, dit-il ; j'attendrai le jour où vous me ferez signe ; et ce jour-là, je serai prêt.

— Je compte sur vous, Monsieur.

— Merci !

Madame Baür, qui avait deviné que le commissaire était mélomane et qui avait saisi au passage quelques allusions aux ténors d'opéra, crut que la conversation avait roulé sur la musique et que le moment était arrivé d'intervenir :

— Monsieur, dit-elle en désignant René, est très fort sur la clarinette.

Elle se retira après cette remarque hasardée avec le plus aimable sourire. Teresina et le lieutenant étaient plus préoccupés que jamais. Ils se quittèrent sans avoir pris de parti décisif ; mais ils se promirent de se revoir dans la soirée pour aviser à ce qu'il y avait à faire.

Mademoiselle Baür, rentrée chez elle, y trouva le colonel Mertens, auquel elle raconta la démarche qu'elle venait de tenter et le peu d'espérance que la visite au questeur lui avait laissée. Le colonel, qui ne redoutait plus rien de la rivalité de Domenico, partagea la douleur de mademoiselle Baür. Mais quand celle-ci eut prononcé le nom de Fra Giacomo, il s'écria gaiement :

— Nous sommes peut-être sauvés.

— Oh! colonel, dit Teresina, ne me donnez pas une fausse joie.

— Je m'en garderai bien... cependant...

Teresina était suspendue aux lèvres de son interlocuteur.

— Cependant, ajouta M. Mertens, j'ai les moyens de pénétrer auprès de Fra Giacomo. Ce n'est pas encore le salut pour M. Della Porta; mais c'est une lueur d'espoir qu'il ne faut pas négliger.

— Hélas! dit Teresina, je serai doublement inquiète de vous savoir, vous et lui, entre les griffes du dragon; à la rigueur, je supporterais la perte d'un ami d'enfance, tandis que la vôtre...

Elle n'acheva pas; son regard continua la tendre phrase qu'elle venait de commencer.

— Je ne courrai aucun danger, dit le colonel. Je n'ai plus de secrets pour vous, ma chère amie; le plus rusé des diplomates en a-t-il pour la femme qu'il aime? Apprenez donc...

Avant de parler, le colonel alla s'assurer que portes et fenêtres étaient entièrement closes:

— Apprenez donc, continua-t-il, que je suis chargé par le roi légitime des Deux-Siciles d'une mission de la plus haute importance auprès de Fra Giacomo. En quoi consiste cette mission?

Peu importe. L'essentiel, c'est que je puisse voir Fra Giacomo ; et je le verrai.

— Vous me le promettez? dit Teresina.

— Je vous le jure.

Et le colonel, pour donner plus de poids à son serment, déposa un baiser aussi chaste que respectueux sur la main de la jeune fille.

IX

— Seigneur cavalier, dit Cipriano la Galla en conduisant Della Porta dans une pièce située au premier étage, j'espère que vous serez bien ici et que vous ne vous y ennuierez pas. Si vous voulez des livres, j'ai la collection des *Crimes célèbres* que nous avons trouvée dans une villa des environs. Seulement je vous ferai observer que les volumes sont un peu *fatigués*, parce que ceux de nos gens qui savent lire, les lisent souvent. Ils y cherchent des inspirations ; ce sont des ouvrages très utiles.

Della Porta fit signe qu'il n'avait besoin de rien.

— A votre aise, continua Cipriano. Demain, peut-être, vous changerez d'avis ; car vous n'allez pas mener ici une vie bien accidentée... Vous aurez même, probablement, le désir de vous échapper ; n'y cédez pas, Monsieur, il vous en cuirait.

— Assez de menaces, dit Domenico, en montrant la porte au bandit.

— Oh! ce ne sont pas des menaces; ce sont des avertissements tout au plus. Le logis est bien gardé, je vous en préviens; donc pas de tentative d'évasion, pas de poudre d'escampette... Cette chambre ne ressemble guère à une cage; elle a des barreaux pourtant; mais parce que vous ne les voyez point, ces barreaux, ce n'est pas une raison pour qu'ils n'existent pas, empêchant l'oiseau de prendre sa volée... Tenez, regardez de plus près... Voyez-vous comme ils se dessinent?... Les jolis barreaux... solides, fermes, impossibles à ébranler! Ils ont beau avoir une couche d'or étendue sur leur fer, ils n'en sont pas moins des barreaux... Ils vous tiennent là, plus sûrement que n'est gardé dans une cassette le trésor d'un avare... Ils vous invitent à coller contre eux votre figure pâlie, avide de liberté... Vous vous souvenez de ces ours blancs qui sont dans les ménageries et qui passent leur temps à remuer la tête par un mouvement machinal? Excusez la comparaison, monsieur le banquier, je n'ai pas appris le langage des cours.

Cipriano la Galla, enchanté de sa plaisanterie, tourna deux ou trois fois la clef dans la serrure en s'en allant et chaque grincement semblait

dire au prisonnier : « Te voilà séparé du monde !
laisse toute espérance à l'entrée de cet enfer !
Lascia ogni speranza! »

Quand Domenico fut seul, il examina avec
une certaine curiosité les objets qui l'environ-
naient. Avec l'imagination la plus excessive, il
n'eût pu comparer sa nouvelle résidence à un
noir cachot. Les barreaux évoqués par la fantaisie de Cipriano la Galla ne se dressaient nulle
part ; la paille humide des Latude et des Trenck
était remplacée par un lit confortable, acheté,
sans doute, dans quelque magasin de Naples et
garni de draps qui ne présentaient au toucher
aucune aspérité. Sur une table ronde, au milieu
de la pièce, était déposé un *alcarazas* d'Espagne,
rempli d'eau fraîche jusqu'au goulot. En somme,
la chambre ressemblait à une chambre d'auberge de troisième ordre, tenue par des pro-
priétaires jaloux de conserver leur clientèle de
rustres et de petits négociants.

— Il me semble, pensa Della Porta, qu'il ne
serait pas trop difficile de sortir d'ici.

Il leva les persiennes vertes de la fenêtre en
guillotine, élevée seulement d'une quinzaine de
pieds au-dessus du sol. De ce côté, l'appartement
donnait sur le jardin que nous avons déjà
décrit ; au delà, la campagne, chargée de vignes,
se déroulait et, dans l'ombre, on apercevait la

grande silhouette du Vésuve, couronnée de
petits jets de flamme qui se confondaient avec
la lumière des étoiles.

— Si je partais !... se disait toujours le banquier.

Au moment de descendre dans le jardin, —
opération des plus aisées, — il se rappela que
Cipriano la Galla lui avait recommandé la patience... et la prudence aussi. Évidemment,
cette demi-liberté laissée à un homme dont on
s'était emparé si brusquement, devait cacher un
piège. Ni chaînes, ni barrières nulle part ; un
saut, qui n'avait rien de périlleux sur les plates-
bandes de Fra Giacomo, et la route ouverte
devant soi... Oui ; mais cette route était-elle
libre ? Un évadé, au milieu de la nuit, sans une
connaissance préalable des terrains environnants, irait-il loin ? Ne tomberait-il pas dans
quelque fondrière, dans quelque embûche dres-
sée sous ses pas ? Le problème valait la peine
d'être étudié ; et, réflexion faite, Della Porta en
remit la solution au lendemain.

Il se coucha tout habillé, afin de se tenir prêt
à la moindre alerte. On sait déjà, qu'en dépit
de ses autres qualités réelles, il n'était pas la
bravoure même ; qu'il ne se piquait guère de
faire concurrence à la mémoire du bon chevalier
Bayard. On comprendra donc que ses rêves

furent désordonnés, pénibles et traversés par
toutes sortes de funèbres cauchemars. Vingt
fois, il se dressa sur son lit, pour prêter l'oreille
aux bruits venus du dehors; on n'entendait que
le fracas lointain de la mer contre les falaises de
Sorrente, la plainte d'un oiseau nocturne ou
l'aboiement d'un chien dans les fermes.

Comme le jour allait poindre, Della Porta
subit une dernière épreuve plus pénible que
celles qui l'avaient agité jusque-là. Il était
plongé dans cet état indécis qui n'est ni le
sommeil ni la veille, lorsqu'il crut s'apercevoir
que sa porte s'ouvrait; mais il avait été cette
nuit-là si souvent victime d'illusions semblables
qu'il ne prêta pas grande attention à un événement dont il avait reconnu la fausseté. Cependant, la porte cria un peu en se refermànt;
Della Porta se mit à écouter.

Il lui sembla que quelqu'un marchait sur les
briques dont la pièce était carrelée. Comme il
avait fini par se réveiller complètement, il crut
entendre un frôlement d'étoffe assez comparable
à celui que produirait une robe effleurant un
parquet.

— Est-ce vous, Cipriano? murmura-t-il involontairement.

Personne ne répondit.

Le frôlement cessa. Domenico aurait pu

compter les pulsations de son cœur, tant cet
organe essentiel se livrait à des bonds de chèvre
sur le bord d'un précipice.

Au bout d'une demi-minute qui parut au banquier un siècle d'attente, le frou-frou de la robe
recommença. Della Porta, tourné contre le mur,
n'avait pas fait un mouvement.

— Qui va là? répéta-t-il.

Mais il ne remua pas.

Il croyait aux revenants, comme la plupart
des Italiens, et il ne se souciait pas d'entrer en
lutte contre un être surnaturel.

Il était menacé par deux dangers, l'un palpa-
ble : les brigands ; l'autre immatériel : les
fantômes. Et il se rappelait les contes que sa
nourrice lui avait faits là-dessus autrefois ; car,
dans un péril quelconque, l'homme remonte
toujours vers le passé. On assure que les malheureux qui se noient revoient dans une seconde
d'indicible angoisse les principaux événements
de leur vie.

Domenico se cacha la tête à la manière des
tortues qui, lorsqu'elles redoutent d'être écra-
sées par un passant, rentrent d'elles-mêmes
sous leur carapace. Puis, il réfléchit que cette
défense serait tout à fait inefficace contre des
gens qui auraient eu, par exemple, l'intention
de l'étrangler ; et, risquant le tout pour le tout,

il se leva résolument et chercha d'où venait la cause de sa frayeur.

D'abord, il reconnut que son ouïe ne l'avait pas trompé; la porte était ouverte.

Quelqu'un était entré.

Comme il avait passé la nuit sur le qui-vive, il fut prêt en un tour de main : il se chaussa, alluma une bougie et commença dans la chambre un voyage d'exploration.

Tous les objets étaient à leur place habituelle; il ne rencontra rien de suspect.

Alors, il se recoucha.

A peine était-il de nouveau étendu sur son lit que le frôlement se fit entendre; Domenico, croyant avoir affaire à un fantôme, résolut d'attendre l'ennemi.

Le revenant s'approcha... s'approcha encore, appuya sa main sur l'oreiller (et le poids de cette main était si léger que l'oreiller ne s'affaissa presque pas)... Della Porta retenait sa respiration; il sentit un souffle imperceptible qui voltigeait sur ses cheveux et sur son front. Le fantôme avait une haleine douce et régulière. Domenico crut que c'était l'âme de sa mère qui passait dans l'espace.

— *Cara madre!* soupira-t-il, *dilettissima madre!*

Il n'avait plus peur; il n'éprouvait plus que l'envie de revoir sa mère, qui était morte loin de lui, pendant qu'il était à Paris, et dont il n'avait pu recueillir les dernières paroles.

Il se retourna donc, persuadé qu'il allait se retrouver face à face avec l'ombre de la défunte ; mais la personne qu'il vit était bien vivante et n'avait nullement l'air de revenir des régions inconnues visitées par Lazare et par le fils de la veuve de Naïm.

C'était une femme, habillée à peu près comme la moissonneuse qui porte des épis dans le tableau de Léopold Robert. Vingt-cinq ou vingt-six ans à peu près ; une carnation brune, des traits accentués, des doigts chargés de bagues, de grosses épingles à boules d'or dans les cheveux, l'ensemble d'une paysanne vêtue à la dernière mode de Torre del Greco. La physionomie se rapprochait du type lombard ; elle était surtout remarquable par l'éclat de deux yeux ronds et brillants comme ceux des chats dans les ténèbres. Ces sortes d'yeux passent en Italie pour avoir la puissance de jeter des charmes. Domenico se trouvant sous le feu intense de ces deux prunelles électriques fit un signe de croix.

La femme sourit douloureusement :

— Je vous fais peur ? dit-elle.

— Non, répondit le banquier... Mais pourquoi êtes-vous entrée ? Qui êtes-vous ? Comment vous nommez-vous ?

— Mariuccia.

— Et comment vous trouvez-vous ici ?

— Je suis la sœur de Fra Giacomo qui m'a chargée de veiller à ce que rien ne vous manquât ; il m'a envoyée pour vous demander si vous preniez un repas dès le matin ?

— Diavolo ! monsieur votre frère veut m'engraisser pour le sacrifice... C'est d'une belle âme !... Vous répondrez à monsieur votre frère que ses attentions me touchent, mais qu'elles sont inutiles. Je suis résolu à me laisser mourir de faim.

Mariuccia fit un geste d'épouvante :

— Miséricorde ! nous serions tous dans une vilaine passe, si pareille chose arrivait... Je réponds de vous, moi. Si mon frère venait à vous perdre, pour une raison ou pour une autre, il nous égorgerait tous, moi la première ; quand il est en colère, voyez-vous, il n'écoute plus rien !

— Charmant parent que vous avez là ! dit Domenico. Ce sera donc pour vous sauver la vie que j'accepterai un déjeuner composé de n'importe quoi.

Le jour s'était tout à fait levé pendant cette conversation ; une lumière joyeuse remplissait la chambre, et les oiseaux du jardin, secouant leurs plumes, voletaient sur les oliviers rabougris en s'appelant les uns les autres.

— Mourir de faim par un temps comme celui-ci! allons donc! fit Mariuccia en haussant les épaules. Je vais préparer un *risotto* dont vous me direz des nouvelles, seigneur étranger.

Le *risotto*, mets excellent, se compose de riz, de safran, d'épices diverses, et Della Porta, qui avait bien des faiblesses gourmandes, adorait ce plat national, dont la réputation jusqu'à ce jour n'a pas franchi les Alpes. Voyant s'ouvrir devant lui un certain avenir culinaire, le banquier sentit ses nerfs s'apaiser et attendit tranquillement le retour de Mariuccia descendue au rez-de-chaussée de la maison pour y préparer le déjeuner.

Un fumet savoureux ne tarda pas à se répandre dans le corridor; cette odeur contribua à embellir les idées de Domenico et à le porter de plus en plus à l'indulgence :

— Elle m'a l'air d'une excellente fille, cette Mariuccia, pensa-t-il... C'est dommage qu'elle ait les yeux si ronds, de vraies boules de loto, comme on dit à Paris... Après tout, si elle fait bien le *risotto !*...

Mariuccia mit une nappe blanche, garnie de franges, sur la table où était l'*alcarazas* ; elle ouvrit la fenêtre pour donner un peu de lumière au prisonnier et pour égayer le banquet ; le

risotto fut apporté fumant, avec une fiasquette
de petit vin, et Della Porta (je ne me dissimule
pas que cet aveu va lui enlever beaucoup de
prestige) se vit obligé de convenir qu'en dépit
de ses malheurs, il avait conservé un robuste
appétit.

Tout en mangeant de gros morceaux et en
buvant d'immenses rasades, il jetait vers la croisée ouverte des regards d'envie; il songeait
à Valentine qui l'attendait là-bas, à René qui
le cherchait sans doute, à ses affaires en souffrance, aux calomnies que ne manquerait pas
de susciter une aussi sotte aventure. Il soupirait,
mais il mangeait.

— Je sais bien à quoi vous pensez, dit Mariuccia.

— Tu es donc sorcière?

— Peut-être.

— A quoi t'imagines-tu que je pense alors?

— A fuir.

— C'est assez naturel dans ma position; il ne
faut pas avoir étudié la magie pour avoir deviné
cela. Moi, je veux m'échapper; toi, tu veux me
retenir; voilà nos situations respectives. Il reste
à savoir lequel de nous deux sera le plus fin.

La jeune femme s'approcha de Della Porta,
et, lui répétant la recommandation déjà faite
par Cipriano la Galla:

— N'essayez pas de vous en aller, monsieur, murmura-t-elle à voix basse.

Elle ajouta, en joignant les mains d'un air de supplication :

— Je vous en prie, n'essayez pas !

— Je courrais donc de bien grands dangers, dit Domenico feignant une insouciance qu'il ne ressentait pas au fond du cœur .

Mariuccia fit signe que oui .

— On me guette par là, hein ?

— Ne me demandez pas de détails, répondit la sœur de Fra Giacomo ; je ne dois pas parler... Ici, les bavards apprennent à se taire. Au commencement, je laissais volontiers trotter ma langue ; mais depuis...

— Au commencement de quoi ? Est-ce que, par hasard, tu n'aurais pas toujours mené la vie que tu mènes ?

— Oh ! non, Monsieur.

— Où étais-tu donc avant de venir ici ?

Mariuccia ne répondit pas.

— Suis-je bête ! se dit Della Porta. Il y a deux heures à peine que je connais cette pauvre fille et je veux déjà devenir son confident. Ce que c'est que l'oisiveté !... Enfin, reprit-il, je suis heureux d'apprendre que tu es encore novice dans le métier de voleuse de grand chemin.

6

Et ton frère... entre nous... il n'a pas toujours été... ce qu'il est?

Mariuccia tordit en silence un coin de son tablier.

— Allons! s'écria joyeusement le banquier, tu représentes le mystère en personne; tu gardes les secrets d'autrui mieux que la Bouche de fer de Venise ne gardait les dénonciations apportées au conseil des Dix... As-tu des cigares dans ton établissement?

— Des cigares à la paille, oui.

— Tant pis! Je vais regretter mes purs havanes. Il est vrai que si je suis dans ce logis, ce n'est pas précisément pour m'y amuser... Ton frère devrait bien dévaliser un marchand de tabac à mon intention!

— Rien ne réussit à Giacomo quand je suis avec lui, dit Mariuccia.

— Hé, hé! il me semble pourtant...

— Oh! vous êtes la première affaire sérieuse qu'il ait faite depuis six mois. On dirait que je lui porte malheur... L'autre jour, nous avions vingt-cinq chances contre une de surprendre le courrier qui porte les fonds du gouvernement au corps d'armée qui occupe la Basilicate. Nos espions nous avaient apporté les renseignements les plus sûrs... Hé bien! quand nous sommes arrivés à l'endroit où devait passer le courrier, nous avons appris que celui-ci, obéissant à une ordonnance nouvelle, avait changé de route. N'est-ce pas affreux ?

— C'est affreux ! dit Domenico qui eut beaucoup de peine à s'empêcher de rire des déconvenues commerciales de Mariuccia... Je ne voudrais pas te fâcher, ajouta-t-il, mais es-tu bien certaine de ne pas avoir le mauvais œil ?

— Hélas ! soupira Mariuccia en laissant échapper tout à coup un torrent de larmes.

— Tu es *jettatrice !*

— Il y a des méchantes langues qui le prétendent.

Devant cet aveu dénué d'artifice, Domenico recula comme s'il avait marché sur une vipère. Il faudrait être Napolitain pour comprendre l'horreur qu'inspire aux habitants de la péninsule le seul mot de *jettatore*. Les loups-garous, les korigans, les ganipotes, les lavandières, les grands-bicêtres dont on s'effraye encore dans nos provinces, ne peuvent donner une juste idée de l'épouvante causée à un Italien par le voisinage d'un jeteur de sorts. On regarde le malheureux ou la malheureuse marqué de cette fatalité à peu près comme on regardait au moyen âge les lépreux parqués dans des ladreries et qu'on obligeait à avoir des crécelles pour faire fuir les passants. Tout Italien digne de ce

nom se prémunit contre la présence d'un *jettatore* en portant aux breloques de son gilet une
branche de corail divisée en cornes. Le *jettatore*
remplit, à son insu, le rôle de missionnaire de
l'enfer ; il annonce les maux ; il les précède, à
peu près de la même manière que le petit poisson appelé *pilote* précède le requin. Il n'a, par
lui-même, aucun pouvoir ; il n'est que l'instru-
ment inconscient des vengeances du démon et
des tours que cet esprit des ténèbres joue à
l'humanité. On le fuit comme un oiseau de mauvais augure ; on le plaint d'être ainsi ; car ce
n'est pas plus sa faute que ce n'est la faute du
crapaud d'être laid ; on ne lui en veut pas, mais
on le redoute.

Le premier mouvement du banquier après
les révélations de Mariuccia fut donc un mouvement de répugnance :

— Va-t'en, dit-il, laisse-moi...

La jeune femme s'éloigna, baissant la tête,
qu'elle eût relevée si on l'avait simplement
accusée de vol ou d'assassinat. Elle sentait son
indignité ; elle ne protestait pas contre le mépris
dont elle venait d'être l'objet.

Quand le crépuscule fut venu, Della Porta,
qui avait passé sa journée à fumer et à bâiller,
s'accouda sur le balcon de fer de la croisée et
réfléchit à ses projets d'évasion, favorisés

d'ailleurs par une obscurité que présentent rarement les nuits si vantées de l'Europe méridionale. En somme, il n'avait rien vu de suspect autour de lui ; personne ne s'était montré aux alentours de la maison ; Fra Giacomo n'avait pas donné signe de vie. Si quelque caravane de touristes s'était égarée en ces contrées lointaines, elle aurait pu croire que le banquier goûtait, pour son plaisir, les délices de la solitude.

Comme si elle avait voulu favoriser l'évasion du captif, la lune s'était cachée derrière une avalanche de nuées qu'elle ne parvenait pas à traverser. Le temps était à l'orage et de larges gouttes de pluie tombaient par intervalle sur le sol. Du côté de Resina, le tonnerre grondait; son fracas était précédé de vifs éclairs, illuminant le mur d'enceinte du jardin :

— Peste soit du mélodrame, dit Domenico se parlant à lui-même. Je me rappelle certain décor de l'Ambigu... Oh! l'Ambigu! en suis-je loin à cette heure-ci! Combien je regrette les pelures d'orange que les spectateurs des dernières galeries jetaient sur les messieurs de l'orchestre!... J'aurais dû ne jamais revenir dans mon pays... Je n'y tiens pas du tout, à mon pays, moi... Un bon mari n'a que la patrie de sa femme et Valentine est née en France, où je

6.

m'empresserai de retourner si je ne laisse pas trop de mes plumes dans la glu où me voilà à présent... Et moi qui prétendais que Naples était le plus beau pays du monde... Imbécile, va !... butor. !.. animal !...

Pendant que Della Porta s'abreuvait d'injures, la pluie, indécise jusque-là, s'était mise à tomber avec une violence inaccoutumée. Les gouttes avaient commencé par s'écraser contre les pierres avec le bruit particulier à l'eau qui tombe de haut : *flac... flac...* Puis les cataractes du ciel avaient rompu leurs digues et des ruisseaux s'étaient formés dans les allées bordées de violettes.

— Ma foi ! pensa le banquier, je crois que je ne trouverai jamais une occasion plus propice... *Alla grazia di Dio!*

Ayant adressé mentalement une prière à la Providence, il enjamba le balcon. Le fer, à moitié rouillé, était un excellent point d'appui, en ce sens que les mains ne glissaient pas sur la face du métal. Domenico se suspendit dans l'espace, au-dessus d'un monceau de sable qu'on aurait dit avoir été apporté là tout exprès pour la circonstance.

La descente s'opéra heureusement : Della Porta, mettant à profit les principes de gymnastique qu'on lui avait inculqués jadis, tomba élé-

gamment sur la pointe des pieds, à la manière
d'un acrobate en maillot couleur de chair qui
vient de faire un tour de trapèze.

Maintenant, il s'agissait de chercher la porte
de sortie et d'ouvrir cette porte, dans le cas
plus que probable où elle serait fermée. L'évadé
se mit à cheminer le long des murs, tâtant la
pierre et cherchant à se diriger à la lueur des
éclairs.

Après une demi-heure d'exploration, Domenico se convainquit d'une triste vérité, à savoir
que les portes étaient fermées.

— Escaladons alors, s'écria-t-il involontairement.

C'était plus facile à dire qu'à faire. Le mur
était assez haut et les arbres qui croissaient à
côté du mur n'auraient pas supporté le poids
d'un homme. Rentrer dans la chambre n'était
pas plus aisé, en sorte que Della Porta se trouvait dans la situation ridicule d'une souris qui,
après s'être échappée d'une souricière, serait
tombée dans une autre.

La pluie redoublait, transperçant les vêtements du fugitif; il commençait à être transi de
froid. On juge de sa joie lorsque, à force de recherches, il finit par découvrir dans un angle du
jardin une échelle, une véritable échelle, oubliée
là sans doute par quelque ouvrier. Appliquer

cette échelle contre le mur, y monter, le cœur
palpitant d'espérance, tout cela fut l'affaire d'un
instant. Le prisonnier était libre.

Arrivé sur la crête du mur, il prit un élan gi-
gantesque, sauta...

Et il tomba au milieu d'un groupe de quatre
individus qui lui lièrent les pieds et les mains
et qui l'emportèrent sur leurs robustes épaules
vers une direction inconnue.

X

A quoi peut bien songer un homme bâillonné, garrotté, promené à travers l'espace comme un de ces moutons bêlants qu'on emmène à l'abattoir?

Si cet homme est doué d'un esprit juste, il ne manquera pas de se faire les réflexions suivantes :

— Je n'ai que le choix (et encore c'est une façon de parler) entre les différents genres de mort connus jusqu'à ce jour. Mes maîtres peuvent se débarrasser de moi, soit en me jetant dans un précipice (le vide me donne le frisson), soit en me noyant dans un puits, quoique je déteste le bain froid par-dessus toutes choses... Il y a aussi la pendaison!... dix minutes d'agonie... Un coup de poignard? Cela doit faire très mal; je me suis piqué une fois avec une vieille épingle : j'ai gardé mon doigt enveloppé pendant un mois... Un coup de fusil?... Pourvu qu'on ne me manque pas! Après tout, je suis bien bon de délibérer ; on ne me demandera pas mon avis, et les coquins auxquels j'ai affaire ne me paraissent guère d'humeur à recevoir les conseils des honnêtes gens.

Les cordes avec lesquelles on avait lié Della Porta lui entraient dans la chair ; il respirait difficilement, à cause du mouchoir qui lui obstruait l'entrée de la bouche ; il n'y voyait goutte, puisqu'on lui avait bandé les yeux ; mais, en revanche, il était un peu plus secoué qu'un colis abandonné à la brutalité des portefaix sur le môle.

A la respiration bruyante de ses porteurs, Domenico devina que l'on montait. Les pieds des hommes faisaient rouler des cailloux ; chacun se taisait et l'ascension paraissait devenir de plus en plus pénible. Bientôt l'air vif des régions élevées frappa le prisonnier au visage et la pluie cessa.

Il pouvait être minuit.

Les quatre brigands, chargés de leur fardeau, entrèrent dans une rue de village ; le banquier reconnut ce détail à l'aboiement des animaux domestiques et au bruit plus sonore des pas sur le pavé. Apparemment les sbires de Fra Giacomo étaient là chez eux ; ils s'arrêtèrent brusquement, jetèrent contre le sol le paquet humain qu'ils avaient transporté et s'éloignèrent.

Malgré le froissement de la chute, Della Porta se sentit renaître; on lui ôtait son bâillon, son bandeau. Il se secoua pour rétablir la circulation du sang et il regarda où il se trouvait.

Il gisait tout de son long sur une grande place détrempée par l'orage et éclairée par des feux de sarments. On y arrivait par une pente semée de galets et de briques rouges. Les maisons présentaient des ouvertures factices se confondant avec les fenêtres réelles et simulant des ordres d'architecture qui péchaient un peu par la régularité. Presque partout des grilles, mal entretenues mais ayant des prétentions au style rococo. Çà et là d'énormes figuiers aux feuilles rondes et plates. Du linge pendu à des clous ; des enseignes de cabaret, peintes sur fond d'azur. Les toits des maisons avançant sur la rue et les dentelures des tuiles formaient une frange qui couronnait le sommet de murailles aussi blanches que le lis. Au milieu de la place, une fontaine composée d'un pilier quadrangulaire, avec des chapiteaux et une boule; le monument se terminait par une auge taillée dans un seul bloc de pierre grise. Un robinet planté dans le pilier laissait couler un mince filet d'eau qui tombait tristement, timidement, avec un bruit monotone.

Della Porta, malgré ses efforts de résurrection, pouvait à peine se remuer. Maintenant qu'il était délié, il éprouvait des engourdissements dans les jambes, des frissons convulsifs ; il ne réfléchissait plus à grand'chose, ne sentant que la souffrance physique et ayant presque la résignation fatale du passager atteint du mal de mer.

Il parvint pourtant à se retourner sur son flanc gauche, non sans se rappeler le supplice de Guatimozin étendu sur un gril. Il s'aperçut alors que des ombres étaient couchées autour de lui ; une basse continue de ronflements et de grognements indiquait que ces ombres n'appartenaient pas à l'empire infernal et qu'elles avaient conservé leur enveloppe terrestre.

Près de la fontaine, à la lueur d'un mauvais bout de chandelle, Fra Giacomo était assis et lisait.

Sa figure exprimait une sorte de ressentiment sauvage mêlé à une vive impatience. Il serrait entre ses dents une pipe courte, grossière, taillée par un artiste maladroit dans un rameau de merisier. Le sourcil de Fra Giacomo se fronçait ; par intervalles, le bandit retirait sa pipe du coin où elle était rivée et crachait par terre. Chaque fois qu'il crachait, il donnait contre le sol un coup de talon de botte qui retentissait dans le cœur de Della Porta.

— Je suis perdu... C'est à moi qu'il en veut, pensait le prisonnier, cherchant instinctivement quelque trou de taupe assez large pour s'y cacher. Cette Mariuccia avait bien raison de me conseiller le repos et la patience ; on va me hacher menu comme chair à pâté ; me voilà avec « le mauvais œil » dans mon existence.

Ainsi devisant avec lui-même, le banquier ressentit contre Mariuccia un accès de fureur rétrospective ; mais ce vilain mouvement ne dura pas. La situation était trop critique et Della Porta avait d'autres chats à fouetter.

Il jugea que la scène dont il était témoin devait se renouveler souvent, car personne ne se montrait aux fenêtres. Le village semblait habitué à recéler les hôtes dangereux qui l'occupaient cette nuit-là. Peut-être, comme l'avait dit le commissaire à M. de Maugis, les amis de Frère Jacques se confondaient-ils avec les habitants de la bourgade ; sûrement, l'accord régnait entre les deux parties ; il était facile de s'en apercevoir.

Roulés dans leurs manteaux, les bandits continuaient de dormir à la belle étoile. De son côté, Fra Giacomo poursuivait sa lecture.

Il lisait et il fumait.

Sa pipe lançait de petites étincelles qui s'éteignaient aussitôt dans le brouillard de la nuit,

7

comme les parcelles de feu qui accompagnent
une fusée à moitié éteinte.

Quelles nouvelles contenaient ces papiers que
le brigand feuilletait d'un doigt nerveux?

De mauvaises nouvelles, sans doute. Au milieu de la tranquillité générale, Fra Giacomo
proféra un blasphème terrible.

A ce bruit, les bandits se levèrent.

Ils avaient, et pour cause, l'habitude du sommeil léger; ils furent sur pied en un clin d'œil et
se groupèrent autour de leur chef, attendant
que celui-ci daignât leur adresser la parole.

Ils étaient pelotonnés en groupes noirs : des
frelons sur le calice d'une fleur. Fra Giacomo
les écarta d'un geste menaçant; les rangs s'é-
claircirent, et Della Porta, qui ne soufflait mot
et qui s'estimait heureux d'être oublié pour le
quart d'heure, fut à même de voir ce qui allait
se passer.

On ne sait quoi de sinistre planait sur la
foule anxieuse; un crêpe était jeté sur ces dos
courbés et sur ces têtes humiliées. L'air sombre
du chef avait déteint, maladie contagieuse, sur le
visage des brigands. Quand Fra Giacomo avait
lu certains papiers, il les déchirait en mille morceaux et les éparpillait dans la boue. Il ne disait
rien ; seulement ses dents serraient le tuyau de
sa pipe à le briser.

Domenico fit un acte de contrition :

— Je me souviens, rumina-t-il à part lui, que lorsque j'étais enfant, mes parents écartaient de moi jusqu'à l'apparence d'un danger. Ils rivalisaient de tendresse pour me persuader que la vie était un je ne sais quoi enveloppé de ouate, c'est-à-dire quelque chose sans aspérités, une surface plane... Ils me trompaient joliment, mes parents, et ils me rendaient un bien mauvais service. Que diraient-ils à présent, s'ils me voyaient à la merci d'une centaine de drôles qui m'égorgeraient avec le sang-froid que met un boucher à plonger son coutelas dans la gorge d'un petit agneau?

Ce qui rassurait un peu Della Porta, c'était l'indifférence avec laquelle son arrivée avait été accueillie par Fra Giacomo.

Évidemment, le brigand ne pensait guère à sa capture. Il ne s'était pas retourné une seule fois du côté où gisait Domenico ; il n'avait pas l'air de s'apercevoir qu'un tiers se trouvait mêlé, sans le vouloir, à cette scène de famille.

Fra Giacomo portait, accrochés à sa ceinture, deux longs pistolets ; de temps en temps, il en caressait amoureusement la crosse.

Cependant les bandits faisaient cercle ; ils respiraient à peine ; si les mouches avaient été éveillées à cette heure tardive, on les aurait entendues voler.

Fra Giacomo commença son discours sur un ton très bas :

— Voilà ce que c'est, dit-il... Vous me connaissez ; vous savez ce que je vaux. Nous avons souffert ensemble, couru les mêmes risques ; nous sommes liés à la vie, à la mort... Eh bien ! laissez-moi vous rappeler ceci : nous avons passé un contrat, non par-devant notaire, mais par-devant Dieu ! J'ai promis de commander ; vous m'avez juré d'obéir.

Le silence régnait plus que jamais.

— Quelles étaient, poursuivit Frère Jacques, les conditions de notre contrat ? En voici une très importante : « Tout homme qui aura reçu des propositions de trahison, sera tenu de les communiquer au chef dans les vingt-quatre heures ; dans le cas où l'homme se tairait, il serait considéré lui-même comme traître ; et alors, etc., etc. »

La voix de Fra Giacomo se perdit dans un murmure sourd.

Personne ne bougeait. Della Porta, se croyant au spectacle, commençait à prendre intérêt à l'action.

— *Per Bacco !* dit le bandit, je n'ignorais pas que ma tête serait mise à prix ; elle coûtera cher au gouvernement. Mais j'ai voulu vous éviter les tentations, et je crois que j'ai raisonné juste.

La troupe opina du bonnet.

— Donc, conclut Frère Jacques, nous sommes d'accord, bien d'accord... Là-dessus, ajouta-t-il, figurez-vous qu'en me promenant, l'autre soir, sans penser à mal, j'ai appris une chose. Oui, j'ai appris qu'un des nôtres, — je ne le nomme pas, — avait reçu une lettre du syndic de Marigliano. Il n'y a pas de mal à recevoir une lettre, — une lettre de syndic, surtout; — il faut être bien avec tout le monde, même avec l'administration de son pays. Mais, dans ce message, M. de Marigliano, — qui n'est pas de mes amis, à ce qu'il paraît, — promettait au destinataire 200 scudi de récompense si j'étais amené tel jour, à telle heure, en tel endroit, où se tiendrait précisément une compagnie de bersagliers chargés de me poser des questions sur l'immortalité de l'âme.

L'accent du chef était devenu de plus en plus goguenard en prononçant ces derniers mots.

Il reprit :

— L'homme qui a reçu la lettre n'a rien répondu, je le sais; il s'est contenté de mépriser les propositions du syndic. Mais cet homme n'en a pas moins commis une faute grave. Au lieu de m'apporter le billet, il l'a gardé. Il a manqué à la promesse jurée; il n'a pas observé les conventions que nous avions faites; soit par insouciance, soit par peur, il ne m'a rien dit. J'ai attendu patiemment que le coupable réparât son erreur; une semaine, deux semaines se sont écoulées,... rien n'est venu. Je n'attendrai pas plus longtemps.

Fra Giacomo parlait, la tête penchée sur son épaule gauche; une légère salive humectait ses lèvres; son œil terne semblait annoncer que sa pensée était dans les espaces; mais c'était seulement le fardeau du sommeil qui s'appesantissait sur ses paupières robustes. Il avait l'habitude de dormir les yeux ouverts, comme les chouettes.

Après le discours du chef, quelques secondes s'écoulèrent, pendant lesquelles l'assistance demeura immobile et frémissante. A la fin, un homme se détacha du groupe. Arrivé devant Fra Giacomo, il s'agenouilla, fit un grand signe de croix; puis il prit la main du brigand et la baisa.

Della Porta, qui considérait cette scène avec une curiosité de plus en plus vive, se hasarda à se soulever sur son coude. Dans l'homme qui était agenouillé, il reconnut Cipriano la Galla, le compagnon préféré, le meilleur ami de Fra Giacomo.

Cipriano la Galla tira de son sein une lettre pliée en quatre et il la remit au chef, dont la figure s'anima aussitôt. Fra Giacomo, ayant pris le papier, le lut lentement sans cesser de fumer.

Pendant ce temps, Cipriano la Galla se frappait la poitrine, il murmurait des lambeaux de prières incohérentes : — *Santa Maria, Madre di Dio... San Giuseppe, ora pro nobis... Misericordia!... Ah! povero!... povero!...*

Il sanglotait comme un enfant pris en faute ; il embrassait avec ferveur un scapulaire qu'il portait sous sa chemise. Fra Giacomo ne prêtait qu'une attention distraite à ces lamentations. Il avait fini sa lecture ; il reploya le billet, tira un de ses pistolets, et, s'approchant de Cipriano la Galla, il lui brûla la cervelle.

Cipriano tomba le nez contre terre, ayant reçu la décharge en plein front; pendant une minute ou deux il gratta le sable avec ses ongles, le corps eut des convulsions et des soubresauts; puis ce fut fini. Cipriano la Galla avait vécu, laissant un beau nom dans l'histoire.

Les autres bandits, accoutumés à de semblables exécutions, plantèrent là leur camarade, sans même jeter sur lui un lambeau de couverture, et allèrent se recoucher en maugréant comme des laquais interrompus dans leur premier sommeil et grognant d'avoir été réveillés pour peu de chose.

— A nous deux, maintenant! dit Fra Giacomo, qui s'approcha du banquier.

— Je vais subir le même sort, pensa Della Porta en voyant que le frère de Mariuccia rechargeait son pistolet. Tant pis, ajouta-t-il mentalement, je ne me laisserai pas tuer comme un chien; je vendrai chèrement ma vie.

Et, débarrassé de ses liens, il tâta dans sa poche pour voir s'il y possédait encore un couteau-poignard qui ne le quittait jamais; non seulement il tenait le couteau, mais, en outre, il avait conservé sa montre, ce qui était bien le miracle le plus extraordinaire qu'on pût constater après tant de pérégrinations au milieu d'une société si mêlée.

Il ne faut pas oublier que Della Porta, enlevé au sortir du théâtre, portait un costume de soirée; il était en habit noir, en cravate blanche et en escarpins; cette toilette, au milieu des haillons environnants, produisait le plus drôle d'effet qu'on pût imaginer.

— Quel grand enfant vous faites! dit Frère Jacques en tapant familièrement sur l'épaule de Domenico.

Depuis que Fra Giacomo avait tué quelqu'un, son visage était moins sombre.

— Oui, répéta-t-il, quel grand enfant! Vous voilà bien avancé, n'est-ce pas? Cipriano la Galla (que Dieu ait son âme!) vous avait pourtant bien conseillé de rester tranquille. Mais non! ils sont tous les mêmes... (Cet « *ils* » appliqué aux victimes de Frère Jacques était féroce)... Tant qu'on ne les a pas enfermés dans un cachot à six pieds sous terre, *ils* se croient libres; *ils* se figurent qu'ils peuvent s'échapper. Comment

7.

vous, un homme intelligent, — car vous êtes intelligent...

Le banquier salua.

— Comment n'avez-vous pas compris que j'étais l'inventeur d'un nouveau système de prison aussi supérieur à l'ancien que les Européens, par exemple, sont supérieurs aux sauvages ? Est-ce que le cachot *moderne*, en ce siècle de progrès, de presse libre, de tribune ouverte, doit ressembler aux épouvantables cloaques dans lesquels les bons chevaliers du moyen âge reléguaient leurs prisonniers de guerre? Non, assurément; le temps marche ; l'humanité s'éclaire, et tous, tant que nous sommes, nous participons à ce rayonnement ; nous en profitons à notre insu. D'autres s'appliquent à perfectionner les chemins de fer, la navigation aérienne, le télégraphe, l'économie politique, le gouvernement parlementaire ; moi, j'ai tourné mon attention vers ceux qui souffrent ; je tâche de leur procurer quelque soulagement... Oh ! je sais bien ce que vous allez me dire, ajouta-t-il en jetant un regard de côté sur le cadavre encore chaud de Cipriano la Galla ; mais la discipline est un composé de devoirs qui n'ont rien de commun avec la sensibilité. Il y a fagots et fagots.

Le brigand s'écoutait parler ; il prenait plaisir à développer ses facultés oratoires devant un auditoire distingué, quoique cet auditoire ne fût composé que d'une seule personne.

— Donc, poursuivit-il, j'ai réformé la prison. Au lieu de ces murs noirs, épais, suintant l'humidité, puant le salpêtre, qui entouraient les anciennes cellules, j'ai transporté mes clients dans un logement salubre, donnant sur la campagne... Avouez que l'endroit n'est pas mal choisi. Il y a bon souper, bon gîte, agréments de toute sorte, une compagnie charmante... A propos, comment trouvez-vous la compagnie?

— Monsieur, dit Della Porta, je sens très bien que vous me retournez entre vos griffes comme le chat fait d'une souris. Ce n'est pas généreux de votre part; je vous croyais plus de grandeur d'âme.

— Et moi, s'écria Frère Jacques, je vous croyais moins susceptible. Où diable allez-vous chercher vos comparaisons de souris et de chat?... Si je vous demande comment vous avez trouvé ma sœur, c'est que j'ai sans doute des projets sur elle... et sur vous.

— Des... des projets, balbutia Della Porta, tremblant de pousser la conversation plus loin.

— Eh oui! fit le brigand avec une délicieuse bonhomie... Mais vous êtes debout, mon jeune ami... Prenez donc la peine de vous asseoir...

là... près de moi... Nous nous entendrons mieux
ainsi.

— Que va-t-il me demander? murmura Domenico dans un de ces *à parte* de théâtre qui
sont nécessaires au jeu des acteurs.

Fra Giacomo secoua la cendre de sa fameuse
pipe sur la margelle de la fontaine.

— Nous disions donc, reprit-il, que ma sœur
vous plaisait beaucoup.

Della Porta eut un tressaillement.

— Moi... je... oui... certainement... Ah çà!
ajouta-t-il, est-ce que je serais destiné à épouser toutes les sœurs dont j'aurais rencontré les
frères?...

Fra Giacomo lui donna une petite poussée
avec le coude :

— Heureux coquin!... dit-il... apprenez que
Mariuccia... mais les femmes sont tenues à plus
de réserve que les hommes... Je n'en dirai pas
davantage... Je vois que vous vous convenez,
et ce mariage comblera tous mes désirs.

Il y eut une pause pendant laquelle le bandit
examina benoîtement l'amorce de ses pistolets.
Della Porta, couvert d'une sueur froide, essaya
de timides objections. Après avoir hésité, il
parvint à dire d'une voix étranglée :

— C'est que...

— C'est que... quoi?

— Je ne suis pas très libre. Si j'étais libre, absolument libre, mademoiselle Mariuccia me conviendrait à moi aussi sous tous les rapports... Elle est ravissante, elle a des yeux superbes, elle prépare admirablement le *risotto*... mais, voilà : j'ai donné ma parole.

— N'est-ce que cela? dit Frère Jacques. Les paroles qu'on donne sont faites pour être reprises. Ainsi, moi qui vous parle...

— Oh! mais vous, ce n'est pas tout à fait la même chose! s'écria Della Porta qui se mordit la langue d'avoir été aussi vif.

Fra Giacomo aurait pu se fâcher; il se mit à rire. Décidément, le sang versé avait assouvi le tigre.

— Allez, allez, fit-il, continuez... Dites-moi tout de suite que je n'ai aucune délicatesse. Eh bien! je vous prouverai le contraire; car enfin, savez-vous pourquoi je marie ma sœur, moi?

— Non.

— Tout simplement pour lui donner un peu de la considération que je n'ai pas... Mariuccia était dans le commerce autrefois, mais dans le commerce honnête. Elle n'a pas été élevée pour attaquer les courriers d'État.

— Comme celui de la Basilicate, hein?

— Ah! vous savez?... Mon Dieu, non! Mariuccia n'aurait pas dû me suivre; et peut-être

ne s'est-elle que trop pervertie dans ma société.
Mais moi, je veux l'établir, cette enfant, la do-
ter; je veux que, mêlée aux méchants garnements dont se compose ma troupe, elle ait un
mari et un frère qui la fassent respecter... Ce
n'est pas indélicat, cela, je pense; et il me semble que mon choix vous honore.

— Plus que je ne puis dire... Ah! si je ne
m'étais engagé par serment!...

— Encore! dit Fra Giacomo.

Il quitta son air doucereux, tira ses pistolets
de sa ceinture, et marchant droit sur Domenico :

— Je suppose, fit-il, que vous m'avez compris?

— Vous parlez un langage si clair!

— C'est le langage qu'il faut employer avec
les personnes un peu dures d'oreille... Mariuccia est avertie... Vous vous marierez cette nuit.

— Comment, cette nuit! Où trouverez-vous
un prêtre?

— Ici même.

— Et il consentira?

— Oh! parfaitement. Il ne résistera pas à
mes bonnes raisons; et je me charge de tran-
quilliser sa conscience en lui racontant je ne
sais quelle histoire touchante que je n'ai pas
encore eu le temps d'inventer.

— Mais je ne vois pas d'église?

— Et ce campanile... à cent pas d'ici? Croyez-vous qu'on l'ait bâti pour ne rien faire?

— Les portes seront fermées...

— On les ouvrira.

— Monsieur, dit Della Porta, un tel mariage ne saurait être valable ni devant Dieu ni devant les hommes... Je détromperai le prêtre que vous amènerez; je lui raconterai quelle tyrannie infâme je subis; je lui dirai qui vous êtes...

— Vraiment! vous prononcerez mon nom?... Jolie manière de vous tirer d'embarras. Vous mettrez un serviteur de Dieu entre l'amour de son devoir et l'amour de la vie!... Je ne doute pas qu'il ne préfère le devoir; mais alors, nous interviendrons, nous... et dame! si quelque malheur arrivait, c'est vous qui l'auriez voulu!

— Verser le sang d'un prêtre! quel sacrilège!

— Aussi n'aimons-nous point ces sortes d'affaires... Malheureusement, quand l'intérêt commande, adieu les autres considérations... Nous tuons d'abord, et nous nous repentons après.

Le banquier chercha vainement d'autres objections; Fra Giacomo avait réponse à tout. Du moins, dans la nouvelle situation qu'on lui préparait, Della Porta espérait-il être quitte des trois cent mille lires qu'on lui avait demandées; mais Frère Jacques déclara que cet argent ser-

virait à augmenter les ressources de la troupe ;
que le nerf du brigandage et le nerf de la guerre
étaient deux nerfs qui se ressemblent beaucoup ;
il ajouta que la somme, placée en des mains
aussi fidèles que les siennes, ne courrait aucun
risque et rapporterait cent pour cent.

— Mais enfin, dit Domenico essayant une dernière chance de salut, je serai, parmi vous, une
bouche inutile. Je ne suis pas né brigand, moi :
à quoi suis-je bon? A quoi servirai-je?

— J'y ai réfléchi, repartit Fra Giacomo d'un
air sérieux. Connaissant un peu votre tempérament, je me suis demandé à quoi je pourrais
bien vous occuper. Rassurez-vous : j'ai trouvé
pour vous une place... oh! mais une place que
tous vos confrères de la haute banque vous
envieraient... une place qui est presque une siné-
cure et qui donne de gros appointements... une
place merveilleuse, idéale, la reine des places...

— Et c'est... demanda Domenico flairant un
piège.

Fra Giacomo montra le corps inanimé de
Cipriano la Galla :

— L'emploi qu'occupait si bien le meilleur de
mes amis... Je vous donne la place de bourreau...

XII

Dom Luigi, bénéficiaire de San Gennaro, avait plusieurs défauts graves pour un homme d'église : il aimait le tabac d'Espagne, la loterie, les vers latins ; de plus, il détestait le nouveau gouvernement, ce qui était moins un vice qu'un manque de diplomatie. On racontait sur Dom Luigi et sur les tours qu'il avait joués aux « hommes du Nord » (il appelait ainsi les Piémontais) d'incroyables histoires. Ainsi, depuis l'installation de la nouvelle douane, le bénéficiaire de San Gennaro était entré en affaires, pour son tabac à priser, avec des contrebandiers espagnols ; mais comme il était honnête, comme il n'entendait voler personne, il envoyait au Quirinal la somme qu'il aurait dû payer légalement aux employés du fisc. On se rappelle que le Quirinal était, à ce moment-là, l'asile du roi dépossédé, François II.

Un soir, paraît-il, des douaniers étaient venus avec mission de fouiller le presbytère de Dom

Luigi, la maison passant pour recéler des marchandises prohibées. L'excellent curé avait
accueilli ses visiteurs le sourire sur les lèvres
et les bras ouverts ; il faut dire qu'il connaissait
ces braves gens ; la plupart étaient d'anciens
paroissiens à lui, natifs de la contrée. Il leur
avait fait traverser l'église, chemin naturel pour
se rendre au presbytère ; les douaniers avaient
fait une courte prière devant le maître-autel,
puis ils étaient entrés dans la maison, qu'ils
avaient visitée de la cave au grenier sans y rencontrer rien de suspect. Cette expédition achevée, Dom Luigi s'était indigné de leur manque
de confiance ; eux, s'étaient mis à pleurer de
repentir ; puis, comme ils pleuraient trop, le
bénéficiaire leur avait fait servir une collation et
leur avait demandé, comme pénitence, une
aumône pour ses pauvres. En déposant son
aumône dans le tronc accroché à la porte de
l'église, le caporal des douaniers entendit que la
pièce rendait un son mat ; mais il ne s'arrêta pas
à ce détail, ne voulant pas contrister davantage
Dom Luigi, qui venait de se venger d'un injuste soupçon en prodiguant à des enfants égarés les bienfaits de l'hospitalité. La gabelle
partie, Dom Luigi tira les verrous, s'approcha
du tronc, l'ouvrit et en sortit un énorme paquet
de tabac auquel il emprunta une large prise.

L'histoire rapporte que le nez de Dom Luigi ne huma jamais de parfum plus délicieux.

Le curé de San Gennaro jouait à la loterie ; il aimait donc les richesses terrestres?... Vraiment non. Ses petites économies passaient dans l'ornementation de sa chère église qu'il voulait rendre aussi belle que le jour, la plus belle église du diocèse, plus belle surtout que celle du bénéficiaire voisin. Il guignait du coin de l'œil depuis tantôt dix ans un tableau de Tiepolo, un *Saint-Sébastien*, mille fois plus estimé, selon lui, que les pâles *Saint-Sébastien* du Guide ; la toile appartenait à un chanoine de Portici, qui cherchait à s'en défaire, mais qui demandait quinze cents lires du chef-d'œuvre, somme beaucoup trop considérable pour la bourse plate d'un pauvre curé de campagne.

Dom Luigi passait une partie de ses journées à considérer l'endroit de la muraille où il accrocherait son *Saint-Sébastien*. Il parlait à tout venant de son ambition inassouvie, en sorte que ses projets étaient connus à plus de vingt lieues à la ronde. Il tremblait chaque fois qu'il apprenait qu'un riche étranger était allé visiter la collection de mauvais tableaux du chanoine.

— Pourvu que mon *Saint-Sébastien* ne plaise à personne! s'écriait Dom Luigi, adressant, à cette fin, des prières au saint lui-même, qui devait être médiocrement flatté de l'invocation.

Le bon curé, comme tous les joueurs, avait inventé un système de numéros combinés avec les vers de Virgile qu'il savait par cœur, afin de gagner infailliblement le gros lot au prochain tirage. Tel mot correspondait à tel chiffre; Dom Luigi brouillait les uns et les autres dans un chapeau, achetait les séries indiquées, et attendait patiemment le résultat de l'opération, qui ne réussissait jamais. Il se consolait en recommençant; mais diverses expériences successives avaient un peu ébranlé sa confiance dans les *Bucoliques* appliquées à la divination des nombres. Il cherchait d'autres martingales, qui lui venaient pendant qu'il lisait son bréviaire et qu'il rejetait alors comme des tentations du démon.

— Nous n'aurons jamais notre *Saint-Sébastien*, *signor abbato*, grommelait quelquefois le vieux Léonardo qui servait à Dom Luigi de sacristain à l'église et de domestique au presbytère.

Ce Léonardo jouissait auprès du curé d'une excessive liberté de paroles. Nul autre que lui n'aurait osé émettre des doutes sur l'heureuse issue d'un événement attendu depuis si longtemps. Les fidèles ne prononçaient jamais devant leur pasteur le nom de l'odieux chanoine qui gardait le merveilleux tableau; ils ne savaient que trop quel amoncellement de douleurs ils remuaient, quand ils faisaient allusion, par hasard, à la détention d'un objet que Dom Luigi, à force d'y songer, avait fini par regarder comme sa propriété personnelle.

Léonardo, plus âgé que son maître, était un de ces serviteurs comme on n'en découvre plus guère que dans les romans de Walter Scott. Il usait et il abusait, à l'égard de Dom Luigi, d'une influence quasi paternelle. Le curé, absorbé par les graves combinaisons auxquelles il se livrait pour gagner les quinze cents bienheureuses lires qui lui manquaient, vivait, pour ainsi dire, dans les espaces. Le chaud, le froid, la pluie, le beau temps, la neige, la grêle ou le verglas lui étaient choses à peu près indifférentes. Sa santé ne l'occupait pas davantage : on le voyait se promener nu-tête, au mois de décembre, et se couvrir d'un manteau au mois de juillet. Léonardo s'était chargé de réparer les désordres qu'un tel abandon de soi-même devait fatalement occasionner. Aucune tisane ne pouvait rivaliser avec les suaves infusions que Léonardo, de ses mains ridées, préparait pour son maître quand celui-ci avait pris un rhume de cerveau. Dom Luigi, réglé par son serviteur, ne se couchait jamais avant une certaine heure et ne se levait que bien longtemps après les fanfares

matinales du coq. La sonnette du presbytère
était-elle secouée avant l'aurore, Léonardo ne
se décidait à aller réveiller le curé qu'après
informations prises et lorsqu'il n'y avait réelle-
ment pas moyen de faire autrement.

On devine de quelle méchante humeur fut
pris le sacristain, lorsque au milieu des ténèbres, une nuit qu'il venait de se plonger dans les
délices d'un premier sommeil, il entendit caril-
lonner à la porte du presbytère.

Le premier sommeil de Léonardo avait duré
longtemps; il pouvait être trois heures du
matin.

— Ah çà! dit le sacristain en se frottant les
yeux; est-ce que je rêve encore. On fait un train
d'enfer là-bas; je ne crois pas, cependant, que
personne soit gravement malade dans le village!... On ne peut pas venir nous trouver pour
les derniers sacrements. A moins que le *sindaco*
n'ait eu une seconde attaque d'apoplexie?...
M. le *sindaco* boit trop; il sera victime de son
intempérance.

Il passa, tout en maugréant, une ancienne
culotte rapiécée, ajusta sur sa tête une per-
ruque qu'il mit dans le mauvais sens, descendit l'escalier à tâtons et s'arma d'une lanterne
qu'il laissait toujours allumée en cas d'événement.

Au dehors, on sonnait de plus en plus fort et avec une certaine impatience.

— Paix là! cria Léonardo... Quand vous aurez cassé la sonnette, en serez-vous plus avancé? Voyons, ajouta-t-il, en tirant la planche du guichet pratiqué dans la porte, qu'y a-t-il pour votre service?

Le sacristain éleva sa lanterne à la hauteur de l'œil; il aperçut un homme d'une tournure élégante qui, cessant de tourmenter le fil de fer ballant le long du mur, demanda le plus poliment du monde :

— Est-ce ici que demeure le révérend Dom Luigi, curé de San Gennaro?

— Ici même, répondit le sacristain un peu surpris de cette visite.

— Je désirerais parler à Dom Luigi.

— A cette heure?... Vous n'y pensez pas!...

— Pardonnez-moi; il est indispensable que je lui parle.

— Si c'est pour une affaire... sacerdotale, je suis là, dit Léonardo d'un air d'importance. M. le curé et moi vous écoutons en mon humble personne. Expliquez-vous, *signore*.

— Impossible!... c'est à Dom Luigi seul que je veux m'adresser.

— Mais il dort, Monsieur; il repose en ce moment, le pauvre cher homme!... Ne savez-

vous pas qu'il est accablé de soucis, d'ennuis...
que nous avons un *Saint-Sébastien* qui nous
tracasse?...

— Je sais, je sais, interrompit le visiteur nocturne. Mais l'affaire qui m'amène est plus importante que toutes celles dont vous me rebat-
tez les oreilles depuis cinq minutes. Si votre
maître hésite à se lever, montrez-lui cette bague;
la vue seule de cet objet le déterminera à me
venir en aide.

L'étranger passa à travers les barreaux du
guichet un anneau de zinc que Léonardo consi-
déra avec attendrissement; sur l'anneau étaient
gravées des armoiries entourées de paroles
mystérieuses.

— C'est quelque prince du sang, pensa le
sacristain, quelque proscrit, sans doute! Entrez,
Monseigneur, soyez le bienvenu. Votre Altesse
désire-t-elle que j'allume du feu? les nuits sont
humides...

— Merci, dit l'homme à la bague; je ne désire
qu'une chose : voir Dom Luigi tout de suite, le
plus tôt possible.

— Je vais l'aller chercher, dit Léonardo, qui
introduisit l'étranger dans le salon de compagnie dont les fauteuils étaient couverts de hous-
ses grisâtres.

Le sacristain remonta l'escalier quatre à quatre.

Il trouva Dom Luigi sur pied, le bruit de la sonnette avait éveillé le bénéficiaire. En quelques mots, Léonardo le mit au courant de la situation.

— Seigneur Dieu! s'écria le bénéficiaire tout à la fois épouvanté et ravi; c'est quelque aventure terrible, je parie... Nous voilà mêlés aux secrets d'État... Léonardo, tu es mon ami encore plus que mon domestique; tu ne m'abandonneras pas.

— Vous abandonner! monsieur le curé, s'il faut mon sang!...

— Hé! qui te parle de ton sang, animal; que veux-tu qu'on fasse de ton sang? Je te sais gré de l'intention, tout de même; va devant, mon ami, et sois le premier à présenter mes excuses au prince. Je suis dans mon tort de l'avoir fait attendre; et quand on est dans son tort, on ne doit espérer aucune miséricorde : *Ulla salus victis, nullam sperare salutem...*

Dom Luigi, dans ses moments d'émotion, saupoudrait sa conversation de pincées de citations latines.

Le prétendu prince accepta avec une bonté d'âme exceptionnelle les longues explications que Léonardo crut devoir lui donner; il pria néanmoins Dom Luigi d'éloigner pour un instant le vieux serviteur, les choses qui allaient

8

être dites ayant un caractère tout à fait confidentiel.

— Ne t'éloigne pas trop, souffla Dom Luigi à son domestique; reste à la portée de ma voix.

— Soyez tranquille, répondit Léonardo qui eut un mouvement de dignité offensée.

— Mon révérend abbé, dit le prince dès que Léonardo fut sorti, je n'abuserai pas des précieux moments que je dérobe à votre sommeil.

— Votre Altesse, dit Dom Luigi en s'inclinant, sait que je suis entièrement dévoué à son illustre race.

Ici, le prince ne put réprimer un sourire; décidément, c'était un bon prince.

— Je connais votre fidélité, poursuivit l'inconnu; et je ne vous cache pas que j'ai compté sur elle pour l'affaire qui me conduit chez vous. Vous vous rappelez les événements qui ont amené l'exil de la maison de Bourbon...

— *Infandum, regina, jubes renovare dolorem!* soupira l'excellent prêtre en fermant doucement ses paupières.

— Je suis une victime de ces événements. Mon nom importe peu et vous ne le saurez probablement jamais. Permettez-moi seulement de vous dire, en passant, que la bague que je porte vous a induit en erreur; quoique j'aie l'ha-

tude de commander aux hommes, je ne suis pas
ce que vous croyez.

— Tiens! tiens! fit Dom Luigi qui ouvrit de
grands yeux.

— Non; je ne suis pas prince... Mais je n'en ai
pas moins quelque autorité ici-bas. Or, j'ai pris
sous ma protection un intéressant jeune homme,
très compromis, hélas! dans les dernières affaires politiques; il a souffert, monsieur le curé,
il a subi des tribulations pour l'honneur et pour
la justice. Proscrit, il va bientôt, grâce à moi,
se trouver hors de danger en franchissant la
frontière romaine, mais avant de quitter sa patrie peut-être pour toujours, il n'a pas voulu que
son mariage fût célébré par un autre que par
vous...

— Son mariage?...

— Oui, mon révérend abbé. Ce jeune homme
va épouser une personne qu'il aime et qui a
consenti à le suivre sur la terre étrangère. Oh!
là, certainement, il eût trouvé un prêtre qui l'eût
marié sans difficulté; mais il ne voulait pas que
son union fût consacrée par quelqu'un d'indifférent ou d'hostile; il voulait un homme qui par-
tageât ses convictions; aussi a-t-il songé à vous,
inébranlable dans vos luttes contre un pouvoir
usurpateur; à vous qui préparez une restaura-
tion prochaine; à vous, enfin, qui êtes, — per-

mettez-moi de blesser votre modestie, monsieur le curé, — le modèle de toutes les vertus qui font le religieux et le citoyen.

— Bon! pensa Dom Luigi, je me serais bien passé de sa confiance!

— Monsieur le curé, poursuivit l'étranger, le temps presse, le jour va paraître tout à l'heure... Veuillez rappeler votre sacristain; les jeunes époux, accompagnés de quelques amis à moi, sont là qui attendent qu'on leur ouvre les portes de l'église.

— Quoi! dit le bénéficiaire, c'est à présent, à cette heure indue qu'il faut...

— Sans retard, monsieur le curé; nous sommes poursuivis, et vous comprenez...

— Je comprends que nous serons égorgés jusqu'au dernier si l'on nous attrape; voilà ce que je comprends!...

— Vous jugez les choses comme elles sont, dit froidement l'inconnu; mais il n'y a pas à hésiter; c'est un cas de force majeure...

— Pour qui?...

— Pour vous, pour moi, pour tout le monde. Chaque minute qui s'écoule augmente la chance que nous avons d'être pris. Pas un instant à perdre, monsieur le curé; je vais avertir mes compagnons, pendant que vous revêtirez les ornements sacerdotaux et que vous ferez allumer les cierges.

Dom Luigi n'était pas très rassuré sur les suites de l'aventure ; il ne demandait pas mieux que de rendre service à un coreligionnaire politique, mais encore ne poussait-il pas le zèle jusqu'à vouloir se sacrifier pour le premier venu.

Il hésitait donc, et bien d'autres auraient hésité à sa place. D'autre part, il calculait que le service qu'il allait rendre à la cause royale lui serait compté dans le présent ou dans l'avenir. Il se voyait plus près que jamais du *Saint-Sébastien* désiré. Les grands seigneurs ne sont pas tous ingrats ! Celui-ci paraissait aussi généreux que brave !...

Tout en réfléchissant, Dom Luigi, comme on voit, faiblissait petit à petit.

La prudence s'évanouissait à mesure que fleurissaient en lui les germes d'une ambition innocente.

Les instances de l'étranger devenaient pressantes, impérieuses même. Dom Luigi finit par appeler son sacristain et par lui commander de tout préparer pour une messe de mariage.

Alors, l'étranger se retira.

Comment le curé de San Gennaro se rendit-il à son église ? comment se trouva-t-il revêtu de la chasuble et de l'étole ?...

8.

Il ne put jamais donner des explications satis-
faisantes sur ce quart d'heure de distraction
absolue. Toujours est-il qu'au sortir d'un rêve,
il se trouva debout devant l'autel et demandant
pardon à Dieu et aux hommes de s'être laissé
engager dans un imbroglio aussi ténébreux.

L'église, cependant, présentait un spectacle
étrange.

Les deux jeunes gens qu'on allait marier restaient agenouillés sur la dalle et plongés dans
une muette prière.

Derrière eux, on apercevait le noble étranger
dans une attitude qui n'avait rien de recueilli
— au contraire — les bras croisés, l'œil vigilant ;
cela ressemblait plutôt à une pose menaçante. Çà
et là, derrière les piliers, se tenaient des hommes
pauvrement vêtus, dissimulant sous leurs manteaux déguenillés des objets qui ressemblaient
de loin à des armes. Quelques-uns de ces singu-
liers spectateurs avaient pris position à l'abri du
confessionnal, comme s'ils avaient voulu se
retrancher derrière une barricade ; d'autres,
dont la conscience était probablement très chargée, récitaient des prières, accroupis sur leurs
talons ou appuyés contre les balustrades de fer.
Une lumière douce, tamisée par les vitraux co-
loriés, éclairait ces groupes que Dom Luigi,
dans sa préoccupation, n'avait pas remarqués,

mais que Léonardo, tout ahuri, n'osait regarder
en face, tant il lui semblait voir des mines sus-
pectes et épouvantables. Dans les idées de Léonardo, la jolie église de San Gennaro était trans-
formée en Cour des Miracles. Le vilain monde
qui grouillait là jurait par sa mise avec le balda-
quin placé au-dessus du chœur, avec les gloires
en plâtre, les mausolées de marbre et les cour-
tines de velours rouge qui, suivant la mode du
pays, tapissaient les colonnes du sanctuaire; on
ne comprenait pas ce que venaient faire de pa-
reils hôtes près des autels de la Vierge, garnis
de fleurs, ornés de petits cyprès et encombrés
d'*ex-voto* encadrés dans de la rocaille.

L'horloge du *campanile* venait de sonner
quatre heures. Le jour, descendu de la cime
des montagnes, grandissait sensiblement, illuminant peu à peu les figures qui étaient jusque-
là restées dans l'ombre. Au dehors, les oiseaux,
nourris de genièvre, commençaient à quitter
leurs abris de la nuit et à s'éparpiller dans l'espace; signe de beau temps. Ils se rassemblaient
sur le toit de la chapelle, cognaient du bec contre
les vitraux, se cherchaient, se quittaient et ac-
compagnaient leurs zigzags de petits cris que
n'affaiblissait pas l'enrouement d'une nuit passée
en plein air. La voix grave du prêtre qui s'éle-
vait à la fin des *Oremus*, servait de basse à ce

concert improvisé. Plus les oiseaux faisaient un bruit strident, plus ce bruit était dominé par le latin de Dom Luigi, prononcé à la manière italienne, c'est-à-dire avec les *u* changés en *ou*.

— La belle journée! chantaient les petits oiseaux du bon Dieu. Comme nous allons courir, sauter de branche en branche en nous rengorgeant du plaisir de vivre et d'être admirés! Il fait trop clair, aujourd'hui, pour que nous n'évitions pas le lacet de l'oiseleur. Va, tes ruses sont éventées, bonhomme! Nous n'avons rien à faire qu'à voleter joyeusement en nous disant les uns aux autres : Bonjour! Bonjour!... et comme cela jusqu'à demain, jusqu'à après-demain, tant que nous pourrons crier et chanter.

— *Oremus te, Domine*, disait le prêtre, *per merita sanctorum tuorum...*

— Justement, reprenaient les oiseaux, voici les vermisseaux qui sortent de dessous terre; ils nous serviront de nourriture, et nous n'aurons pas à aller chercher notre repas bien loin. Ah! quand la terre est gelée, c'est autre chose! Mais est-ce que l'hiver reviendra jamais? N'aura-t-il pas peur de ce beau soleil qui a de quoi lui répondre. Jouissons, en attendant, du vent frais qui s'élève, de la légère buée qui tremble sur les feuilles des plantes en les couvrant de gouttelettes de rosée; secouons nos plumes et peignons-les pour la toilette du matin ; trempons nos pattes dans le ruisseau qui coule sur un lit de cailloux avec des frémissements joyeux. Oh! que la nature est belle! *Tiou, tiou, tiou, rrrrr!*

— *Qui vivit et regnat,* disait Dom Luigi, *in sæcula sæculorum.*

— *Amen!* achevait Léonardo, qui servait la messe en jetant autour de lui des regards inquiets.

Dom Luigi ne voyait rien de ce qui tourmentait si fort son peureux serviteur ; l'existence s'ouvrait devant Dom Luigi, radieuse et semée de roses trémières. Il ne songeait plus le moins du monde aux risques qu'il courait en prêtant l'appui de son ministère à un banni, à un homme dont les antécédents ne lui étaient pas connus ; il se disait seulement qu'il tirait d'embarras un serviteur de la bonne cause, et cette réflexion suffisait à le contenter.

Quand il se retourna vers l'assistance pour prononcer la petite allocution d'usage, il ne prêta aucune attention au bizarre public entassé dans l'église ; peut-être même, l'illusion aidant, ne vit-il dans ce ramassis de gueux qu'une foule de seigneurs déguisés. Le sens du discours qu'il prononça donne à penser que telle fut son idée.

Il usa, en effet, de circonlocutions choisies,

de périphrases ambitieuses : « O vous, nobles
chevaliers, réunis dans cette enceinte... l'illus-
tration de votre nom... la grandeur de vos exploits... vos aïeux seront contents de vous... »

Rien n'était plus amusant que la physionomie
des gens auxquels Dom Luigi accordait si géné-
reusement d'illustres ancêtres.

Lorsque l'instant fut venu d'échanger l'anneau
nuptial, le marié eut un mouvement de révolte
que Léonardo remarqua très bien, mais que le
bon curé prit pour un accès de sensibilité.

— Quel est ce mystère ? se demanda le sacristain.

Pendant ce temps, Dom Luigi disait de la
meilleure grâce du monde :

— Vous vous engagez, noble comte, à prendre la *signora* pour femme ?

Le marié fit un signe de tête qui voulait dire
oui et non tout à la fois.

— A merveille, poursuivit dom Luigi, qui considérait la voûte à ce moment-là.

L'étranger s'était rapproché du couple ; il
voulait constater sans doute que la cérémonie
se passait dans les règles.

— Et, ajouta dom Luigi en se tournant vers
la *signora,* vous consentez à accepter le noble
comte pour époux ?

Il y eut un silence.

— Vous consentez ? répéta le prêtre au milieu de l'attente générale.

— Oui, balbutia la jeune femme.

On eût dit qu'elle allait s'évanouir, tant elle parlait bas.

— Ces jeunes gens feront un délicieux ménage, pensa Dom Luigi, persuadé qu'il venait d'unir deux âmes sœurs.

La messe s'acheva sans autre incident.

Cependant Léonardo, fou d'angoisse, s'attendait à des tremblements de terre, peut-être à des creusements d'abîmes comme ceux qui engloutirent Coré, Dathan et Abiron.

— Miséricorde ! tout cela finira mal, murmurait le vieux serviteur.

Tout cela finit dans le plus grand ordre. La foule qui remplissait l'église s'écoula lentement ; les mariés sortirent à leur tour. Le curé de San Gennaro fut un peu mortifié d'être laissé tout seul, sans un de ces remerciements qui payent un service rendu.

— Tiens, dit Dom Luigi à Léonardo, tu me croiras si tu veux, mais à mon avis ce grand seigneur manque de reconnaissance.

— Peuh ! fit Léonardo avec une moue, je me passe de ses bienfaits.

— Oui, oui ; *timeo Danaos et dona ferentes*, chu-

chota Dom Luigi revenant à la compréhension
des choses réelles et aux vers latins.

Il rentra dans le presbytère.

Il y était à peine depuis quelques secondes
qu'on l'entendit appeler d'une voix étranglée
par l'émotion :

— Léonardo... ah! mon Dieu! Léonardo!...
viens donc... mon ami, mon bon ami.

Dans la chambre de Dom Luigi, sur un fauteuil, resplendissait le fameux *Saint-Sébastien*,
le *Saint-Sébastien* de *Tiepolo*, apporté à travers
les airs par un pouvoir magique ou déposé là
par la main bienfaisante d'un prince d'ici-bas.

XI

Le colonel Mertens n'avait pas oublié la promesse qu'il avait faite d'entreprendre la délivrance de Della Porta.

Quelques jours après les incidents que nous venons de raconter, mademoiselle Baür commença à s'inquiéter des suites que pouvait entraîner la disparition de Domenico.

On jasait toujours beaucoup dans Naples, la ville du bavardage par excellence ; on commentait l'absence subite du banquier. Les clients qui avaient confié des fonds à la maison Della Porta et Cᵉ s'étaient présentés aux guichets, et ils réclamaient leur argent avec le ton insolent des créanciers qui redoutent de n'être pas payés. On avait prié ces personnes d'attendre le retour du maître ; là-dessus elles s'étaient impatientées et avaient répandu le bruit que Della Porta, se trouvant au-dessous de ses affaires, s'était fait enlever exprès.

C'était cette calomnie que Mateo Tommaso avait rapportée toute chaude à M. de Maugis.

Les personnes éclairées n'accordaient qu'une importance médiocre à tous ces on-dit; mais le menu peuple était impressionné. Il circulait toutes sortes d'histoires capables d'ébranler le crédit du malheureux prisonnier et d'empêcher Domenico de refaire plus tard sa fortune si elle était entamée par l'énorme rançon qu'exigeait de lui Fra Giacomo.

Il devenait urgent de rassurer l'opinion publique. Mademoiselle Baür, frappée de cette nécessité, se concerta avec M. de Maugis et le colonel sur les mesures à prendre.

La police, faisant la sourde oreille, refusait plus que jamais d'organiser une expédition militaire; il n'y avait plus qu'à prier M. Mertens de se renseigner auprès des brigands, puisqu'il déclarait que la chose lui était facile.

Un compatriote du colonel eût été bien étonné de voir cet homme élégant endosser, un beau matin, la veste rapiécée des *vetturini* et entrer dans une *osteria* de bas étage, fréquentée seulement par les matelots du port. Le gîte ressemblait assez à une taverne; c'était un établissement où venaient s'enivrer les marins anglais qui, ayant leur bateau en rade, obtenaient la permission de descendre à terre.

La porte fermée, on se serait cru, à peu de chose près, dans un *public-house* de Southampton ou de Liverpool.

Sur des tablettes de faux cristal, derrière le comptoir, étaient rangés des verres de diverses couleurs, des verres de Bohême, des verres blancs, des verres à boire le vin du Rhin ; puis des simulacres de barils, *old rhum, old wiskey, old brandy ;* toute une séquelle de *old.*

Le long du mur courait une natte de paille tressée ; il n'y avait ni gravures, ni tableaux, mais seulement, dans des cadres, des prospectus chromo-lithographiés de fabriques de liqueurs. La porte, peinte en brun mordoré, avait une poignée en cuivre qui ne tournait pas ; il suffisait de pousser pour entrer. La partie inférieure de la porte était en bois plein et la partie supérieure creusée en persienne. Un simple détail prouvait néanmoins que ce débit de boissons pernicieuses était situé sous une latitude plus chaude que celle de l'Angleterre : les tables, le plafond, les objets pour le service, les restes de jambon découpé en tranches, les verres où l'on avait bu, étaient ensevelis sous une nuée de mouches, qui pullulaient comme les sauterelles d'Afrique quand elles se précipitent sur les moissons.

Ces mouches étaient noires, luisantes ; elles volaient avec une rapidité et une vigueur qui démon-

traient le parfait état de santé dont elles jouis-
saient. Elles n'avaient rien de la délicatesse, de
la chlorose, de la phthisie pulmonaire des pauvres petites mouches parisiennes, qui se posent
si doucement sur les vitres des appartements
somptueux et qui ont toujours l'air d'avoir envie
de tousser. C'étaient de splendides mouches,
bien nourries : elles bourdonnaient joyeusement,
s'attroupant autour des miettes de pain, des ta-
ches de liquide, des morceaux de sucre cassé.
Elles avaient le sentiment de l'impuissance
où l'on était de les chasser par n'importe quelle
ruse. Il n'y avait en effet aucun moyen de les
exterminer, et quel est le Napolitain qui aurait
songé à cela ? Pour une mouche de perdue, dix
de retrouvées ; mon Dieu, oui ! Les habitués de
la taverne avaient fini par faire la part des mouches, comme dans les incendies on fait la part
du feu ; personne ne s'inquiétait plus des insectes
ailés qui susurraient en décrivant de capricieux
méandres dans l'air empesté par la fumée des
longs cigares fabriqués par l'administration italienne.

En entrant dans le *dispaccio di vino*, le colonel
Mertens se dirigea vers le comptoir, où trônait
une opulente femme que la nécessité de rester
assise avait engraissée dès l'âge le plus tendre.
Cette énorme personne connaissait sans doute

le colonel, car elle l'accueillit avec un sourire bienveillant et de petites mines coquettes.

Le colonel ne parut s'intéresser aucunement à ce manège féminin ; il murmura quelques mots incompréhensibles à l'oreille de la grosse dame. Était-ce un mot de passe ? Était-ce un renseignement qu'il demandait ? Peut-être l'un et l'autre.

M. Mertens avait parlé tout bas ; la dame de comptoir répondit tout haut :

— Votre homme est ici.

— Ah !

— Vous avez affaire à lui ?

— Naturellement.

— C'est celui qui boit là-bas, en compagnie de deux Irlandais descendus d'hier de leur navire... Fameux ivrognes !... Je ne m'en plains pas ; ils font aller le commerce ; mais ma *cantina* n'est pas assez bien fournie pour leur gosier. Des éponges, Monsieur, de vraies éponges, que ces gens-là !

Les Irlandais dont il était question avaient, en effet, une de ces physionomies que le *Punch* de Londres a popularisées dans ses caricatures ; ils ne pouvaient plus dire qu'ils possédassent un visage, tant le leur était bourgeonné, rougeaud, maculé de boutons et d'efflorescences ; leur face était une trogne, et Rabelais n'eût pas manqué de la désigner ainsi.

En leur compagnie, un petit Italien, non seulement beaucoup plus calme, mais aussi beaucoup plus sobre, attifé avec la recherche d'un garçon coiffeur, se contentait d'avaler des gorgées d'eau pure et parlait un anglais mitigé de toutes sortes de latinismes en désaccord avec le génie des langues saxonnes.

Ce fut cet Italien que le colonel aborda le premier en lui frappant sur l'épaule :

— La matinée est belle, camarade.

— Superbe, répondit l'autre.

— On n'en peut guère juger ici.

— Non.

— On serait mieux dans la montagne pour respirer l'air frais.

Le petit Italien, qui jusque-là avait soutenu la conversation par politesse, dressa les oreilles aux dernières paroles du colonel Mertens.

— Vous êtes la personne que le chef attend ? demanda-t-il *sotto voce*.

— Oui. Êtes-vous prêt ?

— J'ai deux chevaux qui piaffent dans une écurie derrière le théâtre del Fondo.

— Quand partons-nous ?

— Tout de suite.

— Oh ! oh ! dit le colonel, j'aime cette rapidité d'allures. Avons-nous un long voyage à faire ?

— Je n'en sais rien.

— Comment? Vous ne savez pas où nous allons?

— Non, Monsieur.

— Je ne m'explique pas...

— C'est très simple pourtant. Le chef ne couche pas toujours au même endroit, de crainte des importuns. Nous nous renseignerons sur le lieu où il doit passer la nuit.

— Et qui nous donnera ces renseignements?

— Des amis sûrs que je rencontrerai là-bas.

— Partons donc, dit le colonel, et que Dieu nous aide!

Le petit Italien sourit :

— N'ayez pas peur, Monsieur, je vous conduirai à bon port; fiez-vous à moi.

Sur ce rapide entretien, les deux compagnons sortirent, abandonnant sans cérémonie les Irlandais, qui, ne se trouvant pas assez ivres sans doute, entamèrent un nouveau baril de rhum.

XIV

Le lendemain soir, après avoir erré de Bene-
vento à Nola, de Nola à Avellino, d'Avellino à
Atripalda, le colonel Mertens et son guide se
trouvèrent à la tombée de la nuit, dans les environs du Monte-Terminio qui mesure, comme on
sait, dix-huit cent vingt-huit mètres au-dessus
du niveau de la mer. Le pays était plein de côtes
et de sentiers abrupts, bordés de broussailles,
derrière lesquelles le colonel, malgré son courage, s'imaginait toujours voir reluire le canon
d'une carabine.

— Enfin, vous savez maintenant où est Fra
Giacomo? demanda le voyageur au petit Italien
frisé.

— Il est au campement, répondit le guide.

— Et nous y arriverons bientôt?

— Tout à l'heure.

Le colonel Mertens dut se contenter de ce
renseignement vague. La route, à ce moment-
là, montait beaucoup, serpentant entre deux

lignes de rochers terreux de l'aspect le plus pittoresque.

Ces rochers, au point de vue de l'art militaire, auraient fourni d'excellents postes pour une embuscade; du haut de cet abri naturel, cinquante hommes bien déterminés auraient suffi à arrêter la marche d'un régiment.

— M. Giacomo s'entend aux choses de la guerre, pensa le colonel, qui éprouva la satisfaction d'un connaisseur.

Poursuivi par son idée, il inspectait avec un certain soin les blocs jaunes et gris qui le menaçaient de leurs arêtes tranchantes; il en était là de son examen, lorsqu'un redoutable : *Chi è?...* correspondant à notre interpellation française : *Qui va là?...* le cloua sur place, lui et son cheval.

Le guide se détacha en avant, du côté d'où était partie l'apostrophe.

— C'est drôle, se dit M. Mertens, il me semble que je connais cette voix... Je ne croyais pas avoir de relations dans le monde des voleurs.

Il obéit au petit Italien frisé qui lui faisait signe de monter; mais à dix pas de là, il distingua très nettement un individu couché tout de son long, qui le mettait en joue à l'aide d'un fusil de chasse.

— Hé! l'ami, pas de plaisanterie! fit le colonel en se garant instinctivement la figure avec le bras... J'ai le mot de passe... ne tirez pas, sarpejeu !

L'homme cessa de viser, mit son fusil en bandoulière, et, s'aidant des pieds et des mains, descendit dans le sentier :

— Vous !... s'écria M. Mertens.

Il venait de reconnaître Della Porta, armé jusqu'aux dents et costumé en brigand calabrais.

L'ex-banquier ne parut pas avoir entendu l'exclamation de son ancienne connaissance. Il prit la bride du cheval et s'achemina vers le sommet du Monte-Terminio.

Le colonel était stupéfait.

— Ah çà ! réfléchit-il, ma mission se trouve bien simplifiée, puisque l'homme que je viens délivrer semble parfaitement accoutumé à sa nouvelle profession... Les propos qu'on a tenus seraient-ils vrais ? Cet intrigant de Della Porta se serait-il fait, par vocation, l'émule de nos criminels les plus illustres ?

Il faut avouer que l'indifférence apparente de Domenico prêtait un corps à ces outrageantes suppositions.

Non seulement le brigand de fraîche date ne se montrait pas empressé de tendre les bras à son sauveur, mais, qui plus est, il ne manifestait pas le moindre désir de rentrer dans le giron de la société. Il montait, montait, tirant sur la bride ; sa main tremblait un peu.

Ce fut la seule remarque que fit le colonel.

Ou plutôt, non ; il en fit une autre, il s'aperçut que Della Porta jetait, lui aussi, des regards à droite et à gauche, comme pour s'assurer que les rochers environnants n'étaient pas garnis de locataires.

— Voyons, dit M. Mertens pendant que son cheval soufflait, vous ne me reconnaissez donc pas ?

Della Porta garda l'immobilité d'une statue à laquelle on parlerait chinois... ou même français.

— Mais c'est absurde ! reprit l'autre... je suis la personne avec laquelle vous causiez... dans la loge du théâtre... lorsque ce brigadier... vous savez bien ? ce faux brigadier... est venu ?

Della Porta ne remua pas davantage...

— Je viens vous donner des nouvelles de vos amis ; car enfin vous ne les avez pas oubliés, je suppose... Vous vous rappelez mademoiselle Baür, mademoiselle de Maugis...?

Cette fois Domenico tressaillit.

— Allons donc !... je vous retrouve ! s'écria M. Mertens mis hors de lui par l'impassibilité absolue de son interlocuteur. Répondez-moi quelque chose, que diable !... Expliquez-moi comment il se fait...?

L'entretien allait devenir intéressant ou du
moins ne plus affecter la forme du monologue,
quand le petit Italien revint pour annoncer qu'on
était arrivé à destination et que « le chef » attendait la visite annoncée.

M. Mertens mit pied à terre, non sans regretter d'avoir été interrompu si mal à propos. Le
petit Italien le conduisit vers une méchante
cahute de paille, bâtie par quelque berger fri-
leux, et servant, pour l'instant, de quartier général aux opérations militaires de Fra Giacomo.

Celui-ci était seul, occupé à faire rôtir un
quartier de chevreau et battant le briquet pour
mettre le feu à un monceau de feuilles sèches et
de brindilles de bois :

— Ah! vous voilà, monsieur l'ambassadeur,
dit-il sans se déranger.

— Vous êtes Fra Giacomo? demanda M. Mertens.

— Pour vous servir, si la chose est possible.

— C'est ce que nous verrons. Vous savez qui
m'envoie?...

— Oui, vous venez de Rome... Je ne m'attendais pas à un tel honneur...

— Oh! dit le colonel, ne nous faisons pas de
compliments avant de savoir si nous tomberons
d'accord. Ma mission auprès de vous a deux
buts : l'un politique; l'autre...

— Parlons d'abord de la politique, répondit
Fra Giacomo ; les affaires privées viendront
après.

— C'est juste.

M. Mertens avisa une espèce de borne qui se
dressait là, et bien qu'on ne l'eût pas invité à se
reposer, il s'assit de sa propre autorité.

— J'arrive de Rome, répéta-t-il.

— Et comment se porte S. M. François II ?
demanda le brigand avec une nuance d'ironie qui
n'échappa point à l'oreille exercée de M. Mertens.

— La santé de Sa Majesté est excellente,
mais il ne s'agit pas de cela. Vous n'ignorez
pas, monsieur, que dans les conseils du roi on
vient de prendre une résolution importante ?

— Et laquelle, s'il vous plaît ?

— Je vais vous la dire. Nous sommes absolument d'avis de faire cesser les commentaires
malveillants dont les journaux nous accablent
au sujet de nos troupes irrégulières. On prétend
que nos partisans, dans les montagnes, ne se
gênent pas pour faire leur fortune personnelle
aux dépens de la bourse d'autrui ; on assure
même qu'ils se moquent du principe monar-
chique qu'ils ont l'air de défendre, et que leur
seule occupation est de piller, de brûler, d'as-
sassiner... Nous sommes décidés à mettre un
terme à ces calomnies.

— Ah! ah! dit Fra Giacomo qui se pinça les
lèvres pour rester sérieux... Vous vouléz sup-
primer les bandits?

— Oui, et les remplacer par des soldats.

— Vraiment?... Vous avez donc des soldats
sous la main?

— D'abord, nous avons vos hommes, il me
semble?

Fra Giacomo fit un geste qui signifiait :

— Si c'est là-dessus que vous comptez!...

Le colonel Mertens ne se découragea pas. Il
reprit :

— Voici notre plan... Nous désavouons toutes
ces *guerillas* qui nous valent l'hostilité des cabinets de l'Europe. Nous sommes décidés à périr,
s'il le faut, mais nous périrons suivant les lois
ordinaires de la guerre. J'ai donc reçu le mandat d'organiser les troupes dont vous disposez,
de convertir ces bandes indisciplinées en com-
pagnies et en bataillons; nous ne manquons
pas d'officiers; nous vous enverrons tous ceux
que vous demanderez.

— A merveille, dit Fra Giacomo d'un ton respectueux.

Il abandonna le quartier de chevreau qu'il
était en train de faire rôtir, et, se dirigeant vers
le colonel, il s'inclina avec une courtoisie feinte :

— Monsieur l'ambassadeur, dit-il, connaît sans

doute les gens qu'il est chargé de ramener dans le sentier de la vertu?

— Non.

— Alors, c'est moi qui suis obligé de mettre monsieur l'ambassadeur à même de remplir sa mission diplomatique. Dans un instant, mes hommes seront ici.

Fra Giacomo approcha de ses lèvres un petit sifflet dont il tira un son strident. A cet appel, de gigantesques ombres surgirent de derrière les arbres, des trous de rocher, des anfractuosités du sol. Le colonel n'avait pas eu tort de se méfier; il avait été accompagné, tout le long de la route, par d'invisibles espions.

— Voici vos futurs guerriers, dit Fra Giacomo en se brossant la manche d'un air sournois.

Le colonel regarda.

Il était entouré de mauvais garnements, plus capables d'avoir tué père et mère que d'avoir juré fidélité à une cause quelconque. Les mines de ces individus auraient fait reculer Roland à Roncevaux; leurs physionomies exprimaient l'abrutissement mêlé à la férocité. Il y avait là de grands diables décharnés, à l'œil sombre, qui suaient le crime par tous les pores de leur immense personne. Des couches de misère successives et des avalanches de débauche avaient passé sur ces corps et sur ces âmes. Quels sen-

timents humains pouvaient subsister dans de
pareilles consciences?... Connaissaient-elles
seulement la pitié, la générosité, le dévouement, l'amour? Le tigre et le lion, à ce que
prétendent les voyageurs (qui ne mentent jamais, comme on sait), se laissent quelquefois
fléchir et pardonnent à la victime qu'ils allaient
immoler. Les compagnons de Fra Giacomo, à
en juger sur l'apparence, ne devaient pas même
connaître les passagères faiblesses du tigre.

— Hé bien, monsieur l'ambassadeur? demanda Frère Jacques avec un accent de raillerie
impossible à traduire.

Le colonel restait atterré.

— Que ferons-nous de nos excellents amis?
continua le bandit. Les transformerons-nous en
bersagliers ou en dragons du pape? Leur don-
nerons-nous un uniforme bleu, rouge ou vert?
Et le pantalon, de quelle couleur sera-t-il? Adop-
terons-nous la demi-botte ou la bottine lacée? la
baïonnette ou le coupe-chou? Vous allez avoir à
exercer vos facultés spéciales, monsieur l'ambassadeur; ce ne sera pas une petite affaire que
de placer ces braves militaires dans le cadre
qui leur convient.

— Au diable ton cadre, grommela M. Mertens; le meilleur cadre pour le cou de ces
drôles serait la lunette d'une guillotine!

— Vous ne paraissez pas enchanté, dit Fra Giacomo. Est-ce que la tenue de mes hommes laisserait à désirer?

— Au contraire, répondit M. Mertens avec un sourire forcé. Il est impossible de se tromper sur leur vocation. Ce sont des gens nés pour la lutte... pour le mouvement. S'ils continuent, ils arriveront très haut...

— Très haut, en effet. En voici un (Fra Giacomo désignait un de ses voisins) qui a été accroché trois fois au clocher de la cathédrale de Lima, dans l'Amérique du Sud... C'est le seul d'entre nous qui se soit égaré si loin sur la mappemonde; nous sommes, pour la plupart, enfants de ce pays, et nous avons consacré nos petits talents au service de notre patrie.

— Allez vous-en maintenant, continua Fra Giacomo en se tournant vers ses camarades. On n'a plus besoin de vous; allez! allez!

— Vous leur avez donné l'habitude de la discipline, dit le colonel... pour dire quelque chose, car il voyait bien qu'on se moquait de lui.

— Oui; je m'y suis pris adroitement. Les officiers que vous m'enverrez trouveront une partie de la besogne faite; par exemple, je ne sais s'ils voudront user des mêmes moyens que moi.

— De quels moyens vous êtes-vous donc
servi?

— Oh ! cela ne vaut pas la peine d'être raconté.

— Mais pardon, expliquez-vous ; cela doit
être fort curieux au contraire.

— Puisque vous insistez, dit Frère Jacques...

Il se mit à souffler sur le feu, qui menaçait
de s'éteindre, et retourna son quartier de chevreau :

— Ne brûlons pas le souper, hein? fit-il en
riant.

Le colonel, lui, n'avait pas envie de rire.

— Donc, poursuivit Fra Giacomo, il faut que
vous sachiez ceci: Au commencement de la
guerre, — il y a deux ou trois ans de cela, n'est-
ce pas? — ma petite troupe ne brillait pas par
la discipline. On se querellait, on se volait, on
se donnait des coups de stylet, on refusait de
m'obéir; ce que voyant, j'usai d'un subterfuge.
Je m'avisai de faire marcher mes hommes pendant des journées entières, non dans la plaine
(c'eût été une promenade digestive), mais sur la
cime la plus ardue des Apennins. Le soir venu,
vous jugez si mes coquins avaient envie de se
reposer. Ils étaient dans leur droit, mais j'étais
dans le mien en leur intimant l'ordre de se remettre en route. Alors, il fallait voir leur mine !
Les uns se levaient en rechignant; les autres se

plaignaient d'avoir mal au pied... Si j'avais écouté toutes leurs doléances, pas un seul ne m'aurait suivi. J'avisais, pour en finir, celui d'entre eux qui maugréait le plus ; je m'approchais de lui : — Tu ne veux pas marcher ? — Non, capitaine. — Une fois, deux fois, tu ne veux pas marcher ? — Non. — Sur ce, je prenais mon homme par le collet de sa veste ; naturellement, il résistait ; je me battais avec lui ; oui, monsieur, je me battais, jusqu'à ce que je l'eusse jeté au fond de quelque abîme où nous manquions de rouler tous les deux. Voilà, monsieur l'ambassadeur, comment j'ai établi la discipline dans mon petit corps d'armée.

M. Mertens, abasourdi par ces révélations, ne savait plus trop quelle contenance tenir.

— Je ferai part de notre entrevue, dit-il, à ceux qui m'ont envoyé et ils décideront eux-mêmes si...

Fra Giacomo l'interrompit :

— C'est inutile, Excellence.

— Inutile ?

— Oui... le moment est venu de jeter bas les masques. Je ne suis pas, comme vous semblez le croire, un serviteur de S. M. François II. J'agis pour mon compte personnel, entendez-le bien, et non pour des intérêts dynastiques ; nous n'avons rien, vous et moi, à démêler ensemble.

— Mais pourtant... on m'avait dit...

— On vous avait trompé. Il y a, en effet, sous Chiavoni, Crocco, Kalkreuth, des bandes qui combattent le gouvernement piémontais ; mais la mienne n'est pas de ce nombre. Si j'ai attaqué des voitures publiques, ce n'était pas pour tuer les carabiniers de l'escorte, — quoiqu'ils n'aient guère de sympathie pour moi, — c'était afin de m'emparer de l'argent que contenaient les voitures... Aujourd'hui, on fait ce qu'on peut ; les carrières libérales sont si encombrées !

— Vous n'avez pas pris les armes pour le roi ! s'écria le colonel ; mais alors ?...

— Alors, monsieur l'ambassadeur, — j'achève votre pensée, je la complète, — puisque ie ne me bats pas pour le roi, c'est que je suis un simple voleur... Cet emploi est assez difficile à tenir pour que je ne perde pas mon temps à en chercher un autre.

— Je ne sais, dit M. Mertens, comment vous exprimer ma surprise ; car enfin, vous paraissez avoir reçu une éducation soignée ; vous parlez l'italien aussi purement qu'un professeur de grammaire ; vos manières distinguées jurent avec votre état ; je ne conçois pas vraiment...

— Comment un homme du monde s'est mis à exploiter ses semblables. Il y a longtemps,

Excellence, que j'ai fait mon apprentissage. Tel
que vous me voyez, je suis médecin.

— Vous?

— Oui, moi; j'ai étudié à l'Université de Padoue ; j'y ai passé des examens brillants... Mais
les succès d'école ne donnent pas la fortune; ils
ne procurent pas une clientèle au pauvre diable
qui n'a pas de quoi attendre l'avenir. J'ai connu
les longues stations chez l'apothicaire du coin,
l'écriteau sur lequel est inscrit le nom du malade
qui vous demande à son chevet; les consulta-
tions données, *gratis pro Deo* (vous voyez que
je parle latin) à des gens crevant de santé et
d'avarice; j'ai connu les notes impayées, les
agonisants qui font banqueroute, les débiteurs
qui se sauvent à l'étranger ou qui vous traînent
devant la justice sous prétexte que vous leur
avez pris trop cher... Ah! la misère en habit
noir!... la misère honteuse qui veut déguiser
ses haillons... croyez-moi, c'est la pire de toutes.

— Vous avez exercé longtemps?

— Trois ans environ. Après quoi, je me suis
associé avec ma sœur, qui avait monté un petit
commerce... Le négoce ne m'a pas réussi davantage; je ne tardai pas à prendre le métier
en dégoût. Nous fûmes obligés de fermer boutique; j'emmenai Mariuccia avec moi, et, là-
dessus, ayant rencontré Cipriano la Galla dans

une auberge de Rome, je devins... ce que vous savez. Pauvre Cipriano! Il est mort d'une manière fâcheuse; je le regretterai toujours.

Fra Giacomo décrocha le cuissot de chevreau qu'il avait embroché et s'efforça de verser une larme. Malheureusement, l'émotion ne venant pas aussi vite qu'il l'aurait cru, il se décida à manger et continua son récit entre deux bouchées :

— Cipriano la Galla était un garçon de génie, je ne ménage pas les louanges, moi, aux personnes qui les méritent. Cipriano la Galla eut l'idée sublime, extraordinaire, inouïe, de profiter des événements qui se passaient en Italie pour assurer sa fortune et la mienne. Et voici comment il s'y prit. Il faut vous dire que, lorsque Garibaldi entra à Naples, chassant devant lui la royauté vaincue, le besoin de briser les chaînes, — ce besoin qui accompagne toutes les révolutions à leur début, — se fit sentir chez le peuple qui escortait les chemises rouges. On ouvrit la porte des prisons ; on relâcha les assassins et les prostituées ; on descella le boulet que les forçats traînaient dans un hideux accouplement. Plus tard, ça change ; mais, au commencement des révolutions, on crie volontiers: tout le monde dehors... jusqu'à ce qu'on ait remis tout le monde dedans. Quand les galériens se trouvèrent libres, ils crièrent d'abord comme les autres; seulement ils s'aperçurent bien vite que cela ne les nourrissait pas de crier. L'eau va toujours à la rivière, et le forçat libéré va toujours au vol. Il n'y avait, pour ainsi dire, plus de gendarmerie: quelle belle occasion! Les galériens reprirent leur ancien état: ils défoncèrent les devantures des magasins; ils ouvrirent les caisses mal fermées, jusqu'au moment où la force publique, réorganisée, les empêcha de continuer ce genre de travail. Alors, ils se réfugièrent dans la montagne, où Cipriano la Galla, qui avait, lui aussi, quelques peccadilles à se reprocher, entra en relations avec eux.

Fra-Giacomo but une gorgée d'eau:

— Je vous ai dit, poursuivit-il, que Cipriano la Galla était un homme de talent. Vous allez en juger. Il parla raison aux galériens en rupture de ban; il leur fit comprendre qu'isolés comme ils l'étaient, sans direction, sans instruction sérieuse, ils finiraient par être repris; il les engagea à se donner un chef. Ce chef, ce fut moi; je suis venu, j'ai plu et vous voyez qu'on m'obéit.

— Mais, objecta le colonel, la vie que vous menez ne se prolongera pas indéfiniment. Si l'on vous attrape, vous aurez fait un mauvais calcul en abandonnant une profession honorable pour un métier criminel.

— Peuh! dit le bandit, affaire de chance, monsieur l'ambassadeur... Mourir sur un grabat ou mourir sur un échafaud avec un prêtre qui vous assiste, c'est blanc bonnet et bonnet blanc, à mon sens. En restant avec le commun des mortels, j'étais sûr de périr d'inanition, tandis qu'ici, lorsque j'aurai amassé ce dont j'ai besoin, quand je jouirai d'une honnête aisance...

— Vous demanderez pardon à la justice?

— Non; je me retirerai pacifiquement, tranquillement, dans une ville agréablement située; Palerme, Catane, peut-être. Les Siciliens ne m'inquiéteront pas; ils savent ce que c'est que le brigandage... Si l'on arrêtait tous ceux d'entre eux qui se sont conduits comme moi, il n'y aurait bientôt plus personne dans la plus belle île de l'univers.

Sur cette sortie qu'il jugeait plaisante, Fra Giacomo se mit à rire de tout son cœur.

— Ainsi, dit le colonel, vous ne laissez rien au hasard? Pas de coups de tête?... Vous avez choisi une carrière, vous la suivez?

— Méthodiquement.

— Un peu plus, vous feriez valoir vos droits à la retraite quand le moment serait venu.

— Précisément... Mais, à propos!

— Quoi?

Fra Giacomo se rapprocha de son interlocuteur:

— N'allez pas me trahir, au moins... Tout ce que vous venez d'entendre est un secret... Il ne faut pas que mes camarades se doutent de l'intention où je suis de les quitter un jour... ils me tueraient sans merci... Et cela me contrarierait parce que je ne pourrais plus faire le bien; car je fais le bien quelquefois. Tenez, tout dernièrement, j'ai donné au bénéficiaire de San Gennaro un tableau... Ah! mais un tableau dont il avait bien envie; un *Saint-Sébastien* de *Tiepolo*... une merveille, Monsieur!... Dites, vous promettez que vous ne me trahirez pas?

— Mon serment, observa le colonel, ne vous servirait pas à grand'chose; je suppose bien que vous ne croyez pas à la foi jurée?...

— J'y crois sans y croire; je suis extrêmement défiant. Vous allez juger de mon caractère; je pousse la défiance à un degré invraisemblable... Ainsi, depuis que je me suis quasiment confessé à vous tout à l'heure, depuis que je vous ai révélé mes plans pour l'avenir... voulez-vous que je vous dise la vérité? eh bien! je ne suis pas tranquille.

— Quelle folie! Dormez sur les deux oreilles, monsieur Giacomo, je n'ai jamais fait de tort à personne.

— Oui, oui; vous allez prononcer les grands mots d'honneur militaire, de discrétion profes-

10

sionnelle... Mais, moi, je ne suis pas tranquille
tout de même. Quel est le moyen de rendre la
paix à mon âme... et à la vôtre ? Il faut, à tout
prix, monsieur l'ambassadeur, que je me débar-
rasse de vous.

— Renvoyez-moi donc à Naples ! s'écria gaiement M. Mertens, qui ne demandait pas mieux
que de partir.

Frère Jacques avait la bouche pleine ; il ne
put répondre tout de suite :

— Je ne vais pas vous renvoyer, dit-il enfin.

— Vous me garderez près de vous ?

— Pas davantage.

Fra Giacomo fixa sur le colonel un regard
perçant comme une vrille.

— Je ne vais pas vous renvoyer, monsieur
l'ambassadeur, répéta l'ex-médecin de l'Université de Padoue ; je vais vous pendre.

XV

M. Mertens, en entendant l'arrêt de mort que
venait de prononcer le bandit, avait sauté sur
ses armes et s'était mis en garde, décidé à
vendre chèrement sa vie. Mais il ne tarda pas à
se convaincre que toute résistance serait inutile.
Avant qu'il eût fait jouer la gâchette de son
pistolet, il fut entouré, saisi et mis hors d'état
de nuire. On le conduisit au pied d'un arbre où
on l'attacha solidement. Il avait fait une résistance désespérée ; mais que peut un homme seul
contre cinq ou six colosses aux muscles de fer
et aux doigts solides comme des étaux ?

Haletant, furieux, le colonel cessa de se débattre ; il dédaigna même de se plaindre et prit
l'attitude stoïque des Indiens Peaux-Rouges
quand on les lie au poteau de guerre pour les
scalper.

Il ne bougea plus ; il attendit.

Frère Jacques avait terminé son repas, sans
trop s'inquiéter de l'incident de la lutte ; on

aurait juré qu'il était resté étranger à ce qui venait de se passer.

— Misérable lâche! pensait le colonel, si jamais je te tiens comme tu me tiens en ce moment, je te promets que tu passeras un vilain quart d'heure.

Cependant, Fra Giacomo s'était levé, et il secouait consciencieusement les miettes de pain tombées sur ses vêtements.

Cette précaution prise, il se rapprocha du colonel et appela les aimables vauriens qui venaient de se livrer sur la personne d'un ambassadeur à des actes si contraires aux droits des gens parmi les nations civilisées.

— Vous me rendrez cette justice, dit Fra Giacomo à ses auditeurs en guenilles, que je ne perds pas une occasion de vous instruire; ainsi nous allons avoir tout à l'heure le spectacle d'une pendaison...

Les brigands se rapprochèrent avec curiosité.

— Et, continua l'orateur, je me dois à moi-même de vous apprendre que la mort, dans ce cas-là, se produit par l'asphyxie. Ah! ajouta-t-il, je me rappelle à ce sujet les admirables cours que professait à l'Université de Padoue l'illustrissime et excellentissime docteur Borriglione. Que n'ai-je mieux profité de ses leçons! Le docteur Borriglione étouffait des perroquets et martyrisait des chiens, uniquement pour nous apprendre l'art de la strangulation sur les animaux. Quel savant! quel génie!

Frère Jacques fit un geste d'admiration.

— J'ai vu, reprit-il, quelques pendus dans ma vie. Ils se ressemblent tous. Ils ont les viscères, les poumons, le foie, la rate, les reins, l'estomac, remplis d'un sang noir et épais; la langue rouge, le cerveau piqueté, la face violacée... Voilà comme sera monsieur l'ambassadeur dans vingt ou vingt-cinq petites minutes d'ici. Ne nous impatientons pas.

Le colonel n'opposa à cette atroce plaisanterie qu'un sourire de mépris; il montra moins d'impassibilité quand Fra Giacomo, ayant ordonné de faire venir le bourreau, ce fut Della Porta qui entra en scène.

— Encore lui! soupira M. Mertens. Est-ce possible?

Frère Jacques s'adressa au colonel en désignant Domenico:

— Je n'ignore pas, dit-il, que vous vous êtes connus autrefois. Peut-être, avant de causer ensemble d'un peu plus près, avez-vous des confidences à vous faire... Ne vous gênez pas, personne ne vous écoutera.

Della Porta tenait dans ses mains la corde qui allait servir à l'exécution; mais il était si

10.

pâle, si abattu, si défait, qu'on eût aisément
pris le change sur la mission qu'il remplissait et
qu'on eût juré que c'était lui qui allait être
traîné au supplice. Il vint se mettre tout près de
M. Mertens, et, d'une voix altérée par l'émotion :

— Colonel... cher colonel... avez-vous quelque chose à me dire ?

M. Mertens le regarda d'un air sévère :

— D'abord, Monsieur, j'aurais à vous demander pourquoi je vous retrouve dans l'indigne compagnie où vous semblez exercer des
fonctions... que je ne qualifierai pas.

— Oh ! colonel, comment vous expliquer ?...

— Ce serait difficile.

— Oui, ce serait difficile ; mais surtout ce serait long ; et je crains, colonel... oui, je crains
(Della Porta regarda Fra Giacomo) que nous
n'ayons pas le temps nécessaire... Que ne puis-je
vous sauver !

— Quoi ? vraiment... vous penseriez ?... Ah
çà ! vous n'êtes donc pas si méchant que vous
en avez l'air ?

— Je ne suis pas méchant du tout ; je hais
la *canaglia* au milieu de laquelle je vis (bien
malgré moi, je vous l'assure). On m'a pris mon
honneur ; on me demande mon argent ; on m'a
jeté dans les bras d'une... Mais, encore une fois,
je ne peux pas vous raconter tout cela...

— Allons au plus pressé, alors.

— Je vous écoute.

— D'abord, monsieur Della Porta, je vous rends mon estime... que vous aviez un peu perdue, je ne vous le cacherai pas,

— Oh! merci! colonel, merci, s'écria Domenico enchanté de retrouver une ombre de considération.

— Maintenant, prenez dans la poche intérieure de mon habit un papier mis sous enveloppe... Là... très bien... Ouvrez-le.

Della Porta obéit.

— Vous pouvez lire, dit M. Mertens.

Domenico avait les yeux troublés par les larmes. Il lut cependant:

« Ceci est l'expression de mes dernières volontés...»

— A merveille, interrompit M. Mertens; vous ne vous êtes pas trompé. C'est mon testament ; je l'avais préparé avant de venir ici. Vous le porterez... chez mademoiselle Baür... votre amie... et la mienne.

La voix du colonel fléchit un peu. Il répéta:

— Votre amie et la mienne... Vous porterez aussi à la même adresse ce médaillon, cette chaîne... Des enfantillages, n'est-ce pas? Rappelez-vous pourtant que les volontés d'un homme qui va mourir sont sacrées.

— Ah ! colonel, dit Della Porta, qui sanglotait à se rompre la poitrine.

— Voyons, mon ami, du courage, fit M. Mertens. Est ce moi maintenant qui vais être obligé de vous consoler ?

— Ou... ou... i... co... lonel, soupira le pauvre banquier en ouvrant toutes les écluses de son cœur.

Della Porta sentit qu'on lui frappait sur l'épaule ; il se retourna vivement, c'était Fra Giacomo.

— Eh bien ! eh bien ! dit celui-ci, a-t-on jamais vu pareille chose ?.. Un bourreau qui pleure !

— Mettez-vous à ma place, répliqua Della Porta. Je n'ai jamais tué personne, moi ; si vous croyez que c'est facile de commencer !

— L'émotion inséparable d'un premier début, dit Fra Giacomo. Bah ! on s'habitue à tout. La cuisinière qui tue un poulet se sent faiblir la première fois ; le lendemain elle tordrait le cou à tous les poulets du monde... Dépêchons-nous de surmonter cette timidité ; nous serions un mauvais fonctionnaire. Allons, *povero*... roule cette pierre par ici et supplic M. l'ambassadeur de monter dessus.

Della Porta se mit en devoir d'obéir aux injonctions du chef.

Mais la pierre qu'il essaya de remuer était

trop lourde ; et puis, il mit un peu de bonne volonté à ne pouvoir la changer de place.

— Quelles mains de demoiselle a ce cher ami, murmura Fra Giacomo... Çà... aidez-le, vous autres !

On vint au secours de Della Porta.

La pierre fut roulée sous l'arbre auquel le colonel était resté attaché. L'opération terminée, Domenico, tremblant comme la feuille, dit à l'oreille de M. Mertens :

— Mon colonel... pardonnez-moi ! dites-moi que vous me pardonnez !

M. Mertens était pâle ; mais son visage exprimait une noble fierté que n'altérait point la perspective d'un prochain supplice. Les lèvres du valeureux soldat murmuraient quelque prière suprême, non à l'adresse des hommes, mais à l'adresse de celui qui, là-haut, peut seul dispenser la grâce et le pardon.

Le moment était solennel.

— Maladroit ! s'écria Fra Giacomo, apostrophant son trop sensible exécuteur des hautes-œuvres... Tu me fais regretter Cipriano la Galla, un artiste !... Il serait déjà au haut de cet arbre, et il y aurait choisi une branche pour y accrocher sa corde... Tu ne fais rien.

— Pardon ! dit Della Porta, je combine mes plans.

Quels plans? Della Porta n'en savait rien au juste; mais assurément il ruminait quelque chose, il attendait n'importe quoi, un sauveur tombant du ciel, un chevalier sur l'aile d'un hippogriffe, un événement formidable, la fin du monde, peut-être! Jamais l'espérance n'abandonne complètement le cœur de l'homme; le noyé, qui s'engloutit dans les eaux profondes de la mer, jette un regard obstiné sur le firmament, qu'il entrevoit à travers les ondes troublées; le voyageur, qui roule dans un précipice la tête la première, espère qu'il se raccrochera à quelque plante poussée entre les fentes du roc; le malade, abandonné des médecins, déclare que la science se trompe; et même, lorsqu'il croit aux arrêts de la Faculté, il garde au fond de son âme la vague pensée qu'il sera le plus fort, qu'il triomphera du mal; il conserve souvent cet espoir jusqu'au dernier souffle de l'agonie.

Domenico, à tout hasard, faisait traîner en longueur sa triste besogne.

Il avait fini par monter dans l'arbre; mais il avait choisi pour attacher sa corde une branche absolument incapable de supporter le poids d'un corps humain.

— Imbécile! tu vois bien que cette branche est trop faible, cria le chef.

— Comment, trop faible?

— Bien sûr... un oiseau la casserait. Tu ne pourrais pas y pendre un *cardellino*.

— Ah! mais, alors, faites la besogne vous-même, s'écria le bourreau improvisé, feignant une susceptibilité qu'il était loin de ressentir.

— Ne te fâche pas, dit le brigand. Je pardonne à ton inexpérience... Tu n'as qu'à attacher la corde à ce rameau-là... tout près de l'autre... Oui... celui-ci. *Corpo di Bacco*, ce n'est pas difficile, quand on sait s'y prendre.

Il n'y avait plus moyen de reculer. Della Porta fut bien obligé d'obéir aux injonctions du terrible Frère Jacques. Cependant il eut soin, toujours pour gagner du temps, de ne pas nouer la corde très solidement. Le pendu tombera, pensait-il, et peut-être qu'on remettra l'exécution à demain matin.

C'était un espoir bien fugitif.

Quel secours attendre, dans ce lieu peuplé de misérables bandits?

Instinctivement, Domenico croyait à la délivrance. Juché sur son arbre, il profita de la situation élevée où il se trouvait pour inspecter les environs. Il crut rêver en voyant, à une centaine de mètres à peu près, briller quelque chose qu'il prit pour des baïonnettes; c'était apparemment une flaque d'eau dans laquelle le soleil se mirait, ou, en admettant que ce fus-

sent des armes, elles appartenaient aux sentinelles avancées que Fra Giacomo avait semées
autour du campement.

N'importe! le banquier, dissimulant ses im-
pressions, prêta l'oreille aux bruits qui s'élevaient de la pente de la montagne... Était-ce le
cri rauque d'un oiseau de proie qu'il entendit?
Était-ce le gémissement d'un être humain?

Un son traversa l'espace; mais les brigands,
occupés au spectacle d'une pendaison, ne s'a-
perçurent de rien; ils s'étaient, en l'honneur de
la petite fête qui se préparait, relâchés de leur
vigilance habituelle.

— Descendras-tu? cria Fra Giacomo à son
beau-frère.

— Me voici... un peu de patience, répondit
celui-ci.

Della Porta, ayant fort mal attaché sa corde,
se laissa glisser le long du tronc de l'arbre. Les
brigands s'étaient rangés en cercle; ils atten-
daient avec impatience la fin de la tragédie.

La corde fut passée autour du cou de M. Mertens; puis, on invita la victime à monter sur la
pierre qu'on avait apportée.

— Ne désespérez pas, mon colonel, dit tout
bas Domenico; vous n'êtes pas encore mort...
Pardonnez-moi, quoi qu'il arrive; mais... ne désespérez pas.

— Attention! commanda Fra Giacomo. Je vais frapper dans mes mains ; au troisième coup, le bourreau poussera la pierre... Une... deux... trois !

La pierre fut poussée ; le corps du colonel Mertens se balança dans l'espace... A ce moment, un homme hors d'haleine, l'œil hagard, les cheveux en désordre, se précipita au milieu des groupes en criant :

— Sauve qui peut !... Voici les Piémontais !...

11

XVI

Il y eut un effarement général. Les brigands, surpris, ne se donnèrent même pas la peine de ramasser leurs carabines formées en faisceaux ; ils détalèrent avec la rapidité que donne aux jambes les plus récalcitrantes l'amour de la conservation. En un clin d'œil le petit plateau du Monte-Terminio, sur lequel se passaient les scènes précédentes, fut purgé de la canaille qui l'infestait. Néanmoins, comme ils ignoraient de quel côté venait le danger, la plupart des compagnons de Frère Jacques allèrent donner tête baissée dans les escouades de soldats qui gravissaient la montagne. Des coups de feu pétillèrent çà et là: c'était le commencement de la chasse.

Sans trop savoir ce qu'il faisait, Domenico, laissant M. Mertens à deux pieds du sol, s'était enfui comme les autres. Pendant qu'il courait ainsi, il réfléchit que rien n'était plus absurde que cette fuite ; il tournait le dos au salut et se ralliait ainsi aux scélérats dont il voulait éviter la société à tout prix... Mieux valait revenir en arrière, au risque de recevoir une balle avant d'avoir pu fournir des explications.

De tous les côtés, à droite, à gauche, Della Porta entendait des détonations répercutées par l'écho. La battue se poursuivait ; elle paraissait devoir être fructueuse, à en juger par la quantité de poudre que l'on brûlait.

On avait atteint, pendant ces différentes péripéties, les dernières heures du jour. L'obscurité croissait de minute en minute, et, dans les premières brumes de la nuit, Della Porta voyait passer des ombres qui s'évanouissaient, poursuivies par une meute invisible ; lui-même se demandait s'il ne serait pas pris pour un gibier. Sa position au milieu des belligérants n'avait rien de séduisant ; le plus sûr parti à prendre n'était-il pas de rester tranquille au lieu de courir au-devant du péril ? Une erreur est si vite commise dans les ténèbres ; et puis, qui s'aviserait, sous cette veste bariolée, sous ce chapeau extravagant, d'aller chercher un homme du monde ?

A mesure que la nuit augmentait, les coups de feu devenaient plus rares. Un petit vent frais s'était levé et caressait, en passant, les touffes de broussailles. Domenico résolut d'attendre les événements; il s'assit, non sans mélancolie, sur le rebord d'un fossé à sec, creusé pendant l'hiver par les torrents qui découlent du sommet de la montagne.

Il y était à peine depuis un quart d'heure, lorsqu'il aperçut une personne qui venait vers lui, sans doute quelque bandit qui avait échappé à la Saint-Barthélemy piémontaise. La personne s'avança avec précaution; Domenico ne fut pas médiocrement étonné quand il découvrit que c'était une femme... et quelle femme? La sienne!

— Mariuccia! ne put-il s'empêcher de dire, assez haut pour qu'elle l'entendît.

Il n'avait plus du tout pensé à elle durant la bagarre; sans être précisément cruel, il s'était quelquefois bercé de la douce espérance de devenir veuf, et il venait de manquer une belle occasion de voir son rêve se changer en réalité. La sœur de Fra Giacomo avait passé au milieu des projectiles, aussi légère qu'un poisson qui a évité le harpon du pêcheur.

— Je vous cherchais, dit Mariuccia en posant sa main de paysanne robuste sur l'épaule du jeune homme.

— Que me voulais-tu donc? demanda celui-ci.

— La question est plaisante, répondit-elle. Avez-vous oublié que nous sommes unis l'un à l'autre, tout ce qu'il y a de plus uni, *mio gentilis-simo marito?*

— Oh! ton mari... ton mari? répéta Della Porta d'un ton où perçait une forte pointe de scepticisme.

— Eh bien! allez-vous le nier maintenant?

— Pas encore, pensa le banquier, qui se promettait bien de divorcer plus tard, mais qui, pour l'instant, n'étant pas sorti de peine, avait peur de retomber en des mains malhonnêtes.

Il reprit tout haut :

— Mariuccia, tu as tort de douter de ma tendresse.

— *Ingrato!... infedele!...* pleurnicha la jettatrice en faisant des gestes d'Ariane abandonnée. Ah! je vois bien le sort qui m'attend si jamais vous quittez la montagne pour revenir dans les villes... Vous ne me reconnaîtrez. même plus! Je serai pour vous moins que le grain de poussière que vous secouez pour qu'il ne reste pas attaché à votre habit.

— Je te ferai remarquer, dit Della Porta, que le moment est mal choisi pour une scène de jalousie... Nous sommes traqués comme des lapins, et les gens qui nous cherchent pourraient bien, non seulement nous séparer dans le temps, mais nous réunir dans l'éternité.

— Mieux vaudrait mourir ensemble! s'écria Mariuccia emportée par un beau transport.

— Hum! fit Domenico, je demande à réfléchir.

— Parce que vous me méprisez, répliqua-t-elle; parce que vous me jugez d'une condition trop inférieure à la vôtre... Je vous fais honte, n'est-ce pas?... Je le sais bien. Hélas! voilà ce que je craignais; et j'avais bien raison de résister à mon frère quand il me parlait de vous. Je lui prédisais ce qui arrive, *sposo mio*; mais il n'en a jamais fait qu'à sa tête; il ne m'a jamais écoutée... Ah! bien oui, les femmes... Est-ce que l'opinion des femmes avait quelque poids pour lui?... Malgré tout, je ne suis pas bête, allez! Je comprends à demi-mot ce qu'on veut me faire comprendre... Vous voudriez vous débarrasser de moi; ce ne sera pas long. Vous entendez ce ruisseau qui coule à cent pieds au-dessous de nous!... Une tête piquée là-dedans... dans le vide... et puis, plus rien! Plus de Mariuccia!... une Mariuccia en mille morceaux!... Hein! que disons-nous de cela, mon maître?

— Mariuccia!... tu es folle!... arrête-toi.

— Merci de votre pitié, répondit-elle en se dirigeant résolument vers le précipice.

— Oh! s'écria Della Porta, se souvenant tout à coup du rôle qu'il avait rempli près du colonel Mertens... Je suis vraiment bien malheureux...

Dans la même journée, deux victimes ; moi qui ai horreur du sang, moi qui déteste la peine de mort et qui ai prononcé des discours là-dessus dans une société savante !... Non ; c'en est trop ! Je ne veux pas que cette pauvre créature périsse encore à cause de moi ! Je suis décidément un monstre, un Néron, un Héliogabale, un Tamerlan !... Mariuccia !... Mariuccia !...

— *Addio !* dit-elle en continuant sa route du côté du gouffre.

— Mais je ne veux pas que tu meures... arrête-toi... Voyons, arrête-toi... Mariuccia, ma petite femme chérie !... Je t'aime !...

— Ai-je bien entendu ! fit-elle en se retournant.

— Oui, certainement... Je suis bien obligé de t'aimer, puisque je l'ai juré... devant l'autel. Sans cela... ajouta tout bas le perfide Della Porta, faisant une restriction mentale passablement hypocrite...

— Alors, dit Mariuccia toute joyeuse, je ne veux pas mourir. Écoute ; je t'ai menti tout à l'heure ; non, ce n'est pas mon frère qui a voulu ce mariage entre toi et moi ; ce n'est pas lui qui m'a forcé la main ; au contraire, il disait que tu ne servirais à rien, que tu ferais un mauvais bourreau ; car il songeait déjà à toi pour cette charge. Mais je te défendais, moi...

— Grand merci !

— Je prétendais que tu avais l'âme d'un vrai brigand, que personne ne te surpassait de ce côté-là, et que tu serais un honneur pour la compagnie... Oh ! je t'avais bien deviné ; je savais ce que tu valais...

Della Porta eut un mouvement d'impatience ; mais Mariuccia ne s'en aperçut pas et poursuivit :

— Maintenant, il s'agit de sauver mon frère... Ceux d'entre nous que les Piémontais ont tués, on les remplacera. Mon frère mort, ce serait la fin de la fin, vois-tu !

— Où est-il, ton frère ?

— Je ne l'ai pas vu... Dans cette affreuse débandade, chacun a couru de son côté, moi comme les autres. D'après ce que je crois, mon frère pourrait s'être réfugié à la casa Selvatica, où il a de bons amis.

— Loin d'ici ?

— A deux heures de marche, à peu près. Veux-tu que nous y allions ?

— Ce sera dangereux.

— Moins dangereux que de rester dans cet endroit, qui sera fouillé demain matin par les patrouilles... Allons ! viens.

Della Porta hésitait. Il était bien résolu à ne pas renouer connaissance avec Fra Giacomo ;

mais il ne savait comment s'y prendre pour
refuser à Mariuccia ce qu'elle lui demandait.
Pendant qu'il se tâtait ainsi, Mariuccia, elle,
avait fait quelques pas en avant:

— Tiens! dit-elle en lui montrant un objet
que les ténèbres ne permettaient pas de distinguer; tu vois cela?...

— Oui; c'est un tronc d'arbre.

— Non; c'est une sentinelle. Les chapeaux à
plumes ne sont pas loin. Cette sentinelle garde
le passage qu'il nous faudrait traverser pour
nous rendre à la *casa*... Heureusement que tu
es un homme, n'est-ce pas?

— Bon! pensa Della Porta, elle va me demander un troisième meurtre. Je n'en finirai
donc pas d'être un assassin... malgré moi?

Il s'arrêta au milieu de cette réflexion: il
venait de former un dessein dont il entrevoyait
l'exécution probable.

— Donc, continua-t-il en désignant du doigt
le soldat, qui ne bougeait guère plus qu'un
bloc de marbre, nous allons tuer ce malheureux?

— Oui, il le faut. Ton couteau est-il solidement trempé, au moins?... Tu frapperas de bas
en haut, comme ceci, c'est plus sûr. De haut en
bas le couteau glisse, tandis que...

— Bien, bien; supprime ces renseignements

par trop techniques. Je te suis, montre-moi la
route.

Ils s'avancèrent avec précaution, étouffant le
bruit de leurs pas. Le craquement des branches
sur lesquelles ils marchaient les faisait parfois
tressaillir. A cent pas de la sentinelle, Mariuccia
dit à l'oreille de son mari :

— Je me suis trompée, il n'a pas de fusil...
C'est un officier qui fait sa ronde...

— Tant mieux, répondit Domenico.

Mariuccia regarda comme si elle eût voulu
comprendre le sens de cette exclamation bizarre ;
mais Della Porta ne jugea pas à propos de s'expliquer davantage.

— *Diavolo !* dit-elle, il a un manteau ; cela va
être gênant.

— Pas le moins du monde.

L'officier avait tiré de sa poche une boîte
d'allumettes et se préparait à fumer un cigare.
Il ne semblait nullement se douter du péril qui
le menaçait et piétinait sur place, soit par impatience, soit pour combattre la fraîcheur nocturne.

Le cigare qu'il avait commencé étant mauvais, il le jeta par terre et en entama un second. Pendant qu'il approchait l'allumette de
sa figure, il fut éclairé par le jet de flamme de
la *solfanella*. Della Porta, qui avait eu le temps
de voir la physionomie du militaire en vedette,

se frotta les yeux comme quelqu'un qui s'éveille :

— Lui ! s'écria-t-il.

— Qui, lui ? demanda Mariuccia.

— Cela ne te regarde pas.

Ils se mirent à plat ventre ; ils n'avançaient plus qu'en rampant sur leurs genoux.

L'officier fumait toujours tranquillement.

Un air du pays natal lui revint à la mémoire ; il se mit à fredonner quelque chose qui ressemblait, faut-il l'avouer, à la pastorale de Léonce dans *Orphée aux enfers*.

— A toi !... frappe !... dit Mariuccia à son époux.

— Laisse-moi faire, répondit celui-ci.

Il se leva, plus prompt que la pensée, tomba sur l'officier stupéfait; mais, au lieu de lui donner des coups de couteau, il se mit à l'embrasser de toutes ses forces, en criant :

— René, mon cher René, je vous retrouve enfin !

Mariuccia, non moins abasourdie, regardait le dénouement de cette scène.

— Mille tromblons ! dit René de Maugis, savez-vous, mon honorable ami, que je ne suis pas de votre avis ; je commence à croire aux brigands.

XVII

— Et moi aussi, dit Della Porta, je commence à y croire ; mais je suis payé pour cela.

Il se mit alors à lui raconter tout ce qui était arrivé, n'omettant que deux choses, la cérémonie nuptiale dans l'église de San-Gennaro et la pendaison du colonel Mertens ; franchement, cette dernière partie de la confession était la plus difficile à faire digérer au confesseur.

René de Maugis, de son côté, parla des inquiétudes que Domenico avait causées à tout le monde :

— J'ai profité, ajouta René, des offres d'un commissaire obligeant ; je me suis lancé à votre poursuite en compagnie des soldats de ce pays-ci. L'expédition a été décidée du jour au lendemain. Vous comprenez que, s'il vous était arrivé malheur, ma sœur ne me l'eût pas pardonné !

Pour le coup, Della Porta fut pris d'un malaise que dissimulèrent les ombres de la nuit ;

René, qui ne soupçonnait rien (comment aurait-il soupçonné quelque chose?) demanda à brûle-pourpoint :

— Voulez-vous des nouvelles de Valentine?... Elle est un peu languissante ; je crois que votre retour la guérira mieux que les pilules du médecin. L'air des montagnes ne vous a pas fait changer d'idée, au moins?...

— Pouvez-vous supposer?

— Hé! hé! on a vu des miracles plus surprenants. Moi qui vous parle, j'ai dû me marier six fois, et je suis encore vieux garçon comme devant ; je ne m'en porte pas plus mal, au contraire... Mais, poursuivit M. de Maugis, il me semblait avoir vu une espèce de dame blanche avec vous? s'est-elle évanouie dans un souterrain?

Della Porta regarda autour de lui ; Mariuccia, pendant que s'opérait la reconnaissance des deux amis, avait disparu comme par enchantement. Cette absence ne déplaisait pas autrement à Della Porta, auquel elle épargnait — pour l'instant du moins — l'embarras d'une explication pénible. Les questions du lieutenant avaient été cruelles tout à l'heure ; le banquier eut le temps de reprendre haleine pendant que René changeait de conversation avec l'aisance naturelle à un incorrigible boulevardier.

— Je savais bien, moi, disait M. de Maugis,
qu'on vous retrouverait et que vous vous portiez
comme le Pont-Neuf!... Quelle noce à tout casser, hein? Quand nous serons de retour à Naples, nous mangerons tout le poisson de la Mer-
gellina et nous boirons tout le capri de la *Co-
rona di ferro*... Mais, à propos, avant de rentrer,
il faut nous débarrasser de ce pirate de Fra
Giacomo. S'est-il assez diverti à nos dépens?
Vous rappelez-vous le café de l'Europe? Quelle
scène de comédie!

En entendant ce discours, le banquier fut par-
tagé entre le désir de faciliter les recherches de
la police et l'espèce de délicatesse de conscience
qui l'empêchait de dénoncer la retraite où s'é-
tait réfugié Frère Jacques. Abuser des confidences de Mariuccia semblait à Della Porta une
action blâmable.

Il répondit vaguement aux interrogations de
M. de Maugis sur la route que devait avoir
suivie Fra Giacomo. Ces hésitations auraient
donné à réfléchir au lieutenant, si l'entretien ne
s'était trouvé interrompu par un bersaglier venant annoncer que la troupe se remettait en
marche avant le lever du jour.

— A-t-on des nouvelles? demanda M. de
Maugis.

— Oui, répondit le soldat; on assure que la

retraite de Fra Giacomo est découverte... Nous avons eu des renseignements par une paysanne qui voyageait au clair de la lune et qui est venue se jeter dans nos avant-postes.

— Mariuccia, je parie, se dit Domenico.

Il ajouta en élevant la voix :

— Faites-moi le plaisir de ne pas croire un mot de ce que vous racontera cette femme.

— Vous la connaissez donc? demanda le bersaglier étonné de voir qu'un étranger, assez mal vêtu, se permît de lui donner des conseils.

— Je sais, dit Della Porta, que les paysans du Monte-Terminio sont d'accord avec vos ennemis. C'est une simple indication; profitez-en ou n'en profitez pas, cela vous regarde.

— Bien, fit le soldat qui s'éloigna au pas de course.

A leur tour, les deux amis regagnèrent le campement où Mariuccia était, en effet, occupée à envoyer la force publique dans une direction complètement opposée à celle de la casa Selvatica. Les officiers se consultaient entre eux; ils venaient de recevoir de Naples l'ordre de fouiller toutes les maisons du voisinage.

Mariuccia, assise sur le sac d'un militaire, se barbouillait les lèvres de *gelse* sauvages dérobées aux buissons d'alentour. Le bersaglier venait de répéter à ses chefs les avertissements

de Della Porta. Du coup, Mariuccia devint sus-
pecte; comprenant que les affaires tournaient
mal pour son frère et pour elle, elle se serait
empressée de déguerpir; mais il était trop tard.

On la gardait à vue.

Deux sentinelles se promenaient à droite et à
gauche; on lui avait fait comprendre que si elle
tentait de s'éloigner, il lui arriverait malheur.

— Traître! murmura-t-elle à l'oreille de Dò-
menico pendant que celui-ci lui tournait le
dos.

L'injure, quelque violente qu'elle fût, n'émut
pas autrement le bel indifférent à qui elle était
adressée. Domenico se contenta de hausser les
épaules; Mariuccia prit l'attitude courroucée
que les sculpteurs prêtent à Diane surprise par
Actéon.

La troupe se mit en marche.

On se fractionna par escouades de quinze à
vingt hommes. La petite bande à laquelle appartenaient Della Porta, sa femme et M. de
Maugis, tenait la tête de l'expédition. Il n'était
plus très nécessaire d'user de prudence. Les
soldats portaient leurs fusils en bandoulière et
rompaient les rangs.

Au lever du soleil, on rencontra un berger
couvert d'habits sordides. Cet indigène chassait
devant lui quelques chèvres à longues barbiches

qui broutaient dans les fentes du roc une herbe
aussi maigre qu'un repas de vendredi saint.

La présence du berger parut contrarier Mariuccia. En effet, l'homme aux chèvres était entré en conversation avec l'officier qui commandait le détachement.

— J'ai été volé, disait-il, volé par Fra Giacomo.
Il m'a emporté, ce vieux loup, une douzaine de
chevreaux et j'ai juré de me venger de lui. Vous
ne savez pas où il est, *signor uffziale*? Moi, je le
sais. Il courait à toutes jambes hier soir, et je
l'ai bien reconnu, allez! quoiqu'il se cachât le
nez avec son chapeau. Je l'ai suivi en courant,
moi aussi... Et il est entré là, tenez, dans cette
maison que vous voyez là-bas. Il y a passé la
nuit et il y est encore.

La demeure que désignait le berger ne payait
pas de mine. C'était une pauvre habitation, cons-
truite en briques roses et fort dégradée par le
temps. Elle se composait d'un rez-de-chaussée
au-dessus duquel s'étendait un toit crevassé.
Des mûriers poussaient dans la cour. Une poule
picorait sur le seuil; elle s'enfuit pendant que
les soldats cernaient la maison.

— C'est ici? demanda l'officier.

— Oui, répondit le guide.

Le capitaine italien dégaîna son épée et entra
dans le logis :

— A la grâce de Dieu ! dit-il.

Et s'adressant à René :

— Venez-vous ?

— Oui, capitaine.

Mais au lieu de tirer son grand sabre ou d'armer ses pistolets, René, en véritable officier français, cueillit une simple badine.

XVIII

Une vieille femme dormait dans un fauteuil de cuir déchiré, qui avait appartenu à quelque villa aristocratique.

Les pieds du fauteuil, reposant sur des roulettes cassées, ne présentaient pas un irréprochable modèle d'équilibre. Dans le foyer, un bout de racine d'olivier à demi consumé attestait qu'on avait fait du feu la veille. La pièce d'ailleurs était large, pauvrement meublée : une huche pour pétrir la farine et serrer le pain, des escabeaux, une armoire aux ferrures primitives, des statues de la Madone sur la cheminée et des images de saints sur les murailles. Dans le coin le plus obscur, une sorte de portemanteau obstrué par des défroques de paysan. Toutes ces choses avaient un air misérable.

Au bruit que firent les visiteurs, la vieille se réveilla de sa somnolence. Elle étendit les bras comme pour embrasser le vide :

— Est-ce toi, mon fils?

— Je la crois aveugle, dit le capitaine piémontais bas à M. de Maugis.

Ils s'avancèrent vers l'aïeule à la peau ridée,
aux cheveux blancs, et ils se placèrent devant
elle; mais elle ne les aperçut pas. Elle demanda
de nouveau :

— Est-ce toi, mon fils?

— Non, dit l'officier italien; votre fils n'est
pas ici.

— Ah! sainte Vierge! reprit la vieille effrayée,
qui donc êtes-vous alors, et que venez-vous faire
chez moi?

— Nous sommes des soldats de Sa Majesté
et vous n'avez rien à craindre de nous si rien
ne charge votre conscience; mais nous cause-
rons de cela plus tard.

— Mes bons messieurs, s'écria l'aveugle en
levant ses prunelles sans lumière vers un ciel
qu'elle ne voyait plus, je vous jure que je suis
innocente; je n'ai rien à me reprocher; je demande seulement qu'on me rende mon fils.

— Où est-il?

— Hé! qui le sait? Il m'a causé bien du chagrin. Du vivant de son grand-père, le *bambino*
travaillait comme un honnête chrétien, nous
aidant à la culture de la vigne, à la récolte des
limons. Mais voilà! le grand-père est mort, le
Dieu de justice et de miséricorde m'a repris

mes pauvres yeux, en sorte que tout s'est gâté
à la fois. Mon petit-fils s'est livré à la paresse;
il a fait de mauvaises connaissances et il m'a
quittée pour de vilaines gens qui m'ont pris
son cœur. Je suis restée seule, toute seule. De
temps en temps il revient; nous mangeons le
macaroni ensemble; puis il repart. Il ne m'a
rien apporté depuis avant-hier; cette nuit, j'ai
cru que c'était lui qui rentrait, je m'étais trompée. Pourtant, quelqu'un est venu, j'en suis
sûre, à moins que je n'aie fait un mauvais rêve.

La vieille se mit à sangloter, étendant toujours les bras comme pour trouver un point
d'appui. Elle aurait voulu se lever, échapper
aux importuns, mais où aller? Dans son impuissance, elle marmottait, avec ses mâchoires
édentées, des invocations à tous les bienheu-
reux du paradis.

— Ainsi, reprit René, qui cherchait à profiter des aveux que la peur arrachait à la vieille
femme, quelqu'un a pénétré ici cette nuit?

— Oui, mon bon monsieur. C'est une maison
ouverte aux passants que cette maison-ci : entre
qui veut; pas de chiens pour avertir, et mes
poules dormaient ainsi que leur coq.

— Alors, vous ne savez pas où s'est caché
l'homme qui est venu chez vous?

— Seigneur Jésus! où voulez-vous qu'il se

cache? Dans la cave? Elle est vide. Ah! du
temps de mon pauvre mari, nous avions du
beau vin blanc de Calabrito, du vin clair et
doré comme de la paille sèche. Nous buvions
cela aux grandes fêtes de l'année, à la Saint-
Janvier, mais, aujourd'hui, il ne me reste rien,
ni flasques, ni outres, ni barriques. Je bois de
l'eau, quand j'en ai, car mon fils ne m'en apporte
pas toujours... Voulez-vous m'en donner de
l'eau?... J'ai bien soif.

On fit boire l'aveugle pendant que les soldats
se répandaient dans le logis.

Ils en fouillèrent les moindres recoins, fure-
tant partout avec une ardeur admirable, se
baissant pour regarder sous le lit, frappant sur
les cloisons pour découvrir si elles ne recélaient
pas une cachette.

De la *casa* proprement dite, ils passèrent dans
une sorte d'étable y attenante et aussi vide que
le reste de la maison.

Nul indice!

Cependant les soldats trouvèrent, à côté d'un
tas de méchantes herbes pourries, un objet qui
témoignait de la présence récente d'un visiteur
en ces lieux : cet objet était un bouton de guêtre.
De plus, en y regardant de près, les herbes
paraissaient éparpillées sur le sol, comme si
elles venaient de servir de couche à quelqu'un

qui n'aurait pas été difficile sur la qualité du matelas.

— Hé mais! dit René de Maugis, voici un commencement de piste. Il s'agit maintenant de ne pas nous égarer.

— Aucune trace de pas au dehors? demanda l'officier piémontais à un de ses hommes.

— Aucune, mon capitaine.

Le berger, qui avait servi de guide à la troupe, s'approcha alors, et d'un ton solennel :

— Je jure, dit-il, que Fra Giacomo n'a pas quitté la *casa;* s'il était parti, je l'aurais vu. Fra Giacomo n'est pas un pur esprit, un feu follet, un spectre sans corps, capable de s'en aller par le trou d'une serrure. A moins que...

— A moins que?... répéta M. de Maugis, frappé de l'hésitation du berger.

— A moins qu'il ne soit un *incantatore*, auquel cas nous ferions bien de donner notre langue au chat.

René éclata de rire; mais il remarqua qu'une certaine consternation se peignait sur le visage des bersagliers.

— Voyons, mes enfants, vous ne croyez pas aux sorciers? demanda le Parisien.

Les bersagliers étaient devenus pâles.

— Après cela, continua René, Della Porta et moi, nous avons douté des brigands et nous

avons été punis de notre scepticisme. Mes amis,
croyez aux sorciers en général si la chose vous
fait plaisir; mais ne prenez pas l'homme que
nous cherchons pour un enchanteur qui s'envole
dans les airs. S'il est ici, nous le trouverons; il
n'a pas dû emporter sur lui un système de navigation aérienne.

Les soldats secouèrent la tête d'un air peu
convaincu et rétrogradèrent dans la première
pièce de l'habitation. La vieille aveugle continuait à y pousser des gémissements; Mariuccia
assistait aux opérations militaires dirigées
contre sa famille avec une froideur nuancée de
dédain.

— Ah çà! dit M. de Maugis à l'officier
piémontais, qu'est-ce que nous faisons de cette
brigande?

— Peuh! répondit le capitaine; elle ne nous
sert pas à grand'chose; renvoyons-la, si vous
voulez.

— Non, dit René, j'ai une idée. Cette femme
est intéressée à nous voir échouer dans nos
recherches. Observons-la de près, et continuons
nos fouilles pendant ce temps-là. Assurément,
elle ne nous criera jamais : Casse-cou! mais
elle manifestera bien quelques signes d'inquiétude quand nous *brûlerons*.

— Soit! dit l'officier italien.

Les explorations reprirent donc leur cours. Un soldat prit une échelle et monta sur les poutres qui soutenaient le toit délabré ; un autre soldat inspecta la cheminée. Le tuyau de celle-ci étant fort étroit ne pouvait livrer passage qu'à un enfant ; pour plus de sûreté, on tira un coup de fusil dans le tuyau ; la balle, raclant le mur, fit tomber une grosse avalanche de suie.

— Pas de chance ! murmura le capitaine.

Mariuccia se pâmait d'aise.

Elle s'inquiétait pourtant de l'obstination avec laquelle M. de Maugis la regardait dans le blanc des yeux. L'officier piémontais, lui, avait passé de la confiance au découragement :

— Avez-vous visité cela ? demanda-t-il à un bersaglier, en désignant l'espèce de portemanteau rustique qui était à une extrémité de la salle.

— Oui, mon capitaine. Ce sont des habits derrière lesquels un homme ne pourrait pas se cacher. On verrait ses jambes.

— N'importe ! Donnez un coup de baïonnette là-dedans.

En entendant cet ordre brutal, Mariuccia chancela, comme prise de vertige. Sa poitrine se souleva en ondulations haletantes ; ses lèvres frémirent. Elle porta la main à son gosier, en

12

faisant le geste désespéré d'une personne qui étouffe.

Le bersaglier obéit. Il lança contre les vestes accrochées à des clous et contre les jupes fanées, — aussi fanées que l'aïeule, — un formidable coup de pointe qui s'enfonça dans le vide.

— Il n'y a rien! dit le soldat.

Néanmoins, il renouvela l'expérience, et, cette fois, le fer rencontra une résistance inattendue. Derrière le monceau de vêtements, s'éleva un rugissement d'homme blessé; Fra Giacomo sauta sur le plancher, l'épaule transpercée.

On s'aperçut alors que le portemanteau ressemblait à une boîte à double fond; les habits suspendus masquaient une forte planche, située à deux mètres au-dessus du sol et assez épaisse pour supporter le poids d'un individu caché. Cette planche, posée horizontalement, formait avec le mur une merveilleuse cachette, comparable aux excavations que l'on voit dans les catacombes de Rome.

Fra Giacomo, forcé dans sa dernière retraite, ne perdit pas de temps à causer avec l'assistance.

En un clin d'œil, il courut à la fenêtre qu'il essaya de franchir d'un bond; elle était gardée par un peloton d'ennemis. Il se dirigea vers la

porte ; elle était occupée par des forces plus
considérables encore. De guerre lasse, il voulut
se jeter sur René de Maugis ; mais il recula
devant une baguette qui menaçait de lui cingler
les mollets.

— Au diable ! grommela Fra Giacomo ; allez
tous au diable ! J'ai chanté ma dernière chanson.

Il s'arrêta, droit comme un peuplier, la mine
rouge, les bras croisés sur la poitrine, défiant
avec insolence les gens qui l'entouraient.

René se découvrit, comme pour saluer un
vaincu, et s'approchant du brigand :

— Monsieur, dit-il, je suis fâché de vous
retrouver dans des circonstances aussi pénibles
pour vous et pour moi ; mais avouez que vous
me deviez une revanche. Les Français sont un
peuple spirituel, ils comprennent la plaisanterie ;
ils aiment seulement à avoir le dernier mot, et
c'est une faiblesse qu'il faut leur pardonner.

— Qui êtes-vous !... Que me voulez-vous ?...
murmura d'une voix sourde Frère Jacques
acculé dans sa bauge. Je ne vous connais pas,
moi... Vous n'avez pas le droit de me tuer ; je
demande des juges.

— Des juges ! tu en auras, *birbante*, et ils te
condamneront à la potence.

C'était la vieille aveugle qui s'était levée et

qui marchait vers Fra Giacomo, guidée par la
voix de celui-ci. Elle serrait les poings ; elle était
menaçante et terrible.

— Ah! prenez garde, la vieille, dit le bandit
en reculant involontairement ; j'ai encore là de
quoi trouer ce qui reste de peau sur votre
immonde carcasse.

— *Birbante!... birbante!...* répétait l'aïeule,
ne trouvant pas une qualification plus forte
pour exprimer sa colère ; tu mérites la corde ;
ce sera la seule chose que tu n'auras pas volée
ici-bas.

Le bandit haussa les épaules :

— Oui, continua-t-elle, je reconnais ce *la-
drone,* mes bons messieurs ; c'est lui qui m'a
pris mon enfant. Qu'as-tu fait d'Ercole Buonvi-
cino? qu'as-tu fait de mon petit-fils?

— Ercole, dis-tu ?

— Oui.

Fra Giacomo eut un rire insultant.

— Va, va, s'écria-t-il ; dors sur les deux
oreilles ; ton Ercole repose en lieu sûr.

— Oh! merci! soupira la vieille grand'mère,
qui se méprit sur le sens de la phrase.

— Oui, poursuivit Fra Giacamo, Ercole ne
craint plus ni le froid ni le chaud. Il a été tué,
hier soir, par les soldats auxquels tu viens de
me livrer, *poveretta!*

L'aïeule s'évanouit.

En tombant, elle remua les lèvres comme pour prononcer une malédiction ; mais les forces lui manquèrent. Instinctivement, elle s'accrocha au fauteuil délabré qu'elle entraîna dans sa chute.

— Pauvre femme ! murmura René de Maugis, qui était toujours plein de commisération pour le malheur d'autrui.

Il aida les soldats à donner des soins à la malade. On la fit asseoir sur l'unique siège de la *casa;* mais elle ne reprit pas ses sens. Elle resta là étendue, inerte, respirant d'un souffle si léger qu'il aurait à peine terni la surface d'un miroir.

Cependant l'officier italien s'était approché de Fra Giacomo :

— Il est temps d'en finir, dit-il sèchement.

— Où me conduisez-vous ? demanda le bandit.

— Dans un lieu d'où tu ne reviendras pas de sitôt.

Fra Giacomo devint pâle ; Mariuccia se précipita vers lui :

— Jacques, cria-t-elle, ils vont te fusiller. Défends-toi... mais défends-toi donc... Je les tuerai, moi, s'ils osent toucher à un seul cheveu de ta tête... Ah ! les misérables ! ils sont vingt contre un ! Mais ils ne savent pas à qui

12.

ils ont affaire; ils passeront sur mon corps avant d'arriver à toi!...

Mariuccia s'était plantée toute droite devant son frère; elle s'accrochait à la tunique des bersagliers, pleurait, suppliait avec des gémissements d'enfant qui souffre. Ce suprême effort ne devait aboutir à rien. Comprenant, elle-même, qu'il n'y avait plus qu'à se résigner, Mariuccia s'affaissa lentement sur le sol et sanglota en se cachant le front dans ses mains.

— Adieu, petite sœur, dit le brigand.

Il arrangea le nœud de sa cravate qui était un peu défait, puis il sortit sous bonne escorte.

Le jour venait de se lever tout à fait; une gaie lumière éclairait la campagne. Tout ressuscitait après le sommeil de la nuit. Il ne semblait pas que quelqu'un pût mourir par une matinée aussi radieuse, aussi embaumée par le parfum des fleurs des champs. Mourir était un véritable contresens, à cette heure et en cette saison. Est-ce que ce paysan là-bas, qui liait ses vignes à un arbrisseau, songeait à mourir? Est-ce que ces troupeaux qui trottaient sur la route pensaient à autre chose qu'à vivre? Est-ce que ces atomes qui dansaient dans un rayon de soleil, ne demandaient pas, si petits qu'ils fussent, à prendre part à l'existence universelle? Est-ce que l'eau, les plantes, les animaux, le ciel, la terre, les éléments, ne semblaient pas animés d'un besoin de vie? Mourir! cela faisait l'effet d'une dérision; car il y a des moments où on ne doit pas pouvoir mourir, même quand on y mettrait la meilleure volonté du monde.

Fra Giacomo s'arrêta devant un figuier dont les branches se tordaient en l'air. Non loin de cet arbre, se dressait un pan de mur, chancelant, ruiné; un *canaletto*, servant à l'irrigation des terres, était creusé au bas de la muraille. C'était une fosse toute préparée, et Fra Giacomo la regarda avec la répugnance d'un homme qui contemple son futur tombeau.

— Fichue résidence, dit-il. J'espère, monsieur Della Porta, que vous ne me laisserez pas dormir dans cette sépulture qui manque de noblesse. Vous me devez trois cent mille francs; à ce prix-là, on peut élever des mausolées à ses amis.

Les paroles du bandit étaient incompréhensibles pour les assistants; mais Della Porta, en entendant son cher beau-frère s'exprimer ainsi, rougit comme une pensionnaire échappée du couvent. Il lui parut que tout le monde devinait le secret dont son âme était obsédée:

— Assez causé, dit l'officier italien en faisant un signe au peloton d'exécution, qui s'apprêta à coucher Fra Giacomo en joue.

Le brigand était agité d'une sorte de tremble-

ment nerveux qu'il s'efforçait de dissimuler.
Agenouillé en avant du figuier, il froissait dans
sa main une feuille tombée de l'arbre; de l'autre
main, il se caressait la barbe, cette longue barbe
noire qui lui donnait les apparences d'un défroqué. Il regardait machinalement l'espace comme
s'il y avait vu une légion fantastique de mou-
cherons.

L'officier italien leva son épée.

C'était le signal du feu; la décharge partit,
allant réveiller les échos endormis dans le creux
de la montagne.

Fra Giacomo resta dans la situation d'un
homme foudroyé. Peu à peu les muscles de son
corps se détendirent; il tomba lourdement sur
le sol. Il ressemblait à un automate dont le
ressort aurait été arrêté. La main qui caressait
la barbe n'avait pas bougé de place ; seulement
les doigts ne remuaient plus.

Un bersaglier s'approcha du cadavre, le pistolet au poing.

— Laissez, dit Della Porta, c'est inutile.

— Vous avez raison, répliqua le soldat ; il
n'a pas besoin du coup de grâce. *Diavolo!* quelle
décharge ! un, deux... quatre, cinq trous! La
cervelle est en mille morceaux et le cœur ne fait
qu'une bouillie. J'appelle cela une belle exécution
ou je ne m'y connais pas.

Pendant que les soldats se mettaient en devoir d'ensevelir les restes de Fra Giacomo, une femme éplorée, poussant des cris déchirants, sortit de la *casa;* c'était Mariuccia qui venait d'entendre la détonation des fusils.

— Mariuccia! s'écria Della Porta cherchant à s'esquiver et redoutant une explication désagréable.

Il fit quelques pas; mais il fut arrêté par René de Maugis:

— Vous connaissez cette jeune personne? lui demanda le lieutenant.

— Si je la connais! soupira Domenico, je fais mieux que de la connaître, je suis obligé de l'emmener avec moi.

— Vous plaisantez?

— Plût au ciel!

— Valentine ne permettra pas...

— Elle sera bien obligée de le permettre... Tenez, mon ami, ne m'interrogez pas en ce moment; je sens que je deviens fou... ma pauvre tête éclate... Oui, j'emmène une femme chez moi, à Naples, dans ma propre maison, à ma propre table... Cela vous étonne? Cela m'étonne bien davantage. Mais que diable voulez-vous que j'y fasse!... Je vous expliquerai tout cela plus tard.

XIX

« Morte la bête, mort le venin ! » dit un pro-
verbe. Fra Giacomo ayant rendu l'âme, l'officier
piémontais ne s'opposa plus à ce que Mariuccia
fût remise en liberté.

Pour la police napolitaine, la bande de voleurs, décapitée de son chef, n'était plus à
redouter, et la campagne, habilement dirigée,
se terminait à la plus grande gloire de l'administration.

Huit jours après les événements qui ont fait
l'objet de ce récit, Della Porta, revenu à Naples
en compagnie de la femme qu'il avait « si peu
choisie, » demandait à René de Maugis une entrevue que celui-ci lui accordait aussitôt. Le lieu
du rendez-vous était le *Largo di Palazzo*, en face
de l'église Saint-François de Paule. Della Porta,
dont les aventures faisaient grand bruit dans la
ville, n'avait pas osé se montrer en public depuis
qu'il était rentré dans ses foyers ; il séquestrait
Mariuccia dans une partie retirée de son logis

personnel, et il ne souffrait point qu'elle quittât cette retraite.

Valentine de Maugis s'était, elle aussi, séparée du reste du monde ; la nouvelle du mariage de son ancien fiancé lui avait porté un coup terrible, et elle souhaitait à son tour de partir pour la Sicile, non plus pour y soigner les blessures de René, qui étaient guéries depuis longtemps, mais pour y chercher le calme et la solitude.

Domenico savait tout cela ; il comptait donner au lieutenant de chasseurs d'Afrique des explications qui ne laissaient pas d'être embarrassantes.

Quand les deux hommes furent en présence l'un de l'autre, l'entretien s'engagea froidement. Della Porta soutint qu'il s'était trouvé soumis à un terrible cas de force majeure ; mais que le mariage devait être nul de plein droit et qu'il se chargeait de le faire casser. René lui demanda comment il s'y prendrait.

— J'écrirai à Rome, répondit le banquier avec feu ; j'ai déjà écrit aux théologiens les plus célèbres, et leur décision nous sera bientôt connue. Je ne conserve pas le moindre doute sur l'arrêt qu'ils prononceront en ma faveur. Considérez, après tout, que ma volonté a été l'objet d'une odieuse contrainte ; que cette union a été cimentée sous la menace des escopettes. Ai-je donné

mon assentiment à ce mariage? Évidemment
non : mes lèvres ont prononcé je ne sais quelles
paroles d'acquiescement ; mon cœur a protesté
contre ce que disait ma bouche. Je ne suis pas
marié devant la loi ; je ne le suis pas davantage
devant Dieu.

M. de Maugis écoutait ce discours sans paraître trop convaincu.

— Vous vous défendez bien, dit-il ; vous parlez avec une chaleur communicative, et je vous
prie de croire que je ne vous en veux nullement
de ce qui s'est passé. Nous nous heurtons, par
malheur, à des faits accomplis auxquels nous
ne pouvons rien changer, Monsieur. Vous pré-
tendez que les théologiens vous donneront gain
de cause ; je le souhaite de tout mon cœur,
mais je n'en crois rien : il serait trop facile de
jongler ainsi avec le mariage, qui est une chose
sérieuse. Si votre thèse triomphait, tous les
époux mal assortis, — et il y en a quelques-uns
sur la surface du globe, — demanderaient à
bénéficier des facilités accordées au divorce. Ils
affirmeraient tous qu'ils ont reçu malgré eux
un sacrement incomplet. Je ne suppose pas que
le Pape délie ce qui a été lié par un de ses prêtres, et je vous conseille bien franchement de
renoncer à vos espérances.

— Moi y renoncer? jamais ! s'écria Della Porta.

Je plaiderai devant tous les tribunaux civils
et ecclésiastiques... Rester indéfiniment accolé
à une Mariuccia... Je préférerais me voir condamner au gibet... La vie est courte, lieutenant,
encore faut-il la bien employer.

— Hé! mon cher, de la philosophie, que
diable! reprit René. Dame! je conçois qu'entre
Valentine et cette... créature, vous n'hésitiez
pas un instant. Moi, à votre place, j'agirais
tout comme vous ; je me raccrocherais à la dernière branche de salut jusqu'à ce qu'elle cassât.
Seulement, vous me voyez désolé de ne pas
partager votre confiance absolue dans l'issue
du procès. Le meilleur des avocats ne vous
sauverait pas. Voulez-vous que nous en consul-
tions un?

— Lequel?

— Je ne puis vous le nommer, mais je sais
où nous le trouverons si vous prenez la peine
de me suivre.

M. de Maugis et Domenico s'engagèrent dans
le labyrinthe de maisons bâties entre la strada
di Toledo et le fort Saint-Elme. Ils s'arrêtèrent
devant une demeure d'antique apparence, au
fond d'un *vicolo* dans lequel pénétrait difficilement la lumière du jour :

— C'est drôle, murmura Della Porta, je
m'imaginais connaître tous les avocats de

13

Naples, surtout ceux qui jouissent d'une certaine réputation; j'ignorais qu'il y en eût un
dans cette espèce de carrefour, renouvelé du
Roi s'amuse.

René sonna; Mateo Tommaso vint ouvrir.

— Mateo! fit le banquier. Tu n'es donc plus
domestique de place à l'hôtel d'Angleterre?

On se souvient que Mateo Tommaso ne prodiguait pas les paroles inutiles; il se contenta
de faire avec la tête un signe de dénégation.

— M. l'avocat est-il chez lui? interrogea
René.

Mateo s'inclina respectueusement.

— De plus en plus muet, observa Della Porta,
qui monta l'escalier conduisant au premier
étage.

Sur le palier, Mateo Tommaso franchit une
marche de pierre donnant accès dans un petit
salon mesquinement meublé. Mademoiselle
Baür était installée sur un canapé; elle feuilletait un roman venu de Paris et dont les pages
étaient fraîchement coupées.

— Voici *il signor avocato*, dit Mateo en désignant Teresina qui se mit à sourire.

— Que signifie...? demanda Della Porta.

Il avait un peu oublié, au milieu de ses préoccupations matrimoniales, la scène du Monte-Terminio. Il ne s'étonnait pas outre mesure de

l'indifférence du gouvernement italien pour le sort d'un partisan bourbonien ; mais il comprenait que tôt ou tard on s'enquerrait dans le monde de la façon dont s'était terminée l'ambassade du colonel Mertens. Et alors, que dirait-il, lui ? Comment réussirait-il à faire prendre le change à M. de Maugis ? Certes, la magistrature italienne ne lui reprocherait pas le métier de bourreau qu'il avait exercé ; mais quand l'histoire serait tirée au clair, comment reparaîtrait-il dans la société des gens délicats ?

La présence de mademoiselle Baür remuait dans l'esprit de Domenico les angoisses serètes qui y étaient entassées depuis huit jours. Il se rappela la commission dont le pauvre colonel l'avait chargé en mourant, et il se souvint aussi qu'il avait complètement négligé d'exécuter les dernières volontés du défunt.

— Approchez donc, mon ami, dit mademoiselle Baür en tendant à son camarade d'enfance une main secourable. Est-ce que je vous fais peur ?

— Peur... ? Mais non, pas du tout, ma chère Thérèse ;... je suis au contraire enchanté de vous trouver ici. Comment y êtes-vous venue ?

— De la façon la plus simple. Cette maison m'appartient ; je l'apporterai en dot à l'homme qui sera mon mari.

— Ah! vous comptez vous marier... bientôt?
balbutia Della Porta.

— Sans doute... vous m'avez manqué de parole... Vous êtes allé à la campagne prendre une
femme charmante, à ce qu'il paraît, et que vous
me présenterez, n'est-ce pas? On m'a fait le plus
grand éloge de cette jeune personne.

— Vous êtes trop bonne mille fois... Mariuccia n'est ni bien ni mal; elle est de celles dont
on ne dit rien. Mais permettez-moi une question
indiscrète, ajouta Della Porta; quel sera l'heureux mortel que vous prendrez pour époux?

— Vous ne le devinez pas?

— Pas du tout... parole d'honneur!

— Alors c'est que vous n'étiez pas né pour
écrire des romans; vous n'avez nullement le
sentiment de l'observation, mon ami; où (et
cet aveu me coûte) votre très humble servante
ne vous inspirait pas la moindre jalousie.
Voyons... cherchez bien; vous ne vous rappelez
point le cavalier, très attentif, qui causait avec
moi dans la loge du théâtre de San Carlo, le
soir où vous fûtes arrêté par de faux gendarmes?

— Le colonel Mertens?

— Précisément. Il me semble que vous le
connaissez... puisqu'il demeure chez vous en ce
moment-ci.

— Chez moi? Bonté divine!... Mais, ma chère amie, je vous jure...

Teresina parut très effrayée.

— Le colonel n'est pas chez vous?... On m'avait dit que vous l'aviez ramené et caché dans vos appartements... S'il ne vous a pas demandé asile, où est-il donc ?... qu'avez-vous fait de lui?....

— Thérèse, ma bonne Thérèse... vous me mettez le cœur à la torture, repartit Della Porta en fouillant dans les poches de sa redingote. Je n'ai jamais vu le colonel Mertens ; voici seulement un médaillon qui vient de lui... et qu'il m'a chargé de vous remettre.

— Ah çà! dit M. de Maugis, vous vous moquez de nous. Si vous n'avez pas vu le colonel, comment vous a-t-il donné ce médaillon?

— Est-ce que je sais, moi? s'écria Domenico, perdant complètement la tête... Ce médaillon est venu tout seul... ou plutôt non... il m'a été remis par quelqu'un que je ne connais pas... par un homme masqué qui avait une voix effrayante...

Teresina interrompit le banquier au beau milieu de cette fable absurde :

— Vous mentez, Monsieur, dit-elle sévèrement.

— Hélas ! murmura piteusement Della Porta, je ne fais que cela depuis un quart d'heure.

Il se jeta à genoux et se cachant la figure entre les mains :

— Pardonnez-moi... le colonel est mort... par ma faute, par ma très grande faute (Della Porta, se frappait la poitrine); il m'a chargé de l'exécution de ses dernières volontés. Mademoiselle, il vous aimait tendrement ; il m'a parlé de vous tant que cela lui a été possible, jusqu'au moment suprême où la corde... je veux dire la maladie... l'étranglant...

— Que parlez-vous d'étranglement! observa René de Maugis. Le colonel Mertens aurait donc péri de mort violente ?

— En aucune façon, repartit vivement Della Porta... Il a succombé à une attaque...

— Oui, continua René, à une attaque à main armée.

— Non, à une attaque d'apoplexie.

— Allons donc ! M. Mertens était d'un tempérament nerveux.

— Sanguin.

— Nerveux, vous dis-je.

— Nervoso-sanguin, si vous voulez.

Della Porta soutenait cette discussion physiologique sans changer d'attitude. Il se tenait toujours à genoux, les regards baissés vers le plancher; René s'avança vers le pénitent et d'un ton légèrement ironique :

— Êtes-vous bien sûr, lui demanda-t-il, que le colonel Mertens soit mort?

— J'en suis aussi certain, gémit Della Porta, que je suis sûr qu'il fait jour en plein midi, que l'Italie est ma patrie, que ma tête est sur mes épaules et que...

Il s'interrompit dans sa longue suite d'affirmations; il venait de lever les yeux; le colonel Mertens était devant lui.

XX

Della Porta crut à une évocation infernale ; il fut sur le point de prononcer la formule : *Vade retro, Satanas!* Mais le colonel Mertens s'avança en souriant, tendit à son bourreau une main amicale qui ne sentait point le soufre ; le banquier, un peu rassuré, pria M. Mertens de lui expliquer comment une telle résurrection s'était opérée.

— Oh! dit le colonel, cela ne vous intéresse guère. J'avais déjà perdu connaissance sous cet arbre du Monte-Terminio, auquel vous aviez eu la complaisance de m'accrocher. Par bonheur, Mateo Tommaso qui accompagnait M. de Maugis me reconnut en l'air, quoique l'asphyxie m'eût déjà considérablement changé. Mateo s'empressa de couper la corde. Une heure après, j'étais sur pied.

— Alors, dit Domenico, il vous conduisit ici?

— Sans doute, puisque m'y voilà ; mais le trajet du Monte-Terminio au vicolo de San Giuseppe ne s'effectua pas sans danger; vous allez en juger par vous-même. Il faut vous dire — cela n'offre aucun inconvénient maintenant — qu'une attaque générale de toutes les bandes bourboniennes contre la ville de Naples était résolue et que le jour fixé pour cette attaque était précisément celui où vous m'avez pendu.

— Diable! j'ai donc sauvé, malgré moi, l'unité italienne?

— Mon Dieu, oui. Les grands événements tiennent souvent à de petites causes; le grain de sable de Cromvell, l'erreur de Grouchy à Waterloo... M'imaginant que Fra Giacomo nous appartenait, j'étais allé le trouver en toute confiance... Vous savez ce qui est arrivé...

— Passons, passons, dit Della Porta.

— Fra Giacomo devait former l'avant-garde de l'armée d'opérations contre Naples. Lui manquant, l'affaire était manquée. Quant à moi, à trois pieds au-dessus du sol, sans aucune espèce de point d'appui, je laissais mes amis, privés d'une direction générale, entreprendre la lutte du pot de terre contre le pot de fer...

— En sorte que Mateo?...

— Mateo, en me décrochant, risquait d'enlever le royaume des Deux-Siciles à S. M. Victor-Emmanuel.

13.

— Bah!

— C'est la vérité. Dès que j'eus repris connaissance, je priai le domestique de place, qui
m'était dévoué corps et âme, de me ramener à
Naples par le plus court chemin. Nos costumes
n'avaient rien de compromettant; nous traversâmes aisément la ligne des sentinelles piémon-
taises qui avaient vu mon guide en compagnie
de l'officier français. Arrivés aux portes de la
ville, nous crûmes remarquer un mouvement
insolite qui nous fit penser que l'insurrection
avait éclaté et qu'elle avait été comprimée.
Mateo me proposa de rentrer à Naples par
mer, ce que j'acceptai. Un pêcheur nous offrit
sa barque; nous ne tardâmes pas à rencontrer
dans le golfe d'autres nacelles, armées de falots
et garnies de gens silencieux qui paraissaient
très occupés à pêcher une innocente friture.
Rien ne semblait les passionner davantage en
ce bas monde. Pourtant, à mesure que nous
approchions des pêcheurs, nous les entendions
chuchoter à voix basse un mot que nous ne
comprenions pas. Ils disaient avec un accent de
terreur : *Cicillo... Cicillo...* C'était le diminutif
du nom de François II, et Mateo se demandait
ce que pouvait signifier cet avertissement ami-
cal. Il s'adressa à l'individu qui nous avait loué
le canot; cet homme nous apprit que, dans le

langage du peuple, le mot *Cicillo* servait à indiquer un danger prochain; les pêcheurs nous
recommandaient d'éviter un péril. Mais quel
péril? Nous touchions aux dernières heures du
jour; les lumières tremblotantes de Naples s'al-
lumaient comme à l'ordinaire; le canon ne grondait nulle part, et les flots de la Méditerranée,
éclairés par le soleil couchant, ressemblaient
plus que jamais à des eaux féeriques dont
chaque goutte aurait été capable de faire un
diamant. Nous essayâmes de nous renseigner
d'une manière un peu plus précise; nous dirigeâmes notre embarcation vers un des pêcheurs
qui venaient de répéter le *Cicillo... Cicillo...*
qui nous intriguait. A peine eûmes-nous commencé ce mouvement offensif que notre aver-
tisseur, nous voyant fondre sur lui, s'empressa
de nous céder la place. Il prit ses rames et
s'éloigna de toute la vitesse des avirons, comme
si nous eussions été des pestiférés. — Ah çà!
Mateo, avez-vous le choléra? demandai-je à
mon compagnon. — Pas le moins du monde,
fit-il; mais ces chuchotements extraordinaires,
ces fuites mystérieuses ne me disent rien qui
vaille. — Tant pis, répliquai-je, abordons quand
même; nous n'avons pas assez de provisions
pour rester en mer.

— Colonel! s'écria Della Porta qui admirait

le courage... chez les autres, vous avez l'audace
d'un lion!...

— Et la prudence du serpent, ajouta en riant
M: Mertens.

Il continua :

— Nous nous trouvions à ce moment-là du
côté du Pausilippe. Il nous sembla que des ombres erraient sur le rivage, semblables à celles
que vit Énée sur les bords du Styx. Nous cher-
châmes un lieu de descente plus favorable; mais
à mesure que nous longions la côte, les ombres
nous suivaient. — Décidément, dit Mateo, nous
sommes guettés. — Et peut-être enveloppés,
répondis-je en désignant les falots des barques
qui s'étaient rapprochés de nous. — Que faire?
— Toucher terre tranquillement et ne pas avoir
l'air de nous cacher. — J'allais vous proposer
ce conseil. — Pratiquons-le, alors. — Nous
piquâmes droit sur une petite anse creusée
dans le rocher; nous avions à peine abordé que
nous fûmes entourés par un groupe de soldats
qu'à leur attitude peu martiale et à leur mala-
dresse dans le maniement des armes je reconnus tout de suite pour des gardes nationaux :

— *Ma... ma...* qui êtes-vous? me demanda
celui qui commandait la patrouille. — Mateo
me saisit la main pour m'empêcher de répondre, et prenant la parole : Illustrissime capi-

taine, dit-il, je suis Mateo Tommaso, domestique de place à l'*Hôtel d'Angleterre*. — En effet,
dit un des gardes nationaux, c'est Mateo Tommaso, l'homme le plus muet de la création;
mais il paraît qu'il a repêché sa langue. — Et
cet autre qui est avec lui ? poursuivit le chef de
la patrouille évidemment flatté par la qualification de « grand capitaine » qui lui avait été
adressée. — Prestigieux guerrier, dit Mateo,
c'est mon cousin, un paysan piémontais auquel
je montrais les beautés de Naples. — *Tchiaou!*
ajoutai-je proférant l'exclamation habituelle des
habitants de Turin, pour faire prendre le change
à notre interrogatoire. — Hé! hé! dit celui-ci,
tu as choisi un singulier moment pour emmener
ton cousin se promener sur le golfe, le jour où
Naples a failli tomber entre les mains des Bour-
boniens. — Quoi! fit Mateo, une révolte a
éclaté? — Parfaitement; mais elle est vaincue,
grâce à notre zèle, à notre vaillance... Et tiens,
justement, si tu montes par là, tu vas voir des
prisonniers. — Nous saluâmes l' « illustrissime
capitaine » et nous prîmes la direction qu'il
nous indiquait. Des hommes étaient couchés
pêle-mêle le long du chemin, gardés par des
sentinelles. Je les reconnus presque tous. Je
fus pris de l'envie de me dénoncer moi-même
pour partager leur sort. Mateo, à qui je com-

muniquai cette pensée, me fit comprendre qu'elle
était absurde. En quoi ma mort — une mort
obscure et sans gloire — eût-elle profité à la cause
que je servais?... Je me laissai convaincre. Mais
au moment de quitter ces excellents gardes nationaux qui me laissaient passer avec tant de
complaisance, je formai le dessein de venger
mes amis des souffrances qu'ils allaient endu-
rer. Je m'approchai d'un des militaires qui se
promenaient le fusil sur l'épaule, et modérant le
désir que j'avais de me révolter : — Que fera-t-
on de tous ces prisonniers? demandai-je d'un
ton que je m'efforçais de rendre indifférent. —
Peuh! je ne sais pas, répondit le garde national. Moi, je les laisserais bien tranquilles; ce
sont des compatriotes, des Napolitains comme
moi. Oh! par exemple, savez-vous à qui j'en
veux? — Il me saisit le bras : — J'en veux à ces
étrangers, à ces *forestieri* qui viennent semer la
division parmi nous, et, si j'en tenais un... —
Que feriez-vous? — Si j'en tenais un... je ne le
lâcherais pas. — En même temps il abandon-
nait mon bras après l'avoir secoué violemment.
Ce garde national me parut si bouffon que je
n'éprouvai plus l'envie de lui nuire. Je m'échap-
pai en riant de la méprise du pauvre homme.

— Il ne s'aperçut de rien? demanda René de
Maugis.

— Si fait, il s'aperçut de quelque chose ; mais nous étions déjà loin. Et puis, avant que des gardes nationaux surpris aient couru aux faisceaux, se soient rangés en ligne, aient compris de quoi il s'agit, le temps s'écoule... Nous aurions pu traverser la ville de long en large avant d'être poursuivis sérieusement.

— Grâces soient rendues au ciel de votre évasion, mon cher colonel, reprit René ; mais il me semble que M. Della Porta n'était pas venu ici pour entendre des récits romanesques ; il m'avait parlé d'une consultation théologique sur...

— Sur quoi? demanda Teresina.

— Sur le divorce, Mademoiselle.

— Fi! Domenico, songeriez-vous à divorcer... déjà? dit mademoiselle Baür.

— Oh! oui, soupira le banquier, je voudrais divorcer tout de suite... : voilà mon rêve. Mais je n'aperçois pas l'éminent théologien que m'avait promis M. de Maugis.

— Il travaille dans la chambre voisine, dit Teresina ; nous allons le prier d'entrer.

Elle poussa la porte de la chambre en disant :

— Venez, mon révérend, on a besoin de votre science.

— Ah! par exemple! quelle mauvaise plaisanterie! s'écria Della Porta.

Il venait de reconnaître Dom Luigi, suivi du tremblant Léonardo.

XXI

Léonardo promena sur l'assistance des regards effarés. Dom Luigi, plus calme, huma avec délices une forte prise de tabac de contrebande à la santé de François II. M. de Maugis s'approcha du digne bénéficiaire et s'exprima en ces termes :

— Nous vous avons fait mander, monsieur l'abbé, pour vous soumettre une question de la plus haute importance. Nous avons eu besoin de vos lumières, sachant qu'il n'est point dans toute la province de casuiste plus éclairé que vous.

— Vous me flattez, dit Dom Luigi en s'inclinant avec modestie. A quoi puis-je vous être utile ?

— A ceci : à décider si un homme marié contre sa volonté est un homme marié tout de même ?

— *Distinguo*, objecta Dom Luigi ; l'époux a-t-il protesté au moment de la célébration du mariage ?

— Non.

— S'est-il ouvert de ses sentiments de répulsion au prêtre qui lui conférait le sacrement?

— Non.

— A-t-il refusé l'anneau nuptial quand l'instant est venu d'échanger ce symbole de l'union des âmes ?

— Non.

— Eh bien! alors, comment la nullité du mariage serait-elle prononcée? Ni saint Thomas d'Aquin, ni Sanchez, ni Molina ne se chargeraient de plaider une cause aussi perdue d'avance pour le demandeur. Celui-ci est marié légitimement, selon toutes les règles ; il ne lui reste plus qu'à vivre en paix sur ses lauriers conjugaux : *otium cum dignitate*.

— Monsieur l'abbé, poursuivit René de Maugis, le cas est plus embarrassant que vous ne semblez le croire. C'est vous-même qui avez marié la personne qui vous demande avis.

— Moi?

— Hélas! oui. Reconnaissez-vous M. Della Porta?

René désignait le banquier que Dom Luigi, empêché par sa consultation théologique, n'avait pas remarqué jusque-là.

— Certes, fit le bénéficiaire de San Gennaro, je reconnais parfaitement Monsieur, et...

Dom Luigi fut interrompu par les cris perçants de Léonardo qui, venant, lui aussi, de se rappeler les traits du marié, s'était enfui à l'autre bout de l'appartement en criant à tue-tête :

— Un brigand...! un brigand...! On nous a amené dans une caverne...! Au secours...! au feu...! à l'assassin...!

— Mais veux-tu bien te taire, Léonardo, commanda Dom Luigi qui commençait à se fâcher.

Léonardo hurlait de plus belle :

— Au secours...! un brigand!

On eut toutes les peines du monde à rassurer le pauvre homme. Il persista à se tenir près de la fenêtre, disposé à en enjamber le rebord dès que surviendrait la première alarme sérieuse, et aimant mieux se casser le cou que de retomber entre les mains des miteux et des malandrins.

Dom Luigi reprit :

— Voici bien une des choses les plus étonnantes que j'aie jamais vues; *mirabile visu!* Monsieur, que j'ai pris la peine de marier, en remplissant les formalités voulues, — Monsieur, que j'ai marié moi-même, en personne, — prétend que la cérémonie a péché par quelque endroit?... C'est trop fort! jamais pareil reproche ne me fut adressé dans ma longue carrière !

— Calmez-vous, monsieur l'abbé, dit Teresina, personne ne vous blâme. Vous avez cru bénir deux fiancés qui s'aimaient réciproquement ; vous n'avez pas remarqué de quel appareil militaire leur union était entourée.

— Encore cette histoire ! s'écria Dom Luigi... Léonardo vous l'aura racontée à sa façon. Je ne sais ce qu'il me chante depuis ce temps-là : il ne fait que me parler de forçats, d'incendiaires, de voleurs... Il a la tête pleine de ces gens-là. Heureusement que je n'écoute plus ses rabâchages. Tu bats la campagne, Léonardo ; tu es absolument toqué depuis qu'un prince du sang m'a donné le *Saint-Sébastien* dont j'avais envie.

—Oui, oui, marmotta Léonardo dans son coin, je vous conseille de parler de ce vilain cadeau.

— Et pourquoi n'en parlerais-je pas, s'il te plaît ?

— Oh! si je vous expliquais pourquoi, ce serait recommencer une discussion qui vous ferait tousser toute la nuit. Vous vous gaussez de moi parce que...

— Je ne me gausse point, Léonardo.

— Si ; vous me raillez parce que je vois des brigands partout ; eh bien! tenez, j'en reconnais un en ce moment, et je soutiendrais mon opinion jusque sous la hache du...

— Ne prononcez pas ce mot, il me rappelle de trop méchants souvenirs, interrompit Della Porta.

— Mon vieux Léonardo, tu es fou, mais fou à lier, dit Dom Luigi en respirant une seconde prise. *Me, me adsum qui feci...* C'est moi qui ai célébré le mariage de Monsieur, et Monsieur n'est pas plus brigand que toi et moi, je t'en donne ma parole d'honneur.

— Permettez, fit le banquier.

— Quoi donc ?... une observation ?... demanda Dom Luigi.

— Oui, une observation très importante. Je ne suis pas en effet... ce que vous disiez tout à l'heure; mais je l'ai été , monsieur le curé; hélas ! oui.

Le bénéficiaire de San Gennaro eut un tressautement d'horreur.

— Je l'ai été sans le vouloir et sans qu'il y eût de ma faute, je vous en réponds. On ne suit pas toujours le chemin qu'on a choisi; le monde est plein de gens qui se croyaient poètes et qui finissent dans la peau d'un apothicaire ou d'un huissier. Presque toutes les vocations se trouvent contrariées; la mienne n'était point d'épouser Mariuccia, et vous m'affirmez pourtant que mon mariage est valide.

— Certes, oui... je l'affirme de nouveau, bal-

butia Dom Luigi en s'écartant de son interlocuteur. Mais me voilà dans un embarras abominable, grâce à vos révélations.

Léonardo jubilait :

— Ah! l'on s'imagine que Léonardo divague,
qu'il a des hallucinations, des lubies!... et puis,
un jour, tout se découvre, et Léonardo n'est
plus l'insensé que l'on croyait, il passe pour un
homme perspicace, pour un voyant.

Le sacristain ne tremblait plus : la satisfaction
d'avoir deviné juste l'emportait sur la crainte
du péril. Il ricanait en dessous et regardait Dom
Luigi d'un air goguenard.

— Me voilà dans un embarras mortel, répétait le brave curé. S'adressant à Della Porta :

— Les personnes que j'ai vues autour de vous,
dans l'église, n'appartenaient donc pas à la noblesse?

— Pas précisément.

— Et l'homme qui m'a fait passer un anneau
de zinc avec la devise de la maison de Bourbon?

— Était Fra Giacomo, célèbre bandit, que
l'on a fusillé la semaine dernière.

— *Abyssus abyssum invocat!* soupira Dom
Luigi. Ma première erreur en a appelé une
autre. Mais, j'y pense, mon *Saint-Sébastien*...
mon fameux *Saint-Sébastien* que je croyais tenir
de la munificence royale?...

— A été enlevé par le même Fra Giacomo au chanoine de Portici qui possédait ce chef-d'œuvre, dit René de Maugis.

— En sorte que le *Saint-Sébastien* m'échappe, soupira Dom Luigi; moi qui aimais tant à le contempler. Oh! je suis puni cruellement! quel malheur! Mon Dieu! quel grand malheur!

Dom Luigi se laissa choir sur une chaise et se livra à un accès de désespoir. Mais Della Porta se rapprochant aussitôt :

— Votre *Saint-Sébastien* ne vous sera pas ravi, monsieur le curé; il ne saurait être en de meilleures mains que les vôtres. Il valait quinze cents lires, m'a-t-on dit; je les ai payées pour vous remercier de m'avoir marié, à mon corps défendant, avec une femme que je ne pouvais souffrir.

— Ah! Monsieur, s'écria Dom Luigi au comble de la joie, merci! mille fois merci; vous êtes le plus honnête voleur que je connaisse.

XXII

René de Maugis mit fin à cette scène d'expansion en s'emparant de Della Porta et en l'emmenant dans la chambre voisine. Là, il lui tint à peu près ce langage :

— Vous vous rendez bien compte maintenant, mon cher ami, de l'étendue de votre infortune ; elle est sans remède. L'Église et la loi se prononcent contre vous, contre Valentine et contre moi, qui, je vous le répète, n'aurais pas mieux demandé que de vous appeler du doux nom de frère. Prenons notre parti en braves, Della Porta. Sachons regarder l'adversité et ne pas nous laisser terrasser par elle. Dès à présent, vous le comprenez vous-même, la place de ma sœur n'est plus ici ; un bateau de la compagnie Valéry nous emportera demain vers Marseille.

Domenico écouta en silence ce sage discours. Il ressentait une émotion indescriptible, et le lieutenant, quelque cuirassé qu'il fût contre la sensibilité, parlait d'une voix un peu altérée.

— René, dit le banquier, laissez-moi vous demander une dernière grâce.

— Laquelle?

— Puisque nous ne devons plus nous revoir en ce bas monde; puisque, décidément, tout est rompu entre nous, et cela sans retour, accordez-moi la permission de revoir une dernière fois mademoiselle votre sœur. Elle ne se doutera pas de ma présence; je me trouverai sur le môle, comme par hasard, au moment de votre embarquement, et je resterai perdu dans la foule. N'est-ce pas, René, vous ne me refuserez pas cette consolation?

— Pauvre garçon! dit M. de Maugis. Mais, ajouta-t-il en faisant claquer ses doigts, pourquoi diantre suis-je venu en Italie?

— A demain? fit Della Porta, réitérant sa demande.

— A demain.

Les deux hommes se séparèrent. Le banquier rentra dans sa maison, accablé par tant de coups de la destinée. Il refusa absolument de voir Mariuccia qui, retirée dans ses appartements, lui envoya trois domestiques chargés de négociations diplomatiques. A ces avances conjugales, Della Porta ne répondit que par des imprécations capables de faire trembler la terre; il était, tout à la fois, furieux et désolé.

14

On l'entendit souvent, pendant la soirée, répéter la même phrase : — Cette fois, c'est bien fini... plus d'espoir... plus d'espoir!...

Il ne se coucha pas. Il demeura accoudé sur son balcon de la rue de Tolède, écoutant les bruits de la ville et contemplant la voie lactée, Mars, Saturne, Vénus, qui brillaient d'un éclat incomparable.

— Oh! s'en aller dans quelque étoile! murmurait l'amant éconduit. Se reposer au milieu des splendeurs, des magnificences d'une cour d'astres étincelants!... Pas de Mariuccia làbas!... On épouse qui l'on veut, je suppose, et l'on n'a pas de ces aventures bêtes qui n'arrivent qu'à moi!

L'*Argus*, de la compagnie Valéry, partait au petit jour; ce navire, venant de Constantinople, ne s'arrêtait à Naples que le temps nécessaire pour y prendre des voyageurs.

Au moment où le soleil commençait à dorer le faîte des habitations, Della Porta se dirigea vers le môle, qui, lui, ne sommeille jamais complètement. Il y avait déjà tout un remue-ménage de *facchini*, de matelots, de garçons d'hôtel et de lazzarones. L'aurore se jouait entre les cordages des navires; les fenêtres vertes des maisons donnant sur le port s'ouvraient, livrant passage à des gens qui s'étiraient les bras et qui frottaient leurs yeux alourdis. Déjà les marchands de pâtes avaient installé leurs petites industries ; les vendeurs de *frutti di mare* à Santa Lucia s'égosillaient à offrir leurs huîtres de Tarente, leurs clovisses, leurs moules, leurs oursins, leurs coquillages de toute espèce et de toute grandeur. Une affiche du théâtre del Fondo, annonçait encore la représentation de la veille. Mille rumeurs naissantes s'élevaient et les oiseaux de mer déchiraient joyeusement l'espace avec leurs ailes lourdes qui ont l'habitude de se poser sur les eaux.

Della Porta se dirigea vers l'escale du *steamer;* il n'y trouva point les personnes qu'il y attendait ; mais, en revanche, il y rencontra quelqu'un qu'il n'attendait point ; Mariuccia, qui, elle aussi, avait devancé l'astre du jour.

— Hé bien! dit la sœur de Fra Giacomo, tu es agréablement surpris?

— Surpris, oui, répondit le banquier ; mais surpris agréablement, c'est autre chose. Qu'êtes-vous venue faire ici?

— T'attendre.

— Et de quel droit, s'il vous plaît?

— Du droit que possède toute femme de suivre son mari et de l'empêcher de faire des sottises. Ta, ra, ta, tata, continua la *brigande,* en voyant que Della Porta essayait un geste de ré-

volte; je pense bien que tout ceci cache une
histoire quelconque; je ne suis pas plus niaise
qu'une autre; te sachant triste, inquiet, je t'ai
suivi ce matin, et me voilà.

— Fort bien, dit Domenico, vous avez échappé
à ma surveillance; mais à présent que votre absurde jalousie est tranquillisée, je vous prie de
vous éloigner.

— Avec toi?

— Sans moi.

Mariuccia se mit les poings sur les hanches à
la façon d'une marchande de la halle de Paris.

— Je ne bougerai pas d'ici, fit-elle énergiquement; à la fin, je suis lasse d'être traitée en pa-
ria, entends-tu? Je ne veux plus être séparée
de toi; je ne veux plus vivre à part; j'exige que
tu ne rougisses plus de moi.

— Mariuccia, de grâce, supplia Della Porta
qui venait d'apercevoir la famille de Maugis,
suivie de Mateo Tommaso; ne me faites pas de
scène en ce moment-ci. Plus tard... nous verrons... je m'habituerai peut-être à vous; mais,
pour l'instant, au nom du ciel, laissez-moi tranquille !

Domenico se dirigea vers les personnes qu'il
attendait. Il salua respectueusement Valentine
qui dissimulait sa charmante figure sous un
voile épais. Mateo Tommaso, regrettant proba-

blement le départ de ses maîtres, paraissait
plus sombre et plus muet qu'à l'ordinaire; il
marchait gravement, les regards fixés sur le sol
et se plongeait dans des réflexions qui, à en
juger par les apparences, devaient être d'une
infinie tristesse.

— Sapristi! mon cher ami, dit le lieutenant
en secouant la main de Della Porta, je vais revoir le perron de Tortoni, les Champs-Élysées,
le boulevard de la Madeleine, le théâtre des Variétés, — c'est-à-dire ce que j'aime le plus au
monde (après ma sœur, bien entendu) — et
pourtant je n'éprouve pas la joie du retour autant que j'aurais cru la ressentir. Je m'imagine
que ce diable de pays va me manquer, ainsi que
les incidents prodigieux qui y ont agrémenté
mon existence. Que voulez-vous? J'étais habitué
à vous considérer comme notre parent, et vos
faits et gestes me donnaient joliment de l'occupation. Que vais-je devenir maintenant que les
Kabyles sont pacifiés et que Fra Giacomo a
exhalé sa vilaine âme?... Allons, adieu, Naples;
adieu, mon vieux Vésuve; continue à fumer
comme un cigare d'un sou à moitié éteint. Et
vous, Della Porta, écrivez-moi... quand je serai
de retour en Afrique. Troisième chasseurs...
poste restante... à Mostaganem.

Un canot s'était approché pour prendre les

voyageurs et les conduire en rade à bord de l'*Argus*. Comme l'embarquement offrait quelques difficultés, Domenico s'était hâté d'offrir ses services à Valentine, afin de sentir une dernière fois le bras de la jeune fille s'appuyer sur le sien. Mais, hélas! le banquier avait compté sans Mariuccia qui, irritée de se voir laissée à l'écart, avait fini par perdre patience.

Au moment où Della Porta achevait d'aider mademoiselle de Maugis à s'asseoir dans la barque, Mariuccia apparut.

— Voilà donc, s'écria-t-elle, le secret de la comédie; voilà donc la personne pour laquelle tu me trahissais. Je connais, à présent, le motif de ta haine. Ah! malheureuse que je suis! Mais n'aie pas peur, je me vengerai de toi; je te...

Les spectateurs de cet intermède tragique furent très étonnés de voir Mariuccia rester, bouche béante, au lieu d'achever sa phrase. Mateo Tommaso, sortant de son silence méditatif, avait fait quelques pas en avant, et saisissant la sœur de Frère Jacques par le milieu de la taille, il avait forcé Mariuccia à opérer une conversion violente sans qu'aucun essai de résistance s'opposât à ce pivotement vertigineux.

— Hé bien!... hé bien!... que veut dire ceci? demanda Della Porta intrigué au dernier point par cette brusque intervention de la Providence.

Mais Mateo Tommaso n'écoutait rien. Il pro-
férait entre ses dents des exclamations vagues,
et il poussait Mariuccia devant lui comme un
chien-loup ramène au troupeau un mouton
égaré. La *brigande*, soumise, humiliée, ne soufflait mot et se laissait maltraiter.

— Mais, enfin, Mateo, m'expliquerez-vous...?
dit le banquier en intervenant un peu tard dans
la querelle.

— Vous expliquer...? quoi?

— Ce que vous faites.

— La leçon que je donne à cette impertinente? J'ai le droit de la lui donner.

— Parce que...?

— Hé, mon Dieu! parce que c'est ma femme,
dit tranquillement Mateo en se croisant les
bras.

— Votre... votre femme, balbutia le banquier
suffoqué par l'émotion; Mateo, mon cher ami,
répétez-moi cela. Ah! quel plaisir vous me cau-
sez!... Non, vous ne savez pas, vous ne pouvez
pas savoir la joie que vous me faites... Tenez,
rien que pour cette bonne parole, votre fortune
est assurée désormais... Et depuis quand, mon
ami, Mariuccia est-elle votre femme?

— Depuis dix ans.

— Dix ans...! Mais, par saint Janvier, vous
avez dix fois plus de droits que moi à la con-

server. Moi, je ne suis marié avec elle que depuis trois semaines.

Ce fut au tour de Mateo d'être surpris :

— Elle s'est fait épouser une seconde fois,
Monsieur? Cela ne peut pas compter...

— Je l'espère bien.

— Nous ne sommes pas séparés, Mariuccia
et moi.

— Et maintenant, ce n'est pas moi qui vous
arracherai l'un à l'autre, ajouta Domenico. Votre
épouse vous reste ; vous avez gagné le quine à
la loterie ; quant à moi... je n'y ai pas perdu non
plus.

— Vrai de vrai, dit le domestique de place,
je croyais bien ma femme perdue... Mais c'est
toute une histoire.

En quelques mots il raconta ce qui lui était
advenu. Il s'était marié à Padoue où Fra Giacomo exerçait alors comme on sait, la profession de médecin sans malades. Lui, Mateo, en
compagnie de Mariuccia, il avait essayé d'un
petit commerce d'huiles de Lucques. Malheureusement, les affaires n'allant pas comme sur
des roulettes, l'argent se raréfiant de plus en
plus, le trouble s'était mis dans le ménage. Toujours des disputes, des mots piquants, des es-
carmouches qui devenaient de vraies batailles.
Le médecin donnait raison à sa sœur, qui, de

son côté, paraissait préférer son frère à son mari. Elle se plaignait d'avoir quitté *sa* famille ; elle menaçait Mateo de l'abandonner et finalement elle exécuta ce projet, un beau matin ; elle décampa sans tambour, ni trompette, avec le disciple d'Esculape qui venait d'accepter le commandement d'une troupe de voleurs. Mateo, au fond, aimait sa femme ; il ressentit beaucoup de chagrin de cet abandon, partit pour un voyage au long cours, fit naufrage, passa pour mort, et, par insouciance ou par dédain de la vie, ne protesta pas contre cette fausse version.

Ainsi s'expliquait le second mariage de Mariuccia et la résurrection inopinée du premier mari.

Quand il eut entendu ce récit, débité à la hâte, Della Porta se mit à sauter de joie sur le quai ; les de Maugis, dont la barque avait démarré, le crurent privé de ses facultés mentales.

Cependant le canot se dirigeait à force de rames vers le bateau à vapeur. Le banquier cria aux marins de s'arrêter ; mais, soit qu'ils ne comprissent pas l'interpellation, soit qu'ils fussent déjà en retard pour le départ, ils continuèrent de ramer avec énergie.

Alors, Della Porta organisa un système de signaux ; il télégraphia des bras et des jambes, il attacha à sa canne son mouchoir de poche.

Cette gymnastique extraordinaire finit par émouvoir le lieutenant de chasseurs d'Afrique qui intima aux matelots l'ordre de s'arrêter.

Le bruit des avirons n'empêchant plus d'entendre la voix de Domenico, on perçut clairement ce qu'il disait :

— Revenez... le plus vite possible... il y a du nouveau... je puis épouser... j'épouse !

Le bateau fit volte-face.

Cinq minutes après, Della Porta se précipitait, ivre de joie, aux pieds de Valentine et prévenait toutes les objections par ce seul mot :

— Je ne suis plus marié ; je suis libre.

— Ah bah ! s'écria René de Maugis. Je le disais bien tout à l'heure ; dans cet animal de pays, on n'est jamais sûr de rien. Je ne vous demande pas d'explications, Della Porta ; Naples est la ville des changements à vue. Si vous n'êtes plus marié, nous ferons la noce dans un mois ; avec celle du colonel Mertens, cela fera deux noces. Et ce sera gai, n'est-ce pas ? Quant à moi, je vous en avertis ; je veux danser.

FIN DU DRAME A NAPLES

LA REVANCHE

DU COUSIN

REVANCHE DU COUSIN

I

— Mon cher enfant, me dit ma grand'tante en relevant ses lunettes sur son front par un geste qui lui était familier, tu veux savoir pourquoi j'ai épousé ton oncle Paillet dont les cheveux étaient d'un blond fade et dont la personne, en somme, n'avait rien de fort engageant, si ce n'est un air de bonté qui faisait oublier jusqu'à un certain point les défauts physiques?... C'est toute une histoire que tu me demandes là ; mais enfin, le seul privilège qui reste aux vieilles gens est de raconter le passé... Tu es trop heureux, petit drôle, de n'avoir pas de souvenirs, toi!...

15

Sache d'abord qu'au temps de la première Révolution (dame ! je ne te parle pas d'hier), je n'avais pas les vilaines rides que tu m'as toujours connues et que tu crois sans doute être nées avec moi. Pendant la funeste époque qu'on a appelée depuis la Terreur, j'étais une fillette de quinze à seize ans ; on m'accordait, en général, de la figure et de l'esprit. Te ferai-je mon portrait?... A quoi bon? Quand on écrit des femmes, a dit M. Diderot, il faut tremper sa plume dans l'arc en ciel. Des yeux souriants, une taille fine et légère, des joues roses... Je vois bien que tu me trouves changée ; mais, que veux-tu? j'étais ainsi ; je t'en donne ma parole d'honneur.

On se tromperait, si l'on s'imaginait que, pendant la tourmente politique qui désola la France, la nature s'associa par son deuil aux crimes des humains. Jamais le ciel ne fut plus riant, jamais les prairies ne furent plus embaumées que durant cet affreux printemps de 1794 qui arrosa de tant de sang le germe des moissons futures.

Nous allions souvent, mon père et moi, oublier sur les rivages de la mer les tristes nouvelles qui nous arrivaient de Paris. Chaque jour, c'était un désastre de plus à déplorer : tantôt on avait massacré les pauvres prisonniers ; tantôt on avait jugé et condamné le roi ; la Vendée se soulevait à deux pas de nous, l'étranger foulait le sol de la patrie, les finances glissaient vers la banqueroute. Mon père, qui commençait à être âgé — car j'étais son dernier enfant — se consumait en accès de désespoir : il menaçait d'une main impuissante les vagues lointaines qui se brisaient à l'horizon et sur lesquelles croisaient des navires anglais, dont on distinguait parfois la silhouette dans les rouges incendies du soleil couchant.

Interroge les vieillards de la contrée, interroge-les, mon neveu, et demande-leur s'ils se rappellent mon père, le capitaine Zacharie Ardouin? C'était bien l'honnêteté faite homme ; c'était la probité dans ce qu'elle a de plus délicat, de plus vif et de plus touchant. Non, jamais on ne rencontra de caractère plus droit, de vertu plus éclairée, de cœur moins corrompu. Fils de marin, marin lui-même, mon père ne s'était jamais plaint de la destinée qui lui avait enlevé deux fois de suite une fortune gagnée dans des travaux pénibles et dans des voyages dangereux. Un jour qu'il revenait des Indes, son navire chargé d'ivoire et d'autres matières précieuses, se brisa sur un banc de sable ; la tempête qui grondait eut bientôt déchiqueté la carcasse du vaisseau ; tout fut perdu, hors la vie des matelots, qui parvinrent à se sauver dans des chaloupes. Une autre fois, le bâtiment du capitaine Zacharie fut pris par des corsaires au milieu desquels il était tombé sans défiance, la guerre ayant été déclarée entre l'Angleterre et la France pendant que mon père naviguait aux extrémités du globe. Nous avions supporté ces différents malheurs avec la ferme croyance que Dieu ne nous abandonnerait pas et qu'il était moins nécessaire de tenir un grand état dans le monde que de vivre dans la pratique de la sagesse et du devoir accompli.

Nous n'aimions pas la Révolution; on le savait, mais on n'osait guère nous en faire un reproche. La réputation de notre famille était si bien établie, si considérable dans le pays !... Et puis, qu'avions-nous de commun avec l'ancien régime? N'étions-nous pas des bourgeois, des gens du tiers, comme on disait alors? On nous laissait donc tranquilles et cette tolérance nous avait permis, en diverses circonstances, de rendre service à des proscrits, de favoriser leur fuite, de leur donner quelques secours. Il y allait de notre tête à tous; ton oncle Paillet, qui était fort poltron, tremblait de tous ses membres, chaque fois qu'arrivaient chez nous un prêtre ou un émigré.

— Saperlipopette! disait mon père, si j'étais femme, Paillet ne ferait jamais ma conquête!

Le fait est que sa lâcheté me révoltait et que j'avais honte d'être sa cousine ; juge un peu si je songeais à lui comme mari.

Dans le courant du printemps, nous apprîmes que Dieu, supprimé par un décret, allait être rétabli sous le nom d'Être suprême et que les saints et saintes du paradis allaient être remplacés par la Vérité, la Justice, la Pudeur, l'Amitié, la Frugalité, la Nature et le Genre humain, symboles d'un nouveau culte en l'honneur duquel des fêtes seraient instituées.

— Les misérables! dit le capitaine en lançant un regard qui s'adressait à des Jacobins imaginaires : aussi ridicules que féroces, plus niais encore que cruels! Prends ton chapeau, Fanny, et donne-moi ma canne ; j'ai besoin de respirer au grand air, pour digérer les sottises de ces monstres!

Il n'y avait personne dans les rues de la petite ville que nous habitions alors, sur les côtes de l'Océan... La plupart des gens se tenaient cois au fond de leurs demeures, comme les loups dans les antres des bois ; la vie n'était pas rose sous le paternel gouvernement des assassins du roi Louis XVI. Montrait-on un visage triste ? c'est qu'on voulait alarmer les bons citoyens. Était-on gai ? apparemment qu'on avait reçu de la frontière de mauvaises nouvelles des armées

de la Convention. N'était-on ni gai ni triste ?
C'est qu'on ne s'intéressait pas aux affaires publiques, et, pour passer de la catégorie des tiè-
des dans celle des suspects, il ne fallait qu'un
trait de plume, que la dénonciation d'un envieux
ou le cailletage d'un espion.

Nous nous dirigeâmes sans mot dire vers le
but de nos promenades accoutumées ; un sentier serpentant le long des falaises, ombragé
seulement par quelques tamarins qui balançaient
au vent de maigres rameaux. Derrière ces arbres, dont l'assemblage formait une haie, on
avait planté dans le sable des vignes chétives ;
elles s'étendaient, en projetant leurs sarments
souillés de boue, jusqu'au pied d'une balise,
sorte de mur mi-partie noir et blanc, comme le
maillot d'un page, — destiné à indiquer aux
pilotes les endroits périlleux.

Quand mon père fut en pleine campagne, il
crut pouvoir donner carrière à sa méchante humeur et le voilà maugréant, jurant, invectivant,
sacrant, en vrai marin qu'il était, sans se préoc-
cuper de la présence d'une demoiselle, habituée
d'ailleurs à ces écarts d'éloquence.

— Pas de noms propres, je vous en supplie,
me hasardai-je à dire entre deux phrases émail-
lées de personnalités ; par le temps qui court,
les solitudes sont peuplées d'échos compromet-

tants et les rochers eux-mêmes, malgré leur réputation de surdité, ont des oreilles où le moindre son s'engouffre.

— Tu as raison, Fanny, me répondit le capitaine, dorénavant je me tairai sur le compte de
ces coquins. Et que dire, en effet, de cet abominable Saint-Just, qui prend des bains de sang,
à ce qu'on assure, et qui a des mœurs d'anthro-
pophage ; à quoi bon parler de ce scélérat de
Fouquier-Tinville qui a osé accuser la reine...?

— De grâce, mon père !

— C'est cela : retiens-moi, mets-moi un bâillon sur la bouche ; je l'ai mérité. Vois-tu, plus
j'y songe, moins je puis m'empêcher d'étrangler
en imagination le sieur Couthon, le sieur Lebas,
le sieur Carrier et toute leur indigne séquelle ;
moins je puis...

— Allons, allons ! vous retombez dans votre
péché. Qui sait si, derrière ces arbres, un émis-
saire des gens que vous détestez ne recueille
pas le bruit de vos paroles ? De la prudence, encore une fois ! Faut-il que ce soit votre petite
Fanny qui vous rappelle combien il est utile de
dissimuler ce qu'on pense et de régler l'impé-
tuosité de ses mouvements ?

Au moment même où je parlais et, comme
pour donner à mes avis un commentaire animé,
nous vîmes une masse grise se remuer dans le

fossé qui longeait la plantation des tamarins.
C'était un homme, d'un aspect misérable, couvert de vêtements déguenillés, haut de taille, et
qui aurait eu l'air avantageux si sa barbe longue,
ses yeux hagards, la crispation de son visage
n'avaient altéré ses traits :

— Qui que vous soyez, s'écria-t-il en s'avançant vers nous et en nous tendant ses deux bras
décharnés comme ceux d'un spectre, ayez pitié
d'un malheureux qui se livre à vous sans défense et dont vous tenez le sort entre vos mains !

J'avais jeté un faible cri devant cette appari-
tion inattendue et je m'étais serrée contre mon
compagnon, comme l'oiseau surpris par une
bouffée d'orage se pelotonne au fond du nid :

— Oh ! n'ayez pas peur, Mademoiselle, ajouta
l'inconnu en souriant amèrement ; c'est à mes
jours qu'on en veut et non aux vôtres.

— Vous êtes hors la loi ? demanda mon
père.

— Oui, citoyen ; je me nomme Despreuil ; je
suis parent d'un député girondin, voilà mon
crime.

Il raconta alors qu'il était armateur à Bordeaux, qu'il avait logé dans sa maison de campagne des environs de Saint-Emilion les repré-
sentants proscrits. Ils étaient partis pour se
rendre chez le perruquier Troquart et chez la

belle-sœur de Guadet, madame Bouquey. L'acte
d'humanité de M. Despreuil avait été dénoncé
au comité de salut public siégeant dans le département de la Gironde; on avait envoyé des
fanatiques pour s'emparer de l'homme bienfai-
sant qui avait risqué sa vie pour protéger celle de
ses semblables. Averti à temps, il était parvenu
à s'enfuir; à travers mille périls, il était arrivé
sur cette côte inhospitalière, ne voyageant que
la nuit, se nourrissant de fruits sauvages et du
pain qu'il dérobait dans les fermes à la pâtée
des animaux :

— Ainsi, ajouta M. Despreuil en finissant, je
traîne les restes d'une existence si misérable
qu'elle ne vaut pas la peine d'être disputée plus
longtemps au bourreau. Livrez-moi ou sauvez-
moi ; tout sera préférable aux souffrances que
j'endure !

— Malheureux ! répondit mon père, vous
parlez à des gens qui ont commis les mêmes
fautes que vous et qui n'ont sur vous que l'a-
vantage de n'avoir pas été surpris... Rassurez-
vous donc ; je vous rendrai l'asile que vous avez
prêté aux Girondins menacés de mort, bien que
ce ne soient point mes hommes... Votre présence avec nous serait remarquée : il faut vous
cacher de nouveau... A la tombée du soir, mon
fidèle Guérin viendra vous apporter des vête-

15.

ments, des vivres et vous conduira sous notre
toit par des chemins sûrs.

— Ah ! Monsieur, que de reconnaissance, s'é-
cria M. Despreuil les larmes aux yeux et en
voulant se précipiter aux genoux du capitaine.

— Laissez ! laissez ! dit celui-ci, je ne fais que
mon devoir, je n'ai pas besoin qu'on me remercie.

— Mais comment, reprit l'étranger, m'acquit-
terai-je jamais envers vous ? Comment vous
exprimerai-je toute ma gratitude ?

— Comment ? dit le capitaine... En me prêtant votre briquet pour allumer ma pipe, car je
m'aperçois, saperlipopette, que j'ai oublié le
mien !

Guérin, ancien matelot, qui s'était embarqué
jadis avec mon père et qui ne l'avait jamais
quitté, remplissait à la maison des fonctions qui
tenaient le milieu entre celles de valet de chambre et de jardinier. Il conduisait une carriole
comme un vrai maquignon, il clouait des ri-
deaux comme un tapissier, il servait à table, il
plantait des laitues, il veillait à la lingerie, il
mettait le vin en bouteille : bref, c'était un garçon précieux. En deux mots, il fut au courant de
notre aventure ; nous le chargeâmes de veiller
à la sûreté de M. Despreuil et il ne tarda pas à
nous le ramener sain et sauf.

Qui fut penaud ?... Ce fut le cousin Paillet qui
recommença à trembler de tous ses membres
quand il vit un étranger de plus dans notre intérieur et une charge à ajouter à notre dossier :

— Tout cela finira mal, s'écriait-il en poussant
des gémissements à fendre l'âme... Je suis dé-
voré d'un souci profond ; j'ai déjà froid, comme

si j'étais collé à la planchette de l'exécuteur.

— Taisez-vous donc, Paillet, lui disaient mes
sœurs ; vous nous ferez découvrir avec tous vos
frissons de poule mouillée !

— Bon ! bon ! reprenait-il. Qui vivra verra !
Quand il sera trop tard, vous conviendrez que
mes avis étaient sages !

Au bout de quelques jours, M. Despreuil, rasé
de frais par Guérin qui s'entendait aussi au
métier de barbier, habillé avec la défroque de
mon frère, avait l'aspect d'une personne de son
état, c'est-à-dire d'un gentilhomme accompli.
Ses manières étaient distinguées, sa physionomie ouverte, son esprit cultivé ; il conversait à
ravir et avait un tour de tête très original. A
l'âge où j'étais, on s'aperçoit vite de ces choses-
là et même on ne tarde pas à les apprécier un
peu plus qu'elles ne le méritent. L'intérêt qui
s'attachait à la situation de M. Despreuil augmentait la sympathie que je ressentais pour ses
bonnes grâces ; lui, de son côté, paraissait me
prêter une attention fort vive. Il me rendait ces
mille petits services auxquels se reconnaissent
deux cœurs épris l'un de l'autre. Un objet m'é-
chappait-il de la main ! il se précipitait pour le
ramasser et me le rendait avec toutes sortes de
flatteries ou bien avec une timidité qui me plaisait encore plus que les compliments. Il trouvait

toujours le moyen d'être à côté de moi, de m'offrir son bras sans ostentation, de me glisser
une parole, qui, tout insignifiante qu'elle fût,
éveillait en moi une foule de sentiments, comme
l'aurore qui pénètre dans une forêt fait gazouil-
ler les merles, les alouettes, les passereaux endormis sous les branches.

Je ne songeais pas qu'un si agréable commerce pût être interrompu de sitôt ; mais mon
père, qui ne pensait plus aux amourettes, lui,
et qui s'occupait de favoriser l'évasion de son
proscrit, nous arriva, un beau matin, la figure
plus gaie que de coutume ; je vis bien qu'il avait
du nouveau à nous annoncer :

— Guérin, dit-il, allez avertir M. Despreuil
que j'ai à causer avec lui... — Il ajouta en se tournant vers nous : — Mes enfants, je crois que,
cette nuit même, notre ami cinglera vers l'Angleterre.

— Tant mieux ! dit le cousin Paillet.

Pour exprimer son opinion d'une façon aussi
brutale, le cousin avait deux excellentes raisons;
la première, c'est qu'il était soulagé d'un grand
poids par le départ d'un hôte compromettant ;
la seconde, c'est qu'il avait lui-même des vues
sur moi et qu'il s'était aperçu, avec la clair-
voyance des rivaux éconduits, de la concurrence
qui lui était faite. Je n'avais pas les mêmes mo-

tifs que lui pour désirer la fuite de M. Despreuil ; aussi quand j'eus appris qu'il était sur
le point de nous quitter, ma tête tourna, je me
sentir défaillir et m'appuyai contre une chaise
pour ne point tomber :

— Eh bien... eh bien, qu'as-tu donc, sœu-
rette ? me demanda mon aînée en voyant que je
chancelais.

Je trouvai assez de courage pour inventer une
fable à laquelle tout le monde crut, excepté le
cousin Paillet qui se mit à ricaner en dessous.
Oh ! comme je le détestais à ce moment-là... Et
puis, ce monstre n'eut-il pas la cruauté d'appuyer
sur ma blessure, d'envenimer mon mal !... Les
prétendants rebutés ne savent qu'imaginer pour
se faire haïr davantage.

— Comment partira M. Despreuil ? demanda
le cousin Paillet, en marquant qu'il attendait la
réponse avec impatience.

— Tout simplement, répondit le capitaine. Je
me suis abouché avec un pilote qui passe pour
avoir des intelligences avec les Anglais et qui
attendra M. Despreuil, ce soir, sur la côte dé-
serte de Bonance où notre homme se rendra accompagné de Guérin ; un canot sera mis à la
mer, le pilote accostera la corvette *The Vigilant*, qui est, dit-on, dans ces parages, et vogue
la galère !

— Vogue la galère ! répéta le cousin Paillet qui lança son chapeau en l'air.

La journée s'écoula en préparatifs ; mon père remit au pilote la somme convenue, força M. Despreuil à accepter quelque argent dont celui-ci était complètement dépourvu ; à la nuit tombante, les chevaux furent sellés et commencèrent à piaffer dans la cour. Je me rappelle cette soirée comme si j'y étais encore :

— Il est temps de descendre ! cria le capitaine à Guérin qui s'occupait de rassembler des nippes dans un panier.

— Nous voici, nous voici, répondit M. Despreuil.

En ce moment, je crus rêver ; j'aperçus, se détachant sur l'ombre du corridor, une figure étrangère, la plus désagréable qui se pût voir en un pareil lieu et dans de pareilles circonstances. Cette figure appartenait au sieur Agricola Brutus Laroche, *poulieur* de son état, — c'est-à-dire, fabricant de poulies pour les cordages des navires, — et surtout jacobin de profession, accusateur des ci-devants, délégué à leur poursuite et s'acquittant de cette fonction avec la férocité du furet entré dans le terrier d'un lapin. Comment cet espion redoutable avait-il pénétré chez nous ?... Je ne tardai pas à l'apprendre :

— Citoyenne, me dit-il, ta maison est bien

fermée et si l'on ne voyait des lumières aller et
venir aux vitres des fenêtres, on jurerait qu'elle
est inhabitée pour tout de bon. J'ai eu beau frapper à la porte principale, personne n'est venu
m'ouvrir : j'ai donc été réduit à pénétrer par
l'impasse où les serrures sont moins solides ;
justement en voici une... je n'ai eu qu'à souffler
dessus.

Pendant qu'il parlait ainsi il me montrait un
loqueteau qui n'avait pas dû en effet offrir
grande résistance. J'étais à moitié folle de terreur : évidemment Agricola s'était douté de
quelque chose, et, pour s'assurer du délit, il
avait employé les procédés les moins délicats.
Notre sort dépendait de l'assurance que je
montrerais ; cette pensée ayant traversé mon
cerveau comme un éclair, suffit à me redonner
ma présence d'esprit.

— Que signifie tout ce remue-ménage ? demanda Agricola en promenant son regard lou-
che sur les objets environnants.

— Chut ! lui dis-je ; parlez plus bas ; nous fêtons notre père et, vous savez... dans les familles... c'est un grand secret.

— Vous lui souhaitez sa fête ?... quelle fête ?
As-tu oublié, citoyenne, que la République une
et indivisible a supprimé le calendrier ?

C'était, ma foi ! vrai... Je ne m'en étais plus

souvenue. Quelles conséquences pouvait avoir ma légèreté !

L'espion continuait entre ses dents :

— Pouah !... cela sent la réaction à plein nez ici. Qu'est-ce que tu me chantes donc, petite ! ton père s'appelle Zacharie... ; il n'y a jamais eu de saint Zacharie ; tu te moques de moi.

— Aussi, répliquai-je, n'est-ce point le patron du capitaine que nous fêtons mais bien l'anniversaire de sa naissance... à la mode anglaise,

— Ah ! alors c'est différent, dit Agricola instantanément radouci, tant ma raison était bonne; on est obligé *de naître* sous tous les régimes et la République n'a pas encore inventé un moyen de nous faire entrer dans le monde d'une autre façon.

Je triomphais ; je me félicitais même de ma hardiesse, lorsque mon père survint ; sa présence faillit jeter à bas un échafaudage si péniblement élevé :

— Eh bien ! capitaine, dit notre visiteur, tu te fais donc cajoler par tes enfants... tu leur permets de te rappeler ton âge ; je n'ai pas beaucoup de plaisir, moi, à me ressouvenir du mien.

Chacun de ces mots était incompréhensible pour le nouveau venu, qui, stupéfait et terrifié par la présence du *poulieur,* restait immobile, m'interrogeant des yeux. J'étais moi-même

dans un trouble d'idées qui ne se peut conce-
voir ; enfin, reprenant toute mon énergie :

— C'est mal à vous de nous trahir, dis-je à
Agricola ; je vous avais mis de moitié dans le
mystère et voilà que vous divulguez tout... : mon
père ignorait nos préparatifs ; il avait parfaitement oublié que sa soixante-cinquième année
sonnait aujourd'hui et que nous nous disposions
à célébrer cette date...... Ah ! tenez, vous êtes
un méchant.

Le capitaine, cette fois, comprit ce que je
voulais lui faire entendre ; Agricola montra une
physionomie si pure, si candide, si satisfaite,
que je le crus édifié sur l'innocence de nos actions. Nous avions fait quelques pas jusqu'à
l'entrée de la salle à manger ; sur la table fumait
une large soupière ; car, dans l'instant où nous
avions été si fâcheusement interrompus, nous
attendions M. Despreuil pour faire notre dernier
repas avec lui :

— Cette soupe a un fumet !... dit Agricola
qui ouvrit au vent ses narines d'animal féroce.
Parbleu ! capitaine, puisqu'on te fête, tu per-
mettras bien que je m'associe à cette petite ré-
jouissance en ma qualité de voisin... ; je compte,
moi aussi, te faire mon cadeau... au dessert.

Parlait-il sérieusement ? Ne risquait-il pas,
au contraire, quelque abominable plaisanterie ?

Voilà ce qu'il était impossible de démêler au juste, le *poulieur* ayant l'habitude de toujours parler en goguenardant. Quand nous fûmes à table :

— Sais-tu bien, dit le jacobin à mon père, que tu n'as pas la renommée d'un bon patriote? Tu ne parais jamais à nos réjouissances publiques ; on fait un train d'enfer dans ton logis, comme si l'on y conspirait contre la sûreté de l'État ; tu es sombre, taciturne. Il n'en faut pas davantage pour apprêter au caquet des voisins.

— Que mes voisins jasent sur mon compte, peu importe, répondit le capitaine ; j'ai appris à n'obéir qu'à ma conscience et, lorsqu'elle est en repos, je suis aussi tranquille qu'une mouette sur le sommet des vagues... Nous vivons à une époque, Agricola, où tant de sang a été versé que les ruisseaux ont la couleur de la pourpre, et qu'ils rendent les prairies qu'ils baignent aussi rouges qu'eux. C'était nécessaire, me diras-tu? Peut-être, mais j'aime mieux les ruisseaux clairs et les herbes vertes.

— Tu es un tiède, Zacharie, cela te portera malheur.

— Crois-tu ?

— J'en suis sûr, nous touchons à une ère de bonheur universel, où les vieux préjugés, foulés aux pieds, n'oseront plus se redresser, où l'humanité, débarrassée des rois et des prêtres, vivra libre, dans le pays de Cocagne des contes de fées ; nos petits-neveux ne se souviendront plus de la rigueur déployée, et ils jouiront du bienfait accompli. Ils nous béniront, nous qui sommes les défenseurs des droits de l'homme, tandis qu'ils maudiront ton modérantisme, dont je suis obligé de prendre note, à mon grand regret... Tu devrais retenir ta langue.

Cet avertissement, comme bien on pense, jeta un froid parmi nous ; on aurait entendu une mouche voler. Pour ajouter à notre trouble, M. Despreuil, qui ignorait ce qui se passait au rez-de-chaussée, se mit à marcher dans la chambre située au-dessus de nos têtes et ses bottes neuves craquèrent sur le plancher. Agricola prêta l'oreille.

— Vous avez du monde là-haut ? fit-il en reprenant sa physionomie sévère.

— Oui... Non..., balbutia le capitaine qui avait perdu son calme et qui craignait que M. Despreuil n'eût pas été averti du danger.

Par une fatalité extraordinaire, personne n'avait pu se charger de la commission ; mes frères et sœurs, qui nous avaient rejoints, n'osaient sortir de la salle à manger, de peur d'éveiller les soupçons de l'espion, qui nous considérait les uns après les autres, et à qui pas un de nos mouvements n'échappait... M. Despreuil achevait de boucler une petite valise ; il toussait de temps en temps, il pouvait élever la voix ; s'il disait un seul mot, nous étions perdus...

— Vous avez quelqu'un chez vous ? reprit Agricola.

Il promena ses regards à la ronde :

— Parbleu ! j'y suis, continua-t-il ; nous voici tous réunis ; il y avait un couvert de trop et c'est moi qui occupe la place de votre convive.

Le coquin avait deviné juste. Nous nous regardions aussi pâles que des fantômes. Les dents du cousin Paillet claquaient, de grosses gouttes de sueur perlaient à son front ; moi seule ne désespérai pas.

— Pour un sans-culotte, Agricola, vous n'êtes pas fin, dis-je ; comment n'avez-vous pas deviné que depuis que l'égalité régnait en France, nous soupions avec nos domestiques ? De quel droit seraient-ils à la cuisine pendant que nous prendrions nos repas ici ? Voilà tout à l'heure cinq ans que mon père a dit à Guérin : « Guérin, dorénavant tu te mettras à table avec nous ; je ne veux pas être le complice d'un injuste hasard qui t'a relégué dans une condition inférieure à la mienne. » Et c'est ainsi, citoyen Agricola, que vous occupez la place de notre vieux serviteur; mais nous nous serrerons un peu, je vais aller chercher un autre couvert.

A mesure que je débitais ce mensonge, tout d'une haleine, je dardais sur l'affreux jacobin le feu de mes prunelles, lequel feu était si violent, si persuasif, que le misérable se sentit remué dans la moelle des os. Profitant de l'ébahissement dans lequel ma famille était plongée, je décochai une tape amicale sur l'épaule du *poulieur* et, pendant qu'il se renversait sur sa chaise avec fatuité, je m'élançai au dehors en criant à tue-tête :

— Guérin, Guérin, avez-vous fini votre tapage là-haut? On n'attend plus que vous pour dîner...

Malgré ma feinte insouciance, j'étais plus morte que vive. Au bas de l'escalier je rencontrai le matelot et M. Despreuil, auxquels je fis signe de se taire en mettant un doigt sur ma bouche.

— Partez! balbutiai-je tout bas, au nom du ciel partez vite... Ne me demandez pas d'explication... Il le faut... Adieu...

— Adieu, répéta M. Despreuil qui prit ma main froide comme du marbre.

Quelques instants après, les chevaux, sellés dans la cour, partirent au galop.

Agricola sauta sur son siège à ce bruit dénonciateur; il comprit qu'il avait été joué, et brisant son verre sur le pavé, il proféra de terribles jurons.

— Ah! c'est ainsi, s'écria-t-il; ah! votre maison est un repaire de ci-devants et de défroqués! je te dénoncerai, capitaine, puisque tu te moques de moi... Attends, attends, ton fugitif n'ira pas loin, je le ferai arrêter au premier relais.

— Tu ne feras plus arrêter personne, Agricola, dit mon père d'un ton solennel, car tu vas mourir.

Il avait décroché son fusil de chasse et il tenait en joue le drôle stupéfait. Si je n'avais pas su que les gens cruels étaient ordinairement lâches, je l'aurais appris en ce moment. Réduit au silence par l'énergique attitude de son agresseur, Agricola, aussi effrayé que le cousin Paillet, s'accroupit contre la muraille; il me rappela certains insectes des champs qui se mettent en boule quand on veut les écraser.

— Grâce, grâce! balbutiait-il en se cachant le visage, comme si cette action avait dû le préserver de l'atteinte des balles.

Il avait changé du tout au tout; d'arrogant il était devenu humble, d'impérieux, suppliant. Sa poitrine, resserrée par la peur, laissait échapper un sifflement pénible; il nous fit pitié.

Mon père releva son fusil, et s'adressant à mes frères :

— Nous le tuerons plus tard', s'il bouge, leur dit-il; en attendant que nous ayons décidé de son sort, enfermons-le.

La porte de la cave était ouverte, on poussa Agricola, qui descendit quelques marches en trébuchant et on ferma le verrou.

— Maintenant, reprit mon père après un moment de silence, nous voici fort compromis, et je vous avoue, mes enfants, que je ne me suis jamais trouvé dans une position aussi délicate. Que ferons-nous de ce gueux? Le laisserons-nous pourrir dans son cachot? C'est tout ce qu'il mérite; mais je ne puis m'y résoudre, j'ai horreur des moyens extrêmes. Le délivrerons-nous? A peine sera-t-il sorti d'ici qu'il courra nous dénoncer à ses complices; notre indulgence serait de la faiblesse et pis encore. Le garderons-nous en prison jusqu'à la fin de la tourmente révolutionnaire? On le cherchera sans nul doute, on fera des perquisitions à domicile, nous serons bien vite découverts. Je vois des impossibilités à chaque parti qui se présente, je ne sais auquel m'arrêter, et cependant le temps presse... Conseillez-moi, rassurez-moi.

Nous passâmes la nuit à délibérer sur la meilleure résolution à prendre, mais nos plans ne tenaient guère devant les objections qu'ils soulevaient. La seule chose sur laquelle nous

tombâmes d'accord, c'est que l'avenir était gros
de nuages ; quant au cousin Paillet, il ne parlait
que de s'en aller au plus vite et il nous invitait
à l'imiter. Cet avis ne manquait pas de sagesse ;
malheureusement sept ou huit personnes ne
s'en vont pas en troupe sans éveiller l'attention
publique. Il fut convenu que mon père et mes
sœurs nous précéderaient, et que moi j'atten-
drais avec mes frères les premiers éclats de la
tempête, si la tempête éclatait.

Nous en étions là de nos projets lorsque l'aurore se mit à poindre, aussi belle, aussi claire
que si elle n'avait pas lui sur des événements
tragiques et sur des cœurs angoissés. Nous essayâmes de dormir sur des fauteuils, mais il
nous fut impossible d'y réussir. Nos songes
étaient entrecoupés de cauchemars et nous nous
réveillions en sursaut, comme si nous tombions
dans quelque gouffre imaginaire.

Moi, en particulier, je rêvais que j'étais par-
quée avec des femmes en pleurs et des vieillards, dans une longue galerie sombre, au bout
de laquelle un geôlier faisait l'appel des condamnés ; j'entendais contre le pavé le choc des
roues de la charrette fatale... Puis ce bruit de
roues se confondait avec un autre bruit ; je
m'éveillai... Quelqu'un frappait aux volets.

— Ouvrirons-nous ? demanda mon frère.

16

Après consultation, il alla ouvrir lui-même. Un flot de lumière radieuse pénétra dans l'appartement ; le soleil en fête éclairait les rues de la ville encombrées de passants, les oiseaux chantaient sur les toits comme s'ils s'associaient à quelque joie universelle, des banderolles flottaient partout ; des hymnes d'allégresse frappaient l'écho naguère silencieux, et Guérin, car c'était lui, nous criait :

— Réjouissez-vous ! La France est délivrée ; Robespierre est mort sur l'échafaud !

On venait d'apprendre les événements du 9 thermidor.

III

Dix ans s'étaient écoulés.

Je n'étais point mariée en 1804. J'avais refusé les partis les plus sortables, les offres les plus avantageuses. Hélas ! mon cœur soupirait encore pour ce bel émigré qui m'apparaissait dans une auréole lointaine et au salut duquel je me vantais bien d'avoir contribué un peu. M'avait-il oubliée ?... Nous n'avions plus reçu de ses nouvelles ; sans doute, il était mort sur la terre étrangère, et mon cousin Paillet, qui continuait à brûler d'une flamme discrète, espérait quelquefois que je me déciderais enfin à prendre du goût pour lui.

Il ne cessait de m'insinuer des choses désespérantes, de me citer des paroles qui avaient trait à ma situation d'esprit.

— Quand on est parti, c'est pour longtemps, disait-il en hochant du nez !... Ah ! la reconnaissance est un lourd fardeau !... On ne peut pas tout réunir : les agréments physiques et les qualités morales... Avoir les uns et les autres, c'est le diable à confesser !

Plus mon cousin s'efforçait de perdre M. Despreuil dans mon estime, plus je défendais celui-ci contre des suppositions que je déclarais absurdes ; la nature humaine est ainsi faite qu'elle prend le contrepied des idées qu'on lui impose de vive force. Paillet ne gagnait pas de terrain dans mon affection ; bien au contraire, je ne faisais presque plus attention à ses hypothèses saugrenues, à ses suggestions maladroites.

Qu'était devenu Agricola depuis l'instant où nous l'avions enfermé dans notre cave ?... Naturellement nous l'avions délivré aussitôt et remis au grand air, puisque les menaces de ce drôle ne pouvaient plus nous émouvoir. Comme sa conduite avait été odieuse, les habitants du pays lui avaient fait passer un mauvais quart d'heure, pour se venger de l'oppression où il avait tenu tout le monde. On lui avait distribué quelques horions dont il ne s'était vanté à personne ; puis, les événements se précipitant, on avait fini par le laisser tranquille et par ne plus trop se rappeler ses méfaits.

Jusque-là, Agricola avait imaginé de vivre dans un dénûment proche de l'indigence... Mais quand il vit que l'éponge était passée sur les histoires d'autrefois, il fit bien voir que lui aussi

avait amassé un petit pécule pendant que ses
amis étaient au pouvoir. Ayant abandonné son
état de *poulieur*, il acheta aux Salomon, nos
voisins, leur maison et leur jardin, tout à côté
des nôtres. Il fit démolir la vieille baraque puis
il la rebâtit plus large et plus commode ; son
enclos lui paraissant trop petit, il résolut de l'a-
grandir et il bâtit un mur mitoyen qui empiétait
notablement sur nos propriétés. Mon père se
fâcha tout rouge, ordonna aux ouvriers de cesser leur travail ; ils ne tinrent nul compte de
ses observations. Un matin qu'ils continuaient
leur besogne, ils furent interpellés par le capitaine ; et comme ils ne voulaient pas se mettre
à dos un personnage aussi influent que lui, ils
allaient se retirer, lorsque l'ancien *poulieur* se
montra :

— Que signifie ce tapage? demanda-t-il en
voyant Zacharie Ardouin.

Mon père, malgré son âge, n'avait pas appris,
dans sa longue vie, à être patient :

— Tu demandes ce que cela signifie, citoyen
Agricola, dit-il, bouillant de colère : cela signifie
que tu es un malhonnête homme et que tu
prends le bien d'autrui... Oh! tu n'es pas difficile ! pourvu que tu remplisses tes poches, tu
t'inquiètes peu de la manière dont elles ont été
garnies... ; tu devrais te souvenir pourtant de

16.

la triste figure que tu as faite, un certain soir,
au bout de mon fusil !

Je ne sais quelle insolence répondit l'autre.
Mon père était exaspéré ; il lança sa canne à
pomme d'or sur le malandrin, qui était de l'autre
côté de la bâtisse. Agricola fut atteint en plein
front ; comme l'écorchure saignait un peu, il
s'écria :

— C'est bien, voisin ; vous me rendrez raison
de cette insulte. Mes amis, ajouta-t-il en se
tournant vers les ouvriers, soyez témoins de
l'outrage que j'ai reçu : vous le certifierez en
justice.

Un peu stupéfait, le capitaine rentra chez lui,
regrettant de s'être échappé en discours com-
promettants et d'avoir blessé un de ses semblables. Nous lui demandâmes ce qui était
arrivé ; quand le récit en fut fini, nous vîmes
bien que toutes ces choses nous attireraient du
désagrément et nous résolûmes de demander
conseil à un ancien procureur de nos amis, très
savant en jurisprudence.

— Votre affaire est assez grave, nous dit-il ;
elle sera plaidée pour la forme et on vous con-
damnera sans aucun doute... Le mieux serait
d'aller au-devant du coup... Puisque vous serez
cités au tribunal de Bordeaux, n'avez-vous point
dans cette ville quelqu'un qui parlerait en votre

faveur?.. Hé mais ! j'y songe ! L'empereur
Napoléon a comblé de distinctions un homme
que vous avez secouru autrefois, M. Despreuil.
Non seulement il a repris à Bordeaux son commerce d'armateur, mais encore il occupe là-bas
des fonctions importantes; allez le voir, parlez-
lui, expliquez-lui ce qui vous chagrine. Il vous
a trop d'obligations pour ne pas s'employer à
vous tirer d'embarras. Ce lui sera un prétexte
honnête de vous payer une partie de sa dette.

Qu'entendais-je là?... M. Despreuil si près de
nous!... au comble de la fortune!... Et il ne
nous avait rien mandé?... Il ne nous avait pas
fait savoir qu'il était vivant, honoré des grâces
du souverain, plus riche et plus puissant que
jamais!... Ah! tous mes rêves s'évanouissaient!
Je commençais à croire que le scepticisme du
cousin Paillet était plus raisonnable que ma foi
généreuse... D'un autre côté je ne désespérais
pas encore; je me figurais que M. Despreuil
nous avait écrit, que ses lettres s'étaient éga-
rées... Comme il était de mon intérêt de douter,
je doutais que nous eussions affaire à un
ingrat!...

— Mes enfants, nous dit mon père, demain
j'irai à Bordeaux; Fanny, tu seras du voyage;
et toi aussi, Paillet, pour t'accoutumer au mal
de mer.

Le lendemain matin, en effet, nous étions installés dans une gabare, et en train de remonter, avec la marée, le cours de la Gironde. Heureux de se sentir sur son élément, comme un cavalier qui retrouve le dos de sa bête, le capitaine Zacharie semblait rajeuni de vingt ans. Il se promenait sur le pont du navire, allègre et dispos, causant avec les gens du bord, prêtant la main à la manœuvre, interrogeant le ciel, et sifflant pour faire venir la brise : ce qui est un préjugé, car jamais une chanson quelconque n'a eu d'influence sur les variations de l'atmosphère.

Couchée pendant ce temps sur des sacs de farine dont la gabare était chargée, je m'abandonnais au mouvement du flot; je songeais à tout ce qui s'était passé jadis, et, quand certains incidents se représentaient à ma mémoire, mon pauvre cœur était bouleversé de fond en comble. Je n'entrerai pas dans le secret de mes appréhensions : comment nous accueillerait-il? ne me trouverait-il pas changée? daignerait-il seulement nous recevoir? Que la traversée me semblait longue... et courte à la fois! Rien n'égalait mon impatience d'arriver, si ce n'est mon désir de rester en route; j'aspirais au moment de le revoir et je redoutais sa présence!... Bizarres contradictions de la nature! qui n'a éprouvé ces sentiments opposés dans la même minute, dans la même seconde, dans le même éclair?

Autour de nous, se déroulaient des paysages devenus indifférents à mes yeux : le Médoc aux plages de sable, enfouissant sa pointe dans les vagues vertes de l'Océan ; les rochers de Vallière et de Talmont, découpés en silhouettes pittoresques ; la haute pente de Mortagne, descendant à pic, sillonnée par une route crayeuse qui tourne autour des moulins ; les forêts de pins, aux enivrantes senteurs ; les signaux plantés sur la dune pour indiquer le danger aux vaisseaux... Je ne regardais rien, je ne voulais rien voir : mon âme était remplie de réflexions amères et le trouble de mes pensées se trahissait à l'inquiétude répandue sur mon visage, au désordre de mon maintien.

La nuit tomba.

Je ne fermai pas l'œil. L'aurais-je pu avec le cousin Paillet qui, logé à la belle étoile, sur le pont, ronflait à ébranler les sabords?

Au petit jour, nous entrâmes dans l'arc de cercle formé par le port de Bordeaux. L'aspect de cette magnifique rade me ranima, en me causant quelque distraction. Nous descendîmes dans une petite auberge du quartier de la Rousselle; au milieu des morues qui

séchaient et des tonneaux d'huile qui empes-
taient l'air ; déjà, les ouvriers étaient dans leurs
chais : on n'entendait de tous côtés que le bruit
des marteaux sur les douves et de lourdes char-
rettes roulaient, déchargeant ou emportant les
marchandises. Au fond des magasins, se tenaient
les boutiquiers discutant avec leurs pratiques ;
dans les ruisseaux coulaient des matières
rousses, des liquides onctueux, des débris
d'osier, des amas de lie. Oh ! que l'air natal me
paraissait plus pur !... Mais j'étais dans l'endroit
où respirait M. Despreuil ; en mettant pied à
terre j'avais repris quelques lueurs d'espérance.

— Nous sommes pressés, mes enfants, nous
dit mon père après le déjeuner ; la gabare
lèvera l'ancre dans la matinée de demain, si le
vent le permet. Dépêchons-nous donc de faire
nos affaires : il faut que vous soyez habillés
promptement.

Hélas ! ma toilette dura deux heures ; je ne
me lassais pas de m'attifer devant la méchante
glace fêlée qui décorait ma chambre. Je faisais
bouffer ma jupe, j'effaçais les plis de mon
corsage, je posais et reposais mon peigne sur
mon chignon ; la coquetterie nous est si naturelle, à nous autres femmes !

— Cousine, voilà bien des apprêts en pure
perte, me dit Paillet avec un sourire singulier.

Pourquoi en pure perte ?... l'insolent ! Je dédaignai de relever les remarques de mon compagnon de route. On nous indiqua facilement la demeure de M. Despreuil ; c'était un hôtel, bâti entre cour et jardin, dans le goût des constructions romaines que le Directoire avait mises à la mode. La porte était précédée d'un fronton et de deux colonnes du style corinthien ; dans l'antichambre brûlait une lampe de bronze et le pavé imitait divers dessins empruntés aux mosaïques de l'antiquité.

Un grand laquais vint au-devant de nous pour nous demander qui nous étions et à qui nous désirions parler. Je lui trouvai l'air bien effronté ; il nous toisa, comme ferait un ministre vis-à-vis de quémandeurs infimes.

—Je remarquai à ce moment qu'avec notre parure des jours de fête nous étions du mauvais goût le plus complet. On ne m'avait rien appris des usages sociaux ; j'avais vécu depuis l'enfance dans la solitude, dans l'éloignement de tout ; j'ignorais quelles étaient les toilettes à la mode, mais n'y a-t-il pas des choses que nous apprenons d'instinct, et la plus humble paysanne n'est-elle pas du bois dont on fait les duchesses ?

Avec les meilleures intentions du monde, le bon capitaine s'était costumé en héros de carnaval... Sa chemise de couleur, ses culottes en

étoffe voyante, ses larges souliers, son habit
trop court, son chapeau démesuré, constituaient
un ensemble d'autant plus comique que l'excellent homme, habitué à son négligé de province,
se donnait beaucoup de peine pour faire honneur
à ses habits de gala et pour paraître fastueux.
Il marchait en relevant la tête, il se redressait
sur ses jambes; je ne l'aurais jamais reconnu
si je l'avais rencontré dans la rue sous cet
attirail, avec cette transformation dans ses
manières.

Moi-même, malgré ma robe neuve, je devais
être beaucoup moins jolie que d'habitude...
J'étais empesée et gauche dans mes atours; je
m'embarrassais dans mon jupon, j'avais bien
de la peine à maintenir en ordre une partie de
ma coiffure qui menaçait de s'écrouler. Le
croirait-on!... Paillet, qui n'avait fait aucune
toilette, qui était venu en tenue de voyage, avec
ses chaussures encore poussiéreuses, Paillet
était le mieux habillé de nous trois et le moins
grotesque. Sa simplicité faisait honte à notre
importance :

— Vous voulez parler à M. Despreuil? nous
demanda le grand laquais en laissant tomber
dédaigneusement chaque syllabe du bout de
ses lèvres. Il est occupé; il a défendu qu'on le
dérangeât.

— Nous regrettons, Monsieur, répondit humblement le capitaine, d'avoir à insister auprès de vous; mais nous connaissons M. Despreuil et nous croyons qu'il serait fâché de ne nous avoir point vus, s'il apprenait que nous fussions venus à Bordeaux sans avoir réussi à forcer sa porte.

— Seriez-vous des amis de mon maître? fit le valet d'un air de doute.

— Nous sommes moins et plus.

— Moins et plus!

— Oui vraiment, dit le cousin Paillet qui entra dans la conversation tout botté, comme Louis XIV dans le Parlement; tu vas aller de ce pas, sans broncher d'une semelle, trouver M. Despreuil; tu lui répéteras nos noms, prénoms et qualités, et tu seras bien heureux s'il ne te chasse point pour t'apprendre à faire languir dans les antichambres des personnages tels que nous:

Va, cours, vole et nous venge...

ajouta le cousin, pour montrer qu'il possédait une teinte de littérature.

Le laquais était loin de s'attendre à cette véhémente sortie; il perdit de son assurance, nous salua jusqu'à terre et s'éloigna; apparem-

17

ment que la harangue de notre parent lui avait
ouvert les yeux sur les suites de sa forfanterie.

Un de ses collègues revint nous chercher au
bout de quelques instants ; nous traversâmes
une suite d'appartements décorés avec un luxe
asiatique ; des glaces, des candélabres, des ten-
tures, des tableaux partout ! Mon cœur battait
de plus en plus, et j'appuyais la main sur ma
poitrine pour en comprimer les frémissements.

Enfin une porte s'ouvrit, donnant accès dans
une pièce plus large que les autres. Nous entendîmes un bruit de voix ; c'était une réunion de personnes au fond du salon, réunion étendue sur
des divans et prenant le frais. Près de la cheminée
sans feu (on était dans la belle saison) un homme
se tenait debout, causant avec deux femmes,
l'une déjà âgée, l'autre nonchalante, dans une
attitude pleine de mollesse. Je n'osai regarder
cet homme ; j'avais deviné que c'était *lui*.

Pour entrer, j'avais pris le bras de mon père ;
une fois le seuil franchi, nous perdîmes toute
contenance. En un clin d'œil, me voilà réfugiée
derrière mon cavalier ; le cousin, aussi peu
hardi que moi, se cachait dans mes jupes.
Nous ressemblions à une bande de canards à la
queue les uns des autres.

Nous restâmes là, n'osant ni avancer ni
reculer ; M. Despreuil poursuivait l'entretien

avec la plus jeune des deux dames ; suivant
l'habitude des gens haut placés, il parlait avec
dignité, sans précipitation, souriait d'un faible
sourire, passait sa main sur son front qui s'était
un peu dégarni de cheveux depuis dix ans ; on
devinait qu'il avait au plus haut degré le sentiment du respect dû à la richesse qu'il possédait, au rang qu'il tenait.

Après avoir fini la phrase commencée et s'ê-
tre incliné légèrement comme pour prendre
congé, notre ancien hôte s'avança vers nous ;
son visage affectait une amabilité correcte et ses
allures ne laissaient rien à désirer ; elles étaient
de la politesse la plus exquise :

— Hé ! c'est ce cher monsieur Ardouin, s'é-
cria-t-il ; que je suis enchanté de le revoir !... Et
comment se porte mademoiselle votre fille ?

Mon pauvre père, cordial et confiant comme
toutes les natures d'élite, allait se précipiter
dans les bras de M. Despreuil ; il fut arrêté par
un geste et par un regard de celui-ci ; le regard
défendait toute familiarité ; quant au geste, il
était affable mais majestueux. M. Despreuil se
bornait à tendre la main à un homme qui l'avait
sauvé de la guillotine.

— Asseyons-nous par ici, nous dit le maître
du logis en nous entraînant dans un coin du
salon ; nous serons mieux pour y causer tout à

notre aise... Vous voilà donc à Bordeaux, capitaine ? Et quoi de nouveau chez vous ?... Dois-je dire mademoiselle ou madame ? ajouta-t-il en se tournant vers moi pour me faire cette question qui me glaça par le ton indifférent avec lequel elle me fut adressée.

— Ma fille n'est pas mariée, Monsieur, répondit mon père... Elle n'a rien voulu entendre quand on lui a parlé de cela... Elle avait son idée, cette enfant, — et elle l'a toujours, j'en ai peur... Dame ! c'est une obstinée ; les femmes, dans notre famille, ont une réputation d'entêtement qu'elles méritent bien, je vous le jure. Tenez ; je mettrais ma main au feu que la petite n'a pas oublié un certain temps où vous-même... Enfin, suffit ! je ne trahis pas les secrets. Oh ! moi, je suis une tombe pour les secrets !

Pendant que le capitaine s'exprimait ainsi, un crêpe tombait sur mes yeux, mon front se couvrait d'une sueur froide ; je rougissais et pâlissais tour à tour. De son côté, M. Despreuil, malgré son habitude de dissimuler, surmontait mal son émotion ; en fin diplomate qu'il était, il savait se défendre contre les attaques détournées ; mais un coup droit le démontait, et précisément, l'honnêteté, quand elle frappe, ne procède que par coups droits.

Il ne tarda pas à se remettre de son embarras :

— Serait-il vrai, Mademoiselle, me demanda-t-il, avec un intérêt hypocrite, que vous ayez ainsi désespéré tous ceux qui ont été séduits par vos charmes?... Pourquoi donc vous être montrée aussi rebelle?... Votre excellent père, à ce qu'il me paraît, désapprouve ces inutiles rigueurs ; aussi bien, je n'ai aucun droit à vous faire de la morale, mais, si j'étais de quelque poids dans vos résolutions, je vous dirais : Mariez-vous, ma chère demoiselle, mariez-vous !

Chaque parole qu'il prononçait m'entrait dans le cœur comme un poignard acéré ; le traître ricanait et je crois bien qu'il m'observait en dessous. La fierté me redonna des forces :

— Merci, Monsieur, répliquai-je ; merci de vos conseils ; je n'échangerai point la liberté dont je jouis contre un esclavage volontaire. Mes parents suffisent à ma tendresse : elle ne peut pas s'étendre au delà.

— Vos sentiments sont respectables, reprit-il; vous m'excuserez cependant de ne les point approuver, car ils seraient la condamnation de ma propre conduite.

Comme je le regardais pour l'interroger :

— Oui, ajouta-t-il, j'ai compris que l'homme n'était pas fait pour vivre seul, qu'il lui fallait l'affection d'une épouse. Je ne vous cacherai pas plus longtemps, mes amis, que je suis sur

le point de m'unir à une charmante personne
que j'aime de toute mon âme. C'est une veuve,
elle n'a pas sur le mariage les mêmes idées que
Mademoiselle, puisque, ayant été fort heureuse
avec son premier mari, elle ne désespère pas
d'avoir la même chance avec le second... D'ailleurs, vous pouvez voir ma future ; c'est la jeune
femme avec laquelle je causais lorsque vous êtes
entrés.

Dans toute autre circonstance, j'eusse été abasourdie par cette révélation ; mais le dégoût me
gagnait et rien ne me choquait plus dans le langage de M. Despreuil. Il aurait pu m'annoncer
qu'il avait assassiné son père et sa mère que cette
nouvelle ne m'eût point étonnée autrement.

— Recevez nos félicitations, Monsieur, dit le
cousin Paillet, moitié plaisant, moitié ironique.

— Nos félicitations... bien sincères..., ajouta
le capitaine.

Cher père ! je sentis sa main qui cherchait la
mienne, comme pour m'exciter à prendre courage. Ainsi donc, ce secret que je croyais si
bien caché aux yeux de tous, avait été deviné
par ceux qui m'entouraient... Je commençais à
juger que le cousin Paillet avait vu plus clair
que moi dans les vrais sentiments de notre hôte
et je me reprochais mon aveuglement volontaire.

Il y eut, entre les différents interlocuteurs de cette scène, un instant d'embarras.

— Avez-vous dîné ? demanda M. Despreuil.

— Ma foi non ! repartit vivement le cousin dont la gourmandise s'éveilla.

— Mais... je... pardon !... je ne sais, dit le capitaine...

Nous ne voulions accepter aucune invitation sous ce toit maudit ; d'autre part, il était difficile de démentir Paillet. M. Despreuil se chargea de donner un nouveau tour à la conversation :

— Étourdi que je suis ! fit-il en se frappant le front : j'oubliais...

— Quoi donc !

— J'oubliais que ma soirée était prise... C'est aujourd'hui mercredi, n'est-ce pas ?... Tous les mercredis, je soupe chez madame de Gerval, ma fiancée.

— Alors...?

— Oh ! alors, je ne vous tiens pas quittes. Vous me ferez le plaisir de souper chez moi ; si je n'y suis point, j'y serai remplacé par un homme du premier mérite, qui parle le latin comme Cicéron et le grec comme Homère ; vous ferez connaissance avec lui ; c'est M. Grenier qu'il se nomme ; il aurait pu prétendre à un bel emploi, mais il a été réduit par le malheur des temps à remplir dans ma maison les fonctions d'intendant, fonctions indignes de son génie et de son savoir.

Cette suprême humiliation nous fut encore plus sensible que les précédentes. Mon père, rouge de honte, tira son foulard de sa poche et cette action si simple amena le dénouement à la fois comique et dramatique que nous cherchions tous.

En effet, le foulard du capitaine n'était pas un foulard comme on en voit tant ; il avait été rapporté des Indes par son heureux possesseur et il ne servait que dans les grandes occasions. Mon père s'y mouchait avec solennité, le repliait en quatre avec les soins d'une nourrice pour son nourrisson, ne souffrait point qu'on y touchât sans un congé spécial. Le tissu était de couleur rouge ; mais il avait été orné de dessins qui représentaient le soleil, la lune et d'autres astres d'importance diverse.

Quand les dames qui étaient au fond du salon aperçurent cet incommensurable mouchoir, elles se cachèrent derrière leurs éventails pour dissimuler leur hilarité ; nous entendîmes des rires étouffés, des chuchotements.

Hélas ! ce fut bien pis, quand le capitaine, ayant déplié son foulard avec la lenteur qu'il apportait à cette grave opération, laissa tomber un objet par terre, et quel objet !... la pipe, la vieille pipe du marin toute noircie par la fumée, exhalant une odeur nauséabonde au milieu des parfums suaves qui remplissaient l'appartement. Juste ciel ! une pipe en un pareil moment, en un pareil lieu ! Hélas ! c'était moi qui, croyant bien faire, l'avais cachée dans la poche du voyageur afin qu'il ne fût pas pris au dépourvu dans la grande ville s'il lui prenait fantaisie de fumer... c'était sa récréation, au pauvre cher homme, une habitude invétérée prise sur mer pendant les longues heures de calme plat... Mais voyez comme les choses les plus ordinaires vous accablent quand la chance tourne contre vous !

Jusque-là M. Despreuil avait gardé son sérieux ; en entendant rire derrière lui, en contemplant la mine piteuse du capitaine et le corps du délit gisant sur le tapis, ma foi ! il fit chorus avec ses invités et ne dissimula plus la gaîté que lui causait notre présence. Loin de prendre notre gaucherie en pitié, loin de nous venir en aide contre ce monde qui se moquait de nos manières bourgeoises, il nous abandonna à notre malheureux sort. Nous le vîmes se lever gravement pour nous indiquer sans doute que l'audience était finie et qu'il avait à faire des choses plus importantes que de s'entretenir avec nous.

Le cousin Paillet se leva aussi.

17.

Il était très pâle, comme les peureux qui cherchent à se monter; il avait les dents serrées et les yeux brillants. S'étant avancé vers M. Despreuil, il ramassa la pipe et la lui montrant avec rage :

— Certes, Monsieur, lui dit-il, il est fort plaisant d'emporter dans sa poche un objet comme celui-là ; mais il y a des choses plus déplaisantes dans la vie... et l'ingratitude est de ce nombre ; vous trouviez moins ridicule la pipe de mon oncle quand il vous demandait, en récompense des dangers qu'il courait à cause de vous, de lui prêter votre briquet ; vous trouviez ma cousine moins niaise, quand elle se dévouait pour vous faire échapper aux dénonciations du citoyen Agricola... Je puis bien vous reprocher cela, moi ; car, si vous avez été sauvé, je vous en donne ma parole d'honneur, ce n'est pas ma faute...

— Monsieur ! s'écria M. Despreuil.....

— Ne nous fâchons pas, reprit le cousin. Je ne vous ai pas dit tout ce que j'avais à vous dire. Permettez-moi donc de continuer. Vous nous devez l'existence et vous nous avez reçu en indifférent ; vous vous êtes assis à notre table et vous nous proposez de dîner avec vos domestiques ; enfin, vous avez bercé ma cousine d'illusions, que je n'ai point partagées d'ailleurs, et vous lui annoncez votre prochain mariage. Oui, Madame, ajouta Paillet en s'avançant vers madame de Gerval qui ne riait plus, je ne suis rien de rien, mais je suis un honnête homme. On m'a dit que vous alliez vous marier avec M. Despreuil; eh bien!.... eh bien, Madame, je ne vous en fais pas mon compliment.

Là-dessus, sans s'inquiéter de madame de Gerval qui s'était évanouie, du maître de la maison qui écumait de fureur, des assistants, qui étaient restés stupéfaits, le cousin s'empara de mon bras, entraîna le capitaine et fit une sortie aussi majestueuse que celle d'un roi de tragédie.

Chacun s'écarta respectueusement sur son passage ; les laquais nous ouvrirent les portes à deux battants. Nous sortîmes de l'hôtel.

J'étais émue, mais fière ; je me sentais délivrée d'un grand poids. Ayant regardé mon cavalier, je lui trouvai un air belliqueux qui me plut, une physionomie indignée qui me ravit, une tournure mâle qui m'enchanta, une prestance qui me conquit, et... et...

Et voilà pourquoi, mon cher neveu, j'épousai ton oncle Paillet, malgré sa poltronnerie et ses rhumatismes.

FIN DE LA REVANCHE DU COUSIN

LEGRIP ET GIRAUDIER

LEGRIP ET GIRAUDIER

M. Giraudier était un homme de bien qui avait amassé sa fortune dans les affaires culinaires, en tenant un restaurant à prix fixe. Les mauvaises langues disaient qu'il avait fait des ragoûts d'ortolans avec des débris de peaux de lapins, et qu'il avait donné du chien de mer pour de la langouste ; mais rien n'était moins prouvé en somme, et les quelques personnes qui étaient mortes après avoir pris un repas chez lui, pouvaient très naturellement avoir succombé à une attaque d'apoplexie ou à la rupture d'un anévrisme ; ce qui écartait toutes les accusations d'empoisonnement, portées par de méchantes gens contre M. Giraudier.

Quand l'heure de la retraite eut sonné pour lui, M. Giraudier ne quitta pas ses fourneaux sans quelque regret.

On ne passe pas impunément sa vie au milieu
des marmitons en veste blanche, des garçons
en pantoufles, des écaillères en manches re-
troussées ; ce n'est qu'avec un sentiment d'a-
mère tristesse qu'on se sépare de tout cela.

Sans doute, dans le feu de la carrière on a
des instants de découragement ; par exemple,
quand on a acheté des provisions frelatées, qui
mettent leur amour-propre à ne pas se laisser
manger par le client ; quand on a l'espérance
d'avoir un repas de noce et que le mariage est
rompu ; quand on n'a pu démontrer à un consommateur que l'eau colorée par une décoction
de bois de campêche est supérieure au vin de
Bordeaux. Dans ces moments-là, on se laisserait
aller à la mélancolie, et l'on commettrait presque l'imprudence d'entrer dans une administration.

M. Giraudier, dont la conscience était aussi
pure que les plats étaient sains, ne s'abandonna
point aux soucis des restaurateurs vulgaires. Il
aspira, comme tant d'autres, après la liberté ;
mais quand il fut libre, il se trouva bien empêché de ses bras et de ses jambes. Il aurait
voulu reprendre sa parole ; il aurait voulu res-
saisir son établissement, qui, disait-il, entre les
mains d'un successeur, serait toujours sur un
volcan, comme le char de l'État.

Heureusement, M. Giraudier connaissait les tourments de la passion. Il en avait une, moins dangereuse que la passion politique, moins chère que la passion des chevaux, moins vaine que la passion des bouts de rubans, moins criminelle que la passion de Phèdre pour Hippolyte : M. Giraudier aimait frénétiquement la pêche à la ligne.

Il se retira dans une maison de la banlieue de Paris, maison éloignée de tout, excepté de la Seine, qu'il comptait bien dépeupler.

Sa femme eut beau lui représenter qu'ils seraient ensevelis dans la solitude la plus complète, qu'ils avaient à marier leur fille, âgée de dix-huit ans tout à l'heure, et que les gendres ne viendraient pas au bout du monde chercher une fiancée, si jolie qu'elle fût; rien n'ébranla les convictions du père endurci.

Tout ce qui est nécessaire à l'existence manquait dans la maison de M. Giraudier.

Celui-ci, au lieu de s'acheter un mobilier en palissandre ou en acajou, s'acheta une canne à pêche.

Madame envoya Monsieur à Paris pour y acquérir des ustensiles de ménage ; Monsieur revint avec le *Traité du pêcheur matinal* et un nouveau modèle d'hameçon infaillible.

Madame ayant osé prétendre qu'elle aurait

quelques difficultés à se procurer de la marée, fut foudroyée par un regard de Monsieur. Parler d'acheter de la marée quand on a devant soi un pêcheur à la ligne, est aussi dangereux que de parler de corde dans la maison d'un pendu.

Tous les matins, M. Giraudier se chargeait d'un attirail redoutable.

Ses divers bâtons sur l'épaule droite, son épuisette sur l'épaule gauche, son filet en bandoulière, sa boîte à vers suspendue à la ceinture, M. Giraudier ressemblait au mohican Chingachkook partant en guerre pour aller scalper ses victimes.

Dans le pays, on ne tarda pas à le remarquer.

La corporation des pêcheurs a ses gloires, tout comme la corporation des gens de lettres ou celle des chiffonniers.

Plus d'une fois, M. Giraudier, rentrant chez lui, chargé de dépouilles opimes, recueillit sur son passage un concert de murmures flatteurs, tels que ceux qui accompagnent les discours d'un député éloquent ou la tirade d'un acteur en verve.

Parmi les confrères que le hasard avait amenés auprès de lui, il n'en avait distingué aucun qui valût la peine d'être recherché pour son mérite. La plupart d'entre eux étaient de simples philistins, dont la conversation n'offrait qu'un intérêt médiocre. En dehors de la spécialité qu'ils avaient embrassée, c'étaient de parfaits ignorants. Rien à tirer de ces brutes. Leurs physionomies, en général, reflétaient l'ambition inassouvie, le désir de tuer les créatures du bon Dieu; ils appartenaient à une catégorie d'êtres féroces, non classés par le génie de Cuvier, et c'est précisément ce que la suite de cette histoire s'efforcera de démontrer.

Un matin, M. Giraudier aperçut à côté de lui un personnage qu'il ne connaissait pas.

Le nouveau venu était d'une taille au-dessus de la moyenne; il avait les cheveux coupés en brosse, la moustache violemment cirée, et le cou enserré dans une cravate qui ressemblait à un carcan. Droit comme un *i*, anguleux comme un obélisque, il ne bougeait pas; ce qui se passait autour de lui paraissait lui être indifférent. Seulement, quand le bouchon de sa ligne avait décrit un certain cercle, il donnait un petit coup sec, et son poignet obéissait à un ressort caché, comme le poignet d'un automate qui dit bonjour.

Par son attitude froide et sévère, ce grand diable d'homme imposait à tous ses voisins. Hoffmann l'eût choisi pour un des fantastiques héros qui peuplent les légendes d'Allemagne.

Bien que M. Giraudier ne fût guère liant (le

succès enivre toujours, et M. Giraudier était
dans une phase insolemment triomphale), il essaya d'entrer en relations avec ce fantôme habillé
de noir, qui lui causait une admiration mêlée
d'inquiétude :

— Le temps est beau pour la saison, lui dit-il
un jour, de ce ton avenant que l'on prend pour
se concilier les bonnes grâces de quelqu'un dont
on a besoin.

Le fantôme n'eut pas l'air de savoir qu'on
l'interpellât, et joua du pouce à l'adresse d'un
goujon qui s'était imprudemment aventuré dans
ces parages.

— Hé! hé! répéta M. Giraudier, le temps est
beau. Le temps est véritablement beau; n'est-
ce pas, Monsieur?

La conversation en resta là pour cette première journée.

A dîner, M. Giraudier dit à sa femme :

— Je t'assure que j'ai un voisin qui n'est pas
bavard.

Quand il avait une idée en tête, l'ancien
restaurateur ne se rebutait pas aisément. Le
jour suivant, il se planta en face de l'ennemi,
et se moucha aussi énergiquement que possible,
pour bien montrer qu'il avait envie d'entrer en
conversation, mais qu'il ne savait par quel bout
commencer.

Le hasard favorisa M. Giraudier. Comme il emboîtait ses bâtons les uns dans dans les autres, il entendit un léger bruit.

Le mystérieux individu s'était retourné, l'œil brillant, la figure contractée par une joie soudaine, et il avait fait :

— Ah !

Une carpe énorme se débattait sur la berge, donnant des coups de queue contre le gazon, les prunelles hors de l'orbite, cherchant évidemment l'oxigène qui manquait à sa consommation habituelle.

Le fantôme riait.

— Ah ! ah ! dit M. Giraudier, s'adressant à la carpe ; nous avons été gourmande, ma belle ; voilà ce que c'est que d'aimer les bons morceaux. On a des indigestions d'hameçons ; ce sont les plus dangereuses de toutes.

Il examina le poisson en connaisseur :

— Belle pièce, dit-il ; n'est-ce pas, Monsieur ? belle pièce !

Le fantôme fit signe que oui.

— L'autre jour, continua le restaurateur, je suis allé avec ma femme à Versailles...

Cela n'intéressait plus le fantôme qui se mit à rouler entre ses doigts une boulette de pain.

— Je suis allé à Versailles, et je me suis promené dans les allées du parc. Madame Giraudier aime les carpes ; nous sommes allés voir celles qui sont dans les bassins du roi. Nous leur avons jeté toute espèce de choses.

L'inconnu sourit.

— Elles étaient grosses, poursuivit M. Giraudier, grosses comme...

Il chercha un terme de comparaison, et n'en trouvant pas, il montra son poignet :

— Trois fois grosses comme ça, dit-il.

Le fantôme avait repris son immobilité. Mais en écoutant les discours de son interlocuteur, il daigna se commettre avec lui, et laissa tomber de ses lèvres les mots suivants :

— Pas bonnes.

— Comment,... que voulez-vous dire ? demanda M. Giraud, tout à fait troublé par cet aphorisme profond.

— Pas bonnes, répéta l'inconnu avec un hochement de tête significatif.

— Ah ça ! pensa M. Giraudier, est-ce que je serais tombé sur un confrère qui parle nègre...? Et pourquoi, pas bonnes ? s'écria-t-il, en se révoltant tout à fait.

— Sentent la vase, dit le spectre.

— Hum ! la vase. C'est pourtant vrai, ce que vous dites là ; les carpes de Versailles sont essentiellement vaseuses. Tenez, Monsieur, vous êtes un homme d'étude : vous êtes un homme

de beaucoup de savoir ; vous m'intéressez beaucoup ; vous avez beaucoup d'expérience ; une
expérience que je n'ai pas, modestie à part.
Oserai-je vous demander comment vous vous
nommez ? car je dois vous connaître.

L'inconnu poussa un profond soupir.

— Hé bien ? fit M. Giraudier.

— Legrip. Je me nomme Legrip, dit le fantôme.

— Vous avez été militaire ?

— Non, tailleur.

— Ah ! tailleur pour militaires.

— Oui.

M. Legrip jugea qu'il avait fait un effort d'é-
loquence tellement louable, qu'il ne desserra
plus les dents. Vainement son voisin essaya-t-il
de le dégourdir, de l'accabler de questions mul-
tipliées, de l'interroger sur la confection des
tuniques bleues et des pantalons garance,
M. Legrip se tint sur le qui-vive d'une réserve
diplomatique qui aurait pu le faire passer pour
un élève de M. le prince de Talleyrand.

— Il n'est pas bavard ; il n'est pas bavard,
répéta M. Giraudier, rentré chez lui et s'adressant à sa femme.

Dans le fond il était singulièrement vexé de
ne pas avoir produit un effet plus considérable.
Quelques riverains vinrent le féliciter un jour

et lui demander des conseils en présence de
M. Legrip ; il regarda si par hasard celui-ci
était surpris de ce triomphe ; mais la vanité ou
la haine étaient des sentiments qui n'avaient
jamais tenu aucune place dans l'existence du
tailleur.

Une seule fois, cet être silencieux parut plus
ému qu'à l'ordinaire.

C'était un soir, M. Legrip se disposait à plier
bagage, lorsqu'il fut rejoint par une jeune fille
fort gracieuse dans son costume rustique de
toile de Vichy ; fort avenante surtout.

Jamais de mémoire d'homme, on n'avait vu
M. Legrip se déranger pour quoi que ce fût. Il
fallait donc un cas bien exceptionnel pour qu'il
se retournât vers M. Giraudier, en lui disant
avec orgueil :

— Ma fille !

— Mes compliments, Monsieur, bien sincères !
Recevez tous mes compliments, balbutia M. Giraudier en pirouettant.

Il adressa à la jeune fille des félicitations
banales.

On causa de la pluie et du beau temps ; M. Legrip prit le bras de son Hermance. La soirée
était splendide ; M. Giraudier, qui rêvait tout
comme un autre, se mit à faire des rêves d'avenir. Il possédait, lui aussi, un fils qu'il avait

nommé Jules, parce que le nom de Jules était jadis considéré comme ayant une saveur romanesque. Il songea que mademoiselle Legrip serait une bru charmante, que d'ailleurs le père Legrip devait avoir gagné sur les commandes du gouvernement, que les futurs se conviendraient sans aucun doute, et que, lui, passerait des journées très agréables en compagnie d'un virtuose de la pêche dont il appréciait les talents.

Ayant pris congé de ses voisins, il se mit à supputer les avantages que lui procurerait une semblable union. Du plus loin qu'il aperçut Jules, il lui cria de toute la force de ses poumons, qu'il avait une confidence à lui faire, mais qu'il fallait que personne ne les écoutât. Jules n'était pas habitué à des gâteries ; il se demanda quelle avalanche subite allait lui tomber sur la tête, et attendit patiemment.

M. Giraudier prit un air fin :

— Que dirais-tu si je te mariais ? demanda-t-il à son fils.

Jules répondit qu'il était résigné à tout.

— C'est une réponse de vaudeville que tu me fais là, dit le père, et je te prie d'être sérieux. Veux-tu rester célibataire ?

— Non !

— Alors, tu veux te marier ?

18

— Non plus !

— Il faut cependant parler en vers ou en prose.

— A moins qu'on ne parle pas du tout, dit Jules qui avait le goût de la contradiction.

— Misérable, s'écria M. Giraudier en frappant du pied. Voilà, ajouta-t-il en se tournant vers un bouquet d'arbres, seuls témoins de cette scène intime, voilà la génération d'aujourd'hui ! La France n'est plus la France !

Les arbres ne trouvèrent rien à répliquer à cette affirmation solennelle, ils se contentèrent de bruire tout doucement, comme s'ils avaient frémi de plaisir en entendant une apostrophe digne des temps antiques.

— Je t'avouerai du reste, continua le père, que rien n'est encore décidé.

Il eut un scrupule de conscience :

— Rien n'est même commencé... Les choses ne peuvent pas être moins avancées qu'elles ne le sont. Mais, si tu avais voulu, j'aurais fait des démarches.

— Oh ! les démarches n'engagent à rien, dit Jules. Vous pouvez faire toutes les démarches que vous voudrez.

Les renseignements que prit M. Giraudier ne répondirent pas tout à fait à son attente. Il eut des détails très précis sur la vie de M. Legrip ;

il apprit que ce dernier n'était point retiré des affaires comme il l'avait cru ; que, bien au contraire, l'industrie du tailleur allait mal ; que M. Legrip était le plus brave homme qu'il y eût dans le département de la Seine et même dans celui de Seine-et-Oise ; que malheureusement il se laissait dominer par sa passion absorbante, et, qu'au lieu de fabriquer des képis et des ceinturons, au lieu de chamarrer des dolmans, de fourrer des pelisses, il allait déclarer la guerre aux brochets, qui lui rapportaient moins que le plus pauvre de tous les officiers de hussards. Son établissement avait dépéri, et il était sur le chemin de la faillite.

Si le restaurateur avait dominé dans l'âme de M. Giraudier, nul doute qu'il n'eût coupé court à ses projets enchanteurs ; mais les deux génies que nous portons en nous se livrèrent chez le héros de ce récit à une lutte effrénée, et la logique du commerçant fut battue par la vanité du pêcheur. Faire entrer dans sa famille un héros de la taille de M. Legrip, parut à M. Giraudier un honneur capable de compenser la perte d'une fortune.

Les deux partis entrèrent en relations.

M. Legrip était veuf ; sa fille tenait le ménage et surveillait les comptes de la domesticité. Elle avait tout ce qu'il fallait pour faire une honnête femme, excepté pourtant une dot.

Quant à Jules, qui posait pour l'homme blasé, bien qu'en réalité il connût peu la vie à grandes guides, il ne tarda pas à être séduit par la gentillesse de mademoiselle Legrip.

Les événements se précipitèrent avec la rapidité de la foudre.

Des projets, on en vint aux discussions d'intérêt, des préliminaires au contrat.

Malheureusement, la veille du jour où devaient se signer les papiers par devant notaire, il se passa un incident qui changea notablement la face des choses.

Escomptant les jouissances à venir, M. Giraudier avait demandé à M. Legrip de l'accompagner à son plaisir favori, dans une partie qu'il comptait faire du côté de l'île des Noisetiers.

Cette île est inconnue, non seulement sur les cartes de l'état-major, ce qui est tout naturel, mais encore sur les cartes qu'on donne aux élèves des classes élémentaires avec la géographie de Meissas et Michelot. Avant le siège de Paris par les Allemands, l'île des Noisetiers, qui a bien une largeur égale à celle d'un refuge pour les piétons, était pourvue de beaux peupliers et de quelques chênes ; depuis, un ingénieur intelligent a fait abattre ces arbres, pendant la guerre sans doute, pour permettre aux troupes saxonnes ou bavaroises de mieux connaître ce qui se passait chez nous.

L'île des Noisetiers a une réputation bien établie dans le monde des pêcheurs à la ligne.

Ses bords servent de demeure légale à des légions d'ablettes, de perches et de barbillons. Il y a surtout, juste en face de la cheminée d'une ancienne usine, une place miraculeuse, où l'on n'a qu'à tirer de l'eau, à tout instant, le poisson qui se précipite sur l'appât. Dans leur jargon, les pêcheurs appellent cela : le *coup de l'usine*.

Il était invraisemblable qu'un homme aussi exercé que M. Giraudier ignorât ce « coup »; mais on remarquera que la vie tout entière est pleine d'invraisemblances et que le romancier est obligé d'aller chercher midi à quatorze heures pour que ses lecteurs ne soient pas trop choqués et ne s'écrient pas : — Allons donc! qu'est-ce qu'il raconte là? Son histoire n'a pas le sens commun; tout cela n'est jamais arrivé!

Donc, par le plus surprenant, mais aussi par le plus vrai des hasards, M. Giraudier ignorait qn'en se mettant au lieu ci-dessus indiqué, on accumulait victimes sur victimes en moins de temps qu'il n'en faut pour aller de la Bastille à la Madeleine ou pour renverser un gouvernement.

18.

M. Legrip, qui était au fait, lui, poussa la civilité jusqu'à faire les honneurs de l'île à son compagnon, lui montrant par gestes qu'il lui cédait le pas et qu'il lui conseillait de s'installer à un endroit qu'il savait être fameux.

Les personnes inexpérimentées dans l'art de la pêche objecteront ici que toutes les places sont également bonnes et que ce conte est un conte à dormir debout. L'auteur croit, lui, qu'il est de son devoir de protester contre une doctrine aussi notoirement impie, aussi ouvertement hérétique; il s'en rapporte au jugement de tous ceux de ses confrères qui ont goûté le plaisir enivrant d'amener sur le rivage un habitant monstrueux de l'empire des eaux. L'abbé Delille excusera cette périphrase surannée; on n'en fait plus aujourd'hui comme au temps où il vivait.

Les deux rivaux préparaient leurs engins.

— Vous allez voir... vous allez voir, fredonnait M. Giraudier sur le ton de la plaisanterie.

M. Legrip était déjà à l'œuvre; il ne répliquait aux railleries de son ami que par des : — Hé! hé! cher voisin; hé! hé!...

Puis, il toussait.

Cette toux parut narquoise à M. Giraudier, et il eut comme le pressentiment de quelque épouvantable malheur.

En effet, la fortune, déesse aveugle, prit un

malin plaisir à déjouer les combinaisons savantes du restaurateur enrichi. Vainement mit-il à contribution tout un arsenal d'amorces ; vainement passa-t-il de l'asticot au ver de vase, du ver de vase à la mie de pain, de la mie de pain à la mouche artificielle, de la mouche artificielle au grain de blé, du grain de blé à la cerise, de la cerise au caillot sanguinolent. Ces divers essais n'aboutirent qu'à la confusion et à la honte de leur auteur.

— La chance est contre moi, disait le pêcheur malheureux avec des frémissements de rage.

M. Legrip toussait de plus en plus.

— Il n'y a rien aujourd'hui, dit M. Giraudier, qui avait fait du ponant au couchant de l'île plusieurs voyages inutiles pour tomber sur un passage de poissons.

— Si! si! il y a quelque chose, répondit M. Legrip, en mettant dans son affirmation toute l'énergie dont il était susceptible.

— Bah!

— Voyez!

M. Legrip exposa aux rayons du soleil un panier ruisselant de gouttelettes, et à travers les fentes duquel on distinguait des écailles argentées qui brillaient comme des cuirasses.

Le voisin fit une exclamation de surprise, où

l'admiration et le dépit entraient pour une bonne
part :

— Vous êtes sorcier ! dit-il.

— Non, repartit l'autre avec son laconisme
ordinaire.

Une mauvaise humeur carabinée perçait déjà
dans les paroles de M. Giraudier. Il se mit à
marmotter entre ses dents des phrases qui voulaient être moqueuses et qui ne réussissaient
qu'à être grossières dans la plus complète ac-
ception du mot.

Bien que toutes ces aménités fussent lancées
indirectement, M. Legrip était assez en droit de
penser qu'elles l'atteignaient un peu. Heureusement qu'il ne s'occupait ni du tiers ni du quart
lorsqu'il était en tête-à-tête avec son divertisse-
ment habituel. Il manifesta même si peu de
rancune, qu'il proposa la moitié de son avoir à
M. Giraudier, qui, revenant bredouille, se fût
paré des plumes du paon. On juge que le vaincu
repoussa cette proposition comme s'il se fût agi
d'une insulte :

— Non, Monsieur, s'écria-t-il, gardez votre
butin ! gardez-le !...

Il est trop bien gagné pour le céder aux autres !

Dans les moments critiques, les tragédies de

Voltaire revenaient toujours à la mémoire de
M. Giraudier :

— Bredouille ! balbutiait-il en serrant les
poings de désespoir.

Et il marchait droit devant lui, les yeux secs,
mais égarés, plein d'une fierté triste qui faisait
mal à voir. Jamais pareille honte ne lui avait
été infligée. Il subissait Waterloo, ne se souvenant plus qu'il avait eu un Austerlitz.

Heureusement que M. Giraudier avait été
élevé à l'école de la philosophie, et qu'il avait
appris à reculer pour mieux sauter, comme on
dit.

Lorsqu'ils se séparèrent :

— A demain ! dit M. Legrip, d'un ton pa-
terne.

— A demain, répéta le restaurateur, avec un
rire méphistophélique, qui ne promettait rien
de bon.

Madame Giraudier accueillit son mari par
une question banale qui, dans la circonstance,
fit l'effet d'un coup de fouet sanglant.

— Te voilà ! Eh bien, qu'as-tu pris ?

Le mari se hérissa comme un animal qu'on
tourmente avec un bâton :

— Je vous défends, madame Giraudier, dit-
il, de m'interroger sur ma conduite. J'ai fait ce
que j'ai voulu, et j'ai pris ce que j'ai cru devoir

prendre. Je suis maître absolu de mes actions ;
ce n'est pas d'aujourd'hui que je voulais vous en
faire la remarque. Vous êtes devenue un peu
trop curieuse !

La pauvre femme baissa la tête sous la bourrasque qui l'accablait ; elle était habituée d'ailleurs à ces brusques changements dans le caractère de son époux. Celui-ci était une rose des
vents qui sautait aux extrémités les plus oppo-
sées :

— Tu as quitté M. Legrip ? demanda madame
Giraudier.

— Apparemment.

— Il ne t'a pas dit à quelle heure il viendrait
demain ?

— Je crois bien qu'il ne viendra pas du
tout.

— Ah !

— Il s'est passé des choses... qui m'ont fait
réfléchir. Je veux le bonheur de mon enfant,
moi ; je ne suis pas un mauvais père, moi !

— Personne n'a dit que tu fusses un mauvais père.

— Personne, non ; mais on aurait pu le supposer, en me voyant donner mon fils à mademoiselle Legrip, qui est une jeune fille charmante, à cela près qu'elle n'a pas le sou. Tu as
toujours été entichée de ces Legrip, toi ; c'est à

croire qu'ils t'ont payée pour te mettre dans leurs intérêts.

Il était si incontestable que madame Giraudier n'avait été pour rien dans le mariage projeté, qu'elle eut un mouvement de révolte contre l'injustice des accusations qui pesaient sur elle.

— C'est toi, dit-elle, qui es allé chercher ton célèbre ami ; je ne l'avais jamais tant vu que le jour où tu me l'as présenté pour la première fois. Tu m'as averti même qu'il avait la langue dans sa poche et qu'avec lui je pourrais parler tant que cela me ferait plaisir.

— Sans doute, je t'ai amené M. Legrip ! mais c'est toi qui t'es mis en tête de lui céder notre fils en qualité de gendre.

— Mais non !

— Mais si !

— Non.

— Si.

La dispute aurait pu continuer indéfiniment sur ce ton aigre-doux ; les affirmations et les négations auraient pu se succéder sans trêve. Le mari coupa court aux récriminations de sa femme et aux siennes propres en s'écriant avec dédain :

— Ce Legrip est un abominable orgueilleux.

— En effet, dit madame Giraudier, il n'est

pas si extraordinairement fort qu'on n'ait des occasions de le rappeler à la modestie.

M. Giraudier, enchanté d'entendre dire du mal de son ancien camarade, était rayonnant :

— Je ne sais pas, ajouta-t-il en manière de conclusion, comment se font les réputations actuelles. Pour moi, je n'ai jamais compris la renommée d'un Delacroix qui fait des chevaux roses ; d'un Meyerbeer qui met des arquebuses dans ses opéras ; d'un Victor Hugo qui hache ses vers comme on hacherait un plat d'épinards. Il faut avouer que ce siècle a l'admiration facile!

Là-dessus, M. et madame Giraudier, étant absolument d'accord, se séparèrent avec un sourire gracieux.

Le lendemain matin, M. et mademoiselle Legrip ne tardèrent pas à arriver, l'un en redingote boutonnée jusqu'au menton, l'autre en grande toilette.

Jules courut leur souhaiter la bienvenue :

— Tout est prêt, leur dit-il, le notaire est là qui déguste une tasse de café et qui lit le journal. Je vais prévenir mon père.

Celui-ci descendit de ses appartements, la figure décomposée :

— Qu'avez-vous, cher voisin, demanda M. Legrip ; que vous est-il arrivé ?

— Hélas ! soupira l'autre.

— Madame Giraudier...?

— Madame Giraudier m'inquiète fort.

— Elle est indisposée?

— Elle est dangereusement malade!

— Mais c'est affreux, dit le notaire qui voyait que la signature du contrat allait être renvoyée aux calendes grecques !

— C'est affreux! s'écrièrent les témoins.

— Ne pourrait-on, objecta le notaire, passer outre sur l'incident et signer l'acte en attendant que madame Giraudier soit rétablie?

— Notaire, vous n'y pensez pas? dit M. Giraudier avec un geste superbe.

En présence d'une détermination aussi arrêtée, les gens de la noce n'avaient plus qu'à s'en aller; le notaire mit sous son bras gauche la serviette d'avocat qu'il avait apportée, acheva de vider sa tasse de café, et partit furieux.

Mademoiselle Legrip avait examiné, pendant qu'il parlait, la figure de son futur beau-père, et elle n'y avait lu que des intentions hostiles. Elle était trop fine pour qu'on pût la tromper longtemps, et quand elle fut en tête-à-tête avec son propre père à elle, elle laissa éclater tout son chagrin :

— Ma fille! pourquoi pleures-tu? dit le tailleur, que cette affliction consternait.

— Tout est rompu, dit la jeune fille.

19

— Rompu? Mais non! Te serais-tu aperçue de quelque chose?

— Je me suis aperçue de tout, et je te dis que nous sommes honteusement congédiés.

— Tu m'étonnes!

— Essaie de te présenter demain, et tu verras qu'on ne te recevra pas.

M. Legrip voulut en avoir le cœur net; il passa une nuit déplorable à lutter contre des moustiques imaginaires et contre des cauche-mars intempestifs. Sur le coup de midi, il se dirigea vers la maison de son voisin; à travers les haies de clôture, il aperçut une robe qu'il reconnut pour une de celles qu'affectionnait l'élégante madame Giraudier :

— Je vois bien, pensa-t-il, que cette dame n'est pas dans un état désespéré, puisqu'elle se promène!

Il fit en outre la réflexion suivante :

— Quand on a été à l'agonie, la veille, on ne vient pas, vingt-quatre heures après, inspecter des plates-bandes. Est-ce que ma fille aurait raison, par hasard?

Il s'arrêta, et sonna de toutes ses forces :

— Drelin, drelin, drelin, carillonnèrent les diverses sonnettes, ébranlées dans leurs derniers retranchements.

Un silence de mort succéda à ce tapage. Dans

les environs, quelques chiens se mirent à aboyer. La robe entrevue à travers les aubépines en fleurs opéra un mouvement tournant.

— On va venir, se dit l'honnête M. Legrip, qui voulait conserver ses illusions jusqu'au bout.

Les chiens se calmèrent. Tout rentra dans une tranquillité sépulcrale. Le visiteur n'entendit plus que le bruit d'un train de chemin de fer qui roulait à l'horizon. La locomotive siffla en traversant un pont de tôle. Torturé par ses souffrances intimes, M. Legrip tressaillit comme si ce sifflet, lame aiguë, lui était entré dans la chair.

Il se remit de son émotion ; mais à le voir, pâle et tremblant, on eût dit qu'il venait de commettre un crime.

Il sonna de nouveau :

— Drelin, drelin, drelin!

La porte ne s'ouvrit pas davantage ; un homme qui passait sur la route s'arrêta et dit :

— Vous voyez bien qu'il n'y a personne.

— En effet, balbutia celui qu'on interpellait, il n'y a personne ; il n'y a plus personne... pour moi.

Bien triste, ployé sous le faix de la préoccupation paternelle, M. Legrip reprit le chemin de sa demeure.

On n'a pas tort de dire qu'un malheur ne vient jamais seul; quand la fatalité s'acharne après un homme, elle le poursuit dans tout ce qu'il entreprend. Les déboires de l'infortuné tailleur ne faisaient que commencer.

D'admirateur enthousiaste, M. Giraudier était devenu un ennemi implacable. Il persévérait d'autant plus dans ses sentiments de jalousie, qu'il avait tous les torts, indubitablement. On se demande parfois pourquoi un assassin n'est pas attendri par les cris de sa victime; c'est parce que l'assassin a frappé un premier coup, et qu'il frappe tous les autres pour tâcher d'oublier celui-là.

M. Giraudier s'était donné le plaisir de la vengeance; or, la vengeance a ceci de particulier qu'elle ne satisfait jamais complètement celui qui se venge et que cette jouissance coupable est comme la soif de l'ivrogne, qui augmente à mesure que l'ivrogne boit. Assurément, le motif de la haine de M. Giraudier était bien futile; mais plus ce motif était futile, plus le restaurateur était courroucé contre lui-même, et par conséquent disposé à commettre une foule de méchantes actions pour oublier et enterrer celle par laquelle il avait débuté.

Il resta cinq ou six semaines sans remettre les pieds sur le bord de la rivière.

Cette large et pacifique Seine, qui coulait abondamment entre ses chaussées magnifiques ou le long de prairies verdoyantes, lui semblait odieuse, parce qu'elle lui remémorait les triomphes de M. Legrip.

Si M. Giraudier avait été Xerxès, il aurait fait fouetter la Seine.

Un jour cependant, le soleil était si beau, le fleuve si encombré de barques qui s'ébattaient à la surface de l'onde, que M. Giraudier sentit le vieil aiguillon de la passion qui le chatouillait fortement. En vain ferma-t-il les yeux pour ne pas apercevoir un canot du haut duquel des commis de la *Belle-Jardinière*, dans un costume de marins d'eau douce, lançaient un épervier ; en vain essaya-t-il de fredonner un air qui n'était pas une barcarolle.

On n'est pas de bois.

Les yeux de M. Giraudier se rouvrirent, ils aperçurent le canot tentateur et les berges peuplées de gens armés de lignes, la carnassière au flanc :

— Ah ! que ceux qui tiennent leurs serments ont du mérite ! pensa le restaurateur, brûlé par le feu de la concupiscence.

Il était là, aussi immobile que la femme de Loth changée en statue de sel. Un ami l'aborda :

— On ne vous voit plus ! Qu'êtes-vous devenu ?

— Je suis allé en voyage.

— Vous ne pêchez pas aujourd'hui?

— Non.

— C'est étonnant. Il fait un temps délicieux. Tenez, vous voyez ce grand gaillard, là-bas? En voilà un qui ne manquerait pas à la fête. Je ne sais pas si c'est votre opinion; mais, selon moi, c'est le plus fameux pêcheur que je connaisse. Et puis, comme il connaît les bons endroits!

— Vous dites qu'il connaît...?

— Oh! je vous en réponds! A la place où il est maintenant, un enfant de cinq ans prendrait des baleines.

Le confrère partit. L'autre resta à regarder M. Legrip qui continuait ses exploits dans l'île des Noisetiers.

— La fortune de cet homme, sa fortune inouïe, se dit M. Giraudier, ne vient que de son habileté à connaître les lieux où il y a du poisson. Je n'ai qu'à acheter l'île, et je serai libre d'y étaler toute ma supériorité. D'autant plus que j'y ferai planter un poteau avec cette inscription : Pêche interdite!

Il se renseigna auprès des gens du pays pour savoir à qui appartenaient les trente mètres carrés de terrain vaseux qui avaient eu l'idée extravagante d'émerger de l'eau. On lui raconta que le propriétaire de ces trente mètres était un marchand de grains, nommé Boisselot, qui demeurait dans les environs de la Halle aux blés. M. Giraudier se rendit à la Halle. Il y apprit que Boisselot était mort, laissant pour héritiers deux neveux, dont l'un était à Romorantin et l'autre à la Jamaïque.

— Je ne puis, en bonne conscience, pensa M. Giraudier, faire un voyage dans la patrie du rhum. Puisque Romorantin est plus près, partons pour Romorantin.

Boisselot neveu était un employé des contributions indirectes qui bornait son ambition à caracoler sur un mauvais cheval pour faire rentrer les impôts dans une caisse qui ne lui appartenait pas.

Il n'y a rien qui dispose plus à la misanthropie que ce genre d'exercice. Aussi Boisselot neveu était-il, onze mois sur douze, dans une colère épouvantable contre l'espèce humaine, et vivait-il comme un ours dans une ville qui ne passe pas, au point de vue des amusements, pour une succursale de l'Eldorado.

On devine quel accueil dépourvu de charmes Boisselot neveu fit à un importun qui venait le déranger au milieu de ses cavalcades administratives :

— Est-ce que je sais ce que vous venez me

demander, moi ! s'écria-t-il. Certes, oui, j'ai hé-
rité de mon oncle le grainetier ; à preuve qu'il
m'a laissé beaucoup de sacs où il n'y avait absolument rien dedans. Maintenant, parce qu'il
m'a laissé des sacs, ce n'est pas une raison
pour qu'il m'ait laissé des îles. Allez au diable !

Le restaurateur, congédié de la sorte, songea
à s'adresser à un jurisconsulte ; ce dernier s'em-
brouilla dans sa consultation, prononça par hasard les mots de cadastre, de biens-fonds (il
voulait dire, sans doute, que tous les biens-fonds
étaient inscrits sur le cadastre et que, par conséquent, l'île des Noisetiers devait y être consi-
gnée) ; M. Giraudier ne comprit rien à ce qu'on
lui dit, paya le jurisconsulte et, en bon Français,
se rendit d'instinct au ministère des travaux
publics.

Là, on lui enseigna l'escalier A, qui commu-
niquait avec le corridor C, qui aboutissait lui-
même à la chambre Z ; après quoi, il fallait
tourner à gauche, prendre un second corridor,
passer par la troisième porte, s'adresser au cin-
quième bureau, ne pas prendre le garçon de
service pour un chef de division, et demander
M. Un Tel qui transmettrait à son supérieur
l'objet de la demande.

Nanti d'explications aussi claires, le visiteur
confondit les corridors entre eux, poussa une

quantité de portes qu'il ne fallait pas pousser, s'embarrassa dans les jambes des domestiques qui dormaient sur les banquettes, bouscula un employé, crut reconnaître un expéditionnaire auquel il fit des compliments sur sa famille, s'aperçut que cet expéditionnaire lui était aussi inconnu que le Grand Turc ; bref....

Bref, ayant été obligé d'attendre trois heures dans une antichambre, M. Giraudier perdit patience et renonça tout à fait à l'idée qu'il avait conçue d'acquérir l'île des Noisetiers.

Il médita alors un plan beaucoup plus simple, qui était de se lever avant le jour et de s'emparer de l'endroit où M. Legrip avait installé ses avant-postes.

Il résolut même de mettre tout de suite son plan à exécution. Pour cela, il acheta un bateau, afin de partir avant que l'aurore aux doigts de rose eût ouvert les portes de l'Orient.

.   .   .   .

.   .   .   .

.   .   .   .

Les petites fleurs tremblaient sur leurs tiges, bercées par le vent du matin ; une brume semblable à des flocons de neige courait sur l'onde paisible ; un léger froid pénétrait tous les êtres de la création, avec cette intensité particulière aux froids qui précèdent l'aube, jusqu'aux insectes qui venaient de dormir. Le gros barbot, appelé crache-sang dans quelques provinces du Midi, traversait les allées humides, lourdement, lentement, comme s'il avait dans sa cervelle de barbot les fumées du rêve. On n'entendait pas les abeilles bourdonner; ces paresseuses se frottaient le museau et les ailes le long des parois de leur niche ; elles se préparaient à aller au travail. Il n'y avait que les vigilantes fourmis qui fussent déjà parties pour de lointains voyages ; on les voyait trotter par les sentiers boueux, rapportant des fétus de paille deux fois gros comme elles, et essayant de soulever des grains de millet qui relativement à leurs porteuses, étaient des masses aussi énormes que la cathédrale de Strasbourg.

Un homme caché dans les joncs du rivage se secoua comme pour montrer que, n'étant pas un dieu marin, il était sujet aux intempéries de l'air et aux rhumatismes.

Après quoi, cet homme démarra un canot non moins caché que lui et se mit à ramer silencieusement. Il descendit le courant du fleuve.

A quelques encâblures de l'île des Noisetiers, il s'arrêta et essaya de démêler s'il distinguait quelque chose.

Il distingua d'abord un canot tout à fait semblable au sien, puis à l'extrémité de ce canot, un autre homme muet qui préparait des amorces.

M. Giraudier jeta un cri terrible et rebroussa chemin de toute la rapidité de ses avirons :

— Quoi ! murmurait-il, je ne viendrai pas à bout de me débarrasser de ce rival détesté ; je ne le broierai pas ; je ne le pulvériserai pas !

Il ajouta mentalement :

— Je le ruinerai toujours !

M. Giraudier se mit à la recherche des billets à ordre signés par M. Legrip. Ils étaient peu demandés sur la place ; le tailleur côtoyait le gouffre de la misère depuis longtemps. Les clients voyaient si peu M. Legrip dans sa boutique, qu'ils avaient oublié la rue où demeurait le singulier patron, qui n'était jamais là pour commander à ses ouvriers.

Devenu créancier principal, M. Giraudier n'eut pas de peine à faire prononcer la mise en faillite de son ennemi.

M. Legrip avait-il quelques ressources cachées ? L'histoire ne le dit pas... Toujours est-il que le tailleur ne parut pas contrarié outre mesure des désastres pécuniaires qu'il avait subis. On put le contempler, chaque matin régulièrement, campé au poste d'observation qu'il avait adopté de préférence.

M. Giraudier en eut la fièvre...

Dès qu'il fut convalescent, il reprit avec plus d'opiniâtreté que jamais ses projets de vendetta corse :

— Je ne l'ai pas dépossédé ; je ne l'ai pas ruiné, se dit-il. Que me reste-t-il à faire ?

Il recula, comme effrayé devant la perspective qui s'ouvrait à ses yeux. Puis, se ravisant avec l'insouciance d'un brigand qui vient de fouler aux pieds toute pudeur :

— Eh bien ! je le tuerai ! s'écria-t-il.

Cependant, on ne prend pas la résolution de tuer son prochain sans avoir quelques velléités de faiblesse. Les scélérats les plus endurcis ont des repentirs ou des craintes ; à plus forte raison est-on exposé à hésiter un peu quand, depuis la plus tendre enfance, on n'a pas fait sa carrière du vol et de l'assassinat.

M. Giraudier se demanda comment il pourrait induire M. Legrip dans la tentation d'aller cueillir des champignons vénéneux et de les manger ensuite ; mais il reconnut bien vite que ce projet était impraticable. Car enfin, il est très difficile, excepté dans les opéras italiens, de forcer quelqu'un à s'empoisonner de bonne grâce.

Vers ce temps-là, un livre de Prosper Mérimée, le roman de *Colomba,* tomba entre les mains de M. Giraudier. Il vit que, dans les environs d'Ajaccio, on tuait impunément les gens qui avaient le malheur de vous déplaire ; après quoi, on se retirait dans les maquis, où les carabiniers et les gendarmes ne s'aventuraient pas.

M. Giraudier chercha, chercha tout autour du bois de Boulogne ; il n'y avait point de maquis ; personne ne put lui en indiquer l'ombre d'un.

— Et pourtant, pensa le restaurateur, il n'y a rien comme une bonne balle envoyée à point, droit au but. Accident de chasse, peut-on dire pour toute défense. Qui est-ce qui prouvera que ce n'était pas un lièvre que je visais ?

M. Giraudier alla s'embusquer derrière un buisson.

Il attendit une demi-heure.

Personne ne se montra.

Au bout de la demi-heure, il entendit un pas grave et tranquille. Plus de doutes ; c'était le pas habituel de M. Legrip.

Le tailleur parut à l'extrémité de la route ; mais, par une bizarrerie de la destinée, il n'était pas dans son assiette ordinaire. Il était extrêmement pâle. On eût dit qu'il redoutait un guet-apens ou qu'il souffrait.

—Voyons, murmura M. Giraudier, ne manquons pas de résolution, au moins ; l'instant est solennel.

Que les personnes sensibles se rassurent!
Elles ne respireront point ici l'odeur de la poudre. L'assassin de ce mélodrame pour rire avait
décroché d'une panoplie de salle à manger un
misérable pistolet à pierre devant lequel un
moineau, si poltron qu'il fût, ne se serait pas
sauvé.

D'une main tremblante, mal assurée, M. Giraudier allait lever son arme, lorsqu'il s'aperçut
que M. Legrip était tombé au pied d'un hêtre,
avec moins de poésie que Tircis.

— Eh bien! eh bien! fit-il, est-ce que je l'aurais exterminé sans le savoir, par l'effet de ma
seule présence?

Le fait est que M. Legrip gisait presque inanimé sur un sol que d'ailleurs il ne teignait pas
de son sang.

M. Legrip se bornait à passer par toutes les
couleurs de l'arc-en-ciel; du vert il allait au
jaune pâle, du jaune pâle au jaune citron.

Il était livide; il commençait des grimaces
qu'il n'avait pas la force d'achever.

M. Giraudier se rappela alors très à propos
que plusieurs cas de choléra foudroyant avaient
été signalés par la médecine. On avait eu soin,
dans les gazettes, de noter les premiers secours
à donner au malade avant l'arrivée du docteur.

On avait recommandé de frictionner les tempes, l'estomac, les jambes du patient avec de la flanelle chaude : d'user de puissants réactifs ; de tâcher de rétablir l'économie générale du corps par des moyens violents et surtout promptement administrés.

On avait prescrit les boissons brûlantes, telles que le rhum, le thé ; au besoin, le trois-six.

Aucun de ces détails n'était ignoré de M. Giraudier; un bon mouvement de sa part eût suffi à transformer le vieil homme. Hélas ! ce bon mouvement était bien loin de la pensée de M. Giraudier.

A la vérité, il se dit que ce serait un acte très méritoire que de sauver la vie à un confrère dans l'embarras ; que probablement la renommée aux cent bouches parlerait de ce trait d'humanité ; que Jules serait heureux d'avoir un père si dévoué, si brave, si oublieux des injures; que la charité évangélique ordonnait aux chrétiens de s'aider mutuellement.

D'autre part, M. Giraudier se souvint qu'une question palpitante n'avait pas encore été résolue : le choléra est-il contagieux? — Oui, selon les uns ; non, selon les autres.

Dans cette alternative, l'abstention était le parti le plus sage. M. Giraudier réfléchit aussi qu'avant que le pharmacien fût arrivé avec

ses remèdes, et le médecin avec ses ordon-
nances, M. Legrip aurait rendu le dernier soupir. M. Giraudier poussa même le raisonne-
ment plus loin ; il se démontra surabondam-
ment qu'un époux modèle, comme il l'était, se
devait à sa femme et à ses enfants ; que ce serait un coup pendable que d'aller exposer de
gaieté de cœur une existence aussi nécessaire
et aussi précieuse que la sienne. M. Giraudier
enfin trouva qu'il était plus courageux de ne pas
céder à un entraînement philanthropique mal
calculé ; il estima que tout le monde ne serait
pas capable de montrer une telle prudence, une
semblable fermeté d'âme, et que l'effort qu'il
faisait sur lui-même mériterait les encourage-
ments de l'histoire.

Pendant qu'il méditait ainsi, — et ses réflexions étaient marquées au coin de la logique
la plus pure — il s'aperçut que M. Legrip roulait des yeux hagards, les yeux d'un étranglé
dont on remuerait la potence.

Le spectateur de cette scène pénible jugea
que le moment était venu de s'esquiver avec
prudence, par charité.

M. Legrip, aux abois, essaya, mais vainement, d'appeler à l'aide.

Il expira.

. . . .

Le lendemain de ce jour fatal, M. Giraudier
— la conscience un peu bourrelée peut-être —
s'installa, en pêcheur triomphant, dans l'île des
Noisetiers.

FIN

TABLE

Imprimerie générale de Châtillon-sur-Seine, J. Robert.

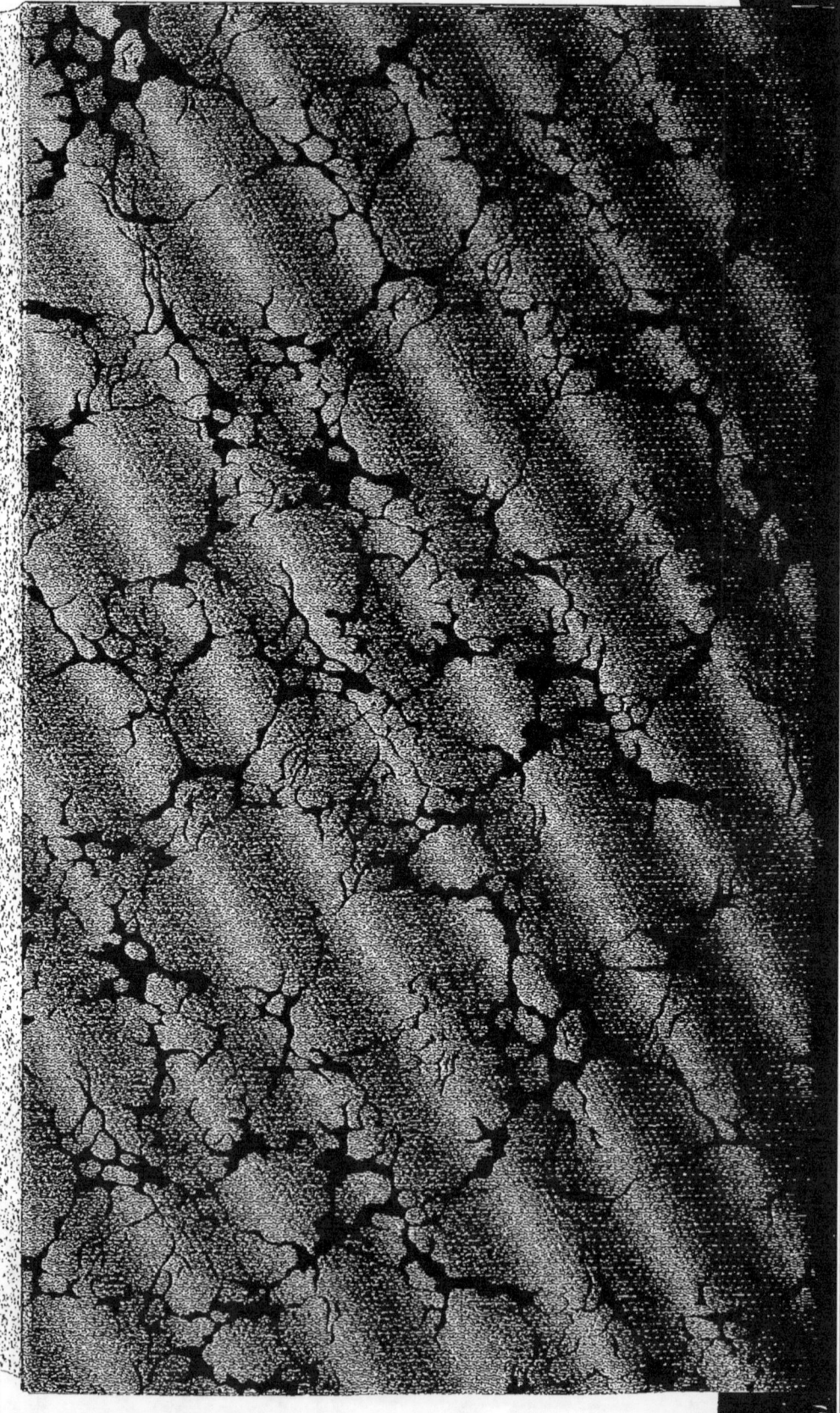

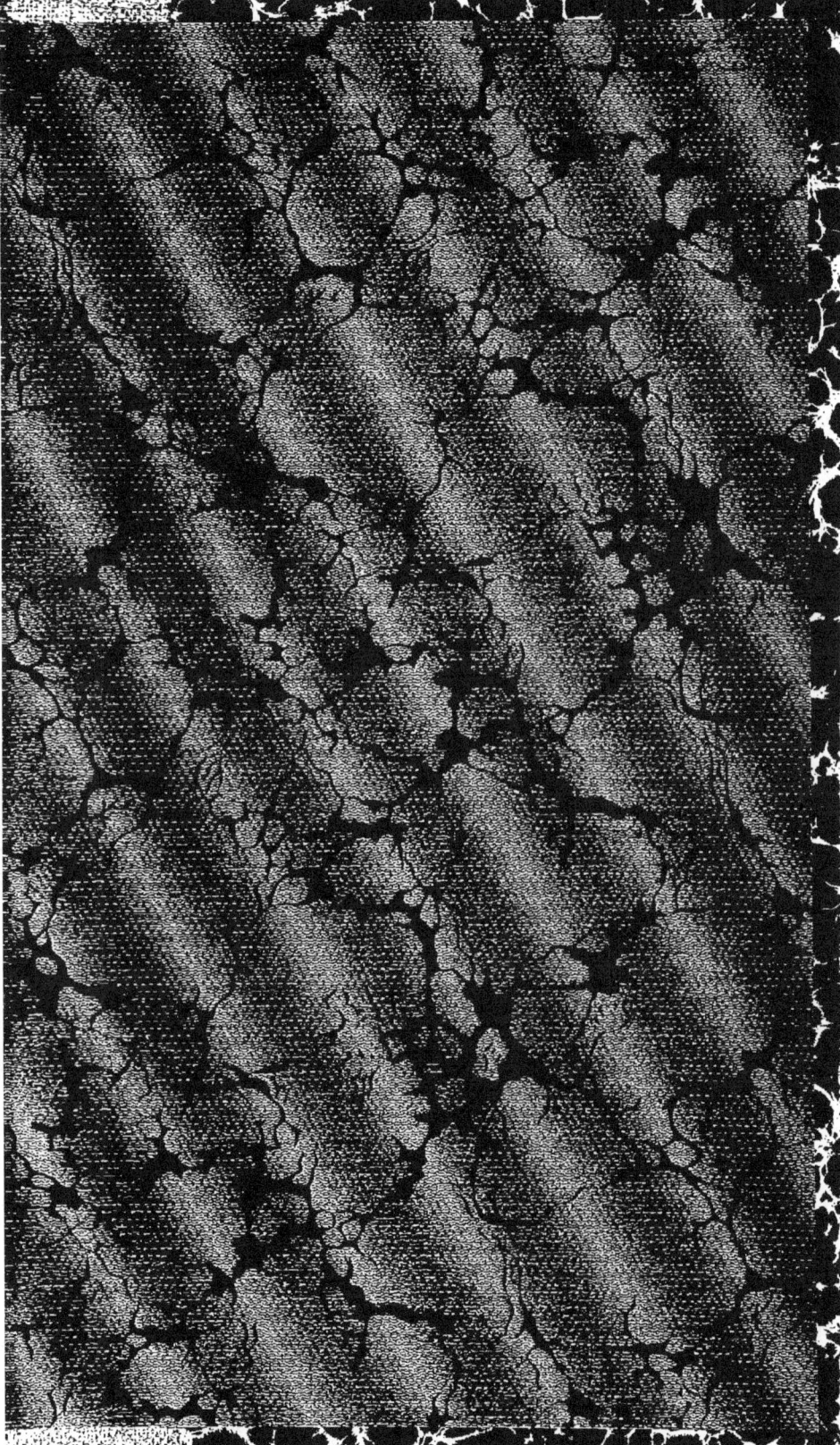

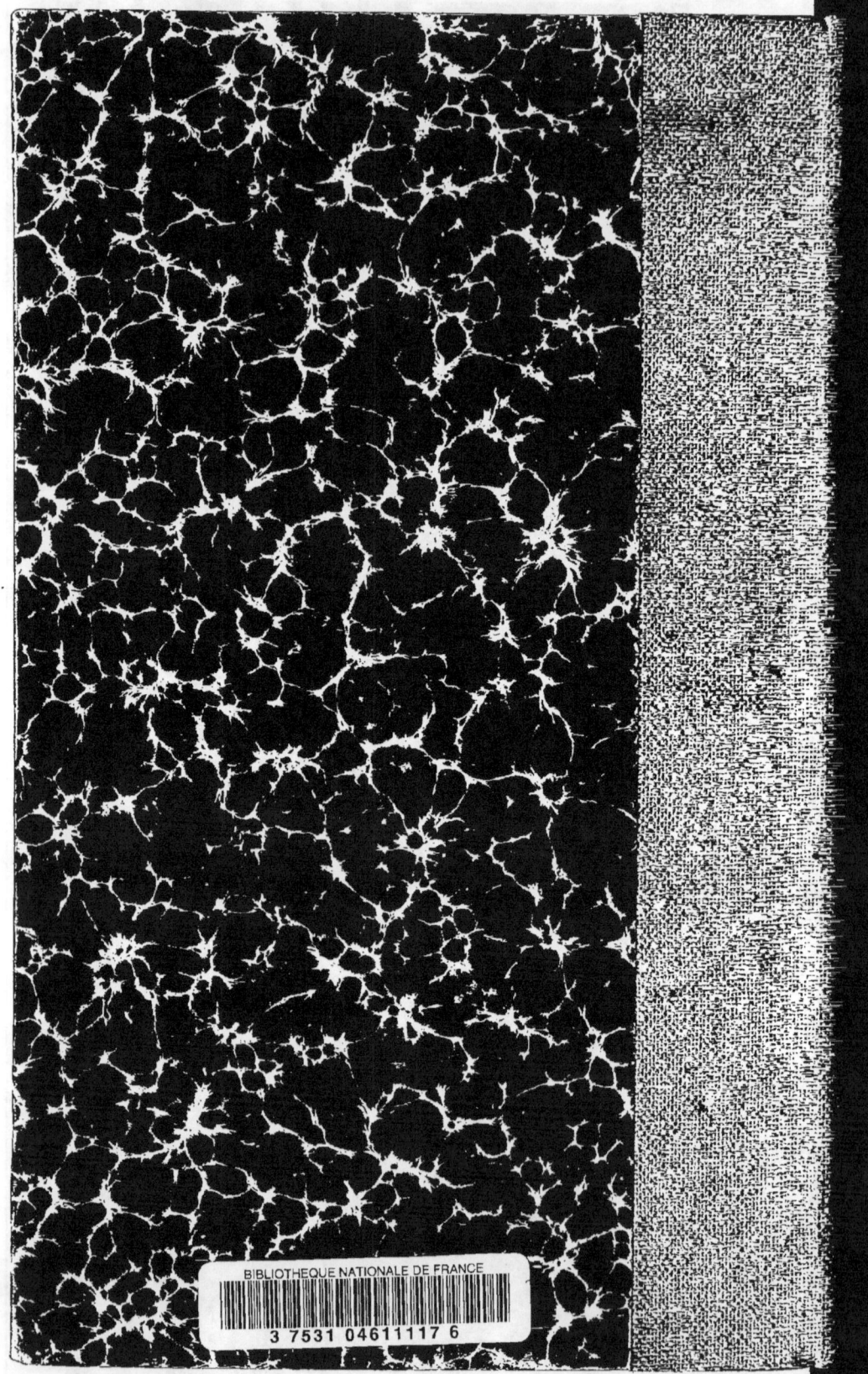

www.ingramcontent.com/pod-product-compliance
Lightning Source LLC
Chambersburg PA
CBHW070321030726
47505CB00004B/1052